文治
© wénzhì books

伊豆的舞女

伊豆の踊子

[日]川端康成 著
烨伊 译

四川文艺出版社

目录

伊豆的舞女

一

道路变得蜿蜒曲折，好不容易快到天城山顶，雨点染白了茂密的杉树林，以迅疾的速度从山脚向我逼近。

那年我二十岁，头戴高等学校[1]的学生帽，穿藏青底飞白花纹的上衣和裙裤，肩上背着学生书包。那是我独自在伊豆旅行的第四天。我先在修善寺温泉住了一夜，又在汤岛温泉住了两夜，然后踩着高齿朴木木屐来登这天城山。纵然秋日里的重峦叠嶂、原始森林和幽深溪谷看得我如醉如痴，我却始终为了一个期待心头悸动、步履匆匆。不久，豆大的雨滴开始打在身上，我跑着攀上弯折的陡坡。终于来到山顶北口的茶馆，我松了口气，却在门前呆住了——真是天遂人愿，那一队江湖艺人正在店里歇脚。

舞女见我呆立着，立刻让出自己的坐垫，翻过来放在旁边。

“嗯……”我只应了一声，就坐在了垫子上。跑过坡道后的气喘吁吁和惊慌，将那句“谢谢”堵在了喉咙里。

1　译注：此处指旧制高等学校，即日本政府根据1894—1918年的高等学校令设立的高等教育机关，存续至1950年，教育程度相当于现在的大学。——本书页下注如无特殊说明，均为译者注。

我与舞女面对面地坐着，慌忙从衣袖里掏出香烟。舞女又从女伴面前把烟灰缸拖到我旁边。我仍然没有出声。

舞女看上去大概十六七岁，盘着一个我叫不出名字的大发髻，形状古雅而奇特。这发髻衬得她伶俐的鸭蛋脸十分小巧，美丽又协调。她就像野史小传里画的姑娘一样，一头秀发格外丰美。舞女一行还有一个四十多岁的女人，两个年轻女孩和一名二十五六岁模样、穿着印有长冈温泉旅馆商号外衣的男子。

在这之前，我见过舞女一行两次。第一次是去汤岛的路上，他们要去修善寺，我们在汤川桥附近碰面。当时队伍里有三位年轻姑娘，舞女提着太鼓。我一步三回头地望着，心头生起一股感伤。第二次是在汤岛的第二个晚上，三人来我住的旅馆卖艺。我在楼梯中间坐下来，一心一意地看舞女在门口的走廊跳舞——那天在修善寺，今晚在汤岛，明天一定会翻过天城山，往南到汤野温泉吧。天城山山路五十多里，一定能在半路追上他们。我一路胡思乱想，匆忙赶来，没承想在避雨的茶馆里撞了个正着，一时间难免手足无措。

没多久，茶馆的老婆婆就把我带到别的房间。这间屋子好像不常有人住，没有拉门。向窗外望去，美丽的山谷深不见底。我身上直起鸡皮疙瘩，牙齿咯咯作响，浑身发抖，直对端茶来的老婆婆说冷。她拉过我的手，把我领到他们自己住的屋子里。

“哎呀，少爷您浑身湿透了啊！到我这儿暖和一会儿吧，来，把您的衣裳烤干。”

那房间里生着地炉，打开拉门，热气便扑面而来。我站在门边，踌躇起来——地炉旁有一位老爷子盘腿而坐，浑身上下青肿得如同溺死的人一般。他懒洋洋地朝我这边张望，一双眼睛好像烂掉了似的，连瞳仁都泛着黄，身边的旧信和纸袋堆积如山，说他整个人埋在破纸堆里也不过分。我呆若木鸡地站着看这个山中怪物，怎么都觉得他不像个活人。

"让您看到这样丢人的情形，真是不好意思……不过这是我们家老头子，您不用担心。虽然怪寒碜的，但他不能动弹了，还请您将就一下。"

老婆婆跟我打了个招呼。据她说，老爷子罹患中风多年，现在已经全身瘫痪了。那堆成小山的破纸是各地寄来的信，讲中风后如何养生；还有从各地抓来治病的药的袋子。老爷子从全国各地打听治中风的法子，四处买药，无论是越过山岭的旅人说的，还是在报纸广告上看见的，一个也不漏。这些信件和纸袋他也从来不扔，就放在身边，每天望着它们过活。长年累月，屋里就堆起了一座破旧的废纸山。

我不知该如何回答老婆婆说的话，只是低着头看那地炉。有汽车开上山来了，整座房子都跟着摇晃。这个地方连秋天都这样冷，要不了多久，雪就会染白山头。这老爷子为什么不到山下去住呢？我暗自纳闷儿。炉火很旺，衣服上热气蒸腾，熯得人头晕。老婆婆到店里去和女艺人们聊天了。

"是吗？上次带来的孩子都这么大了？出落成大闺女了。你也知足吧，长这么漂亮了啊！真是女大十八变啊！"

约莫一小时过去，听动静，巡游艺人们像是要出发了。我也坐不住了，心里干着急，却没胆量起身。艺人们就算适应长途跋涉，一群女人也难免脚力不济。即便自己落后两三里，跑一通也能追得上——我在炉旁一面这样想着，一面焦躁不安起来。但舞女一行不在身边以后，我的空想反而得了解脱，似乎活蹦乱跳地舞蹈起来。老婆婆送走他们后，我问：

“那些艺人今晚会在哪里过夜呢？”

“那种人吗？少爷啊，谁知道他们要住在哪儿呢。只要有客人，还不是住在哪儿都行嘛！怎么可能事先定好当晚要住的地方呢？”

老婆婆话里的轻蔑相当明显，引得我不由去想：既然如此，今晚就让舞女在我的房间住下吧！

雨势转小，群山的颜色鲜明起来。尽管老婆婆一再劝我再待十分钟，等彻底放晴再走，我却怎么也坐不住了。

“老爷子，您多保重啊。天气就要转凉了。”我一边诚恳地说着一边站起身。老爷子黄色的眼珠吃力地转动，微微点头。

“少爷！少爷！”老婆婆嚷着追出来，“让您这么破费，实在不敢当。真是对不住！”

于是，她抱过我的书包，怎么也不肯撒手。我多次向她辞行，她还是硬要多送送我。就这样走出一百多米，她还是迈着小碎步跟在我身后，一再跟我念叨：

“实在不敢当。这回怠慢您了。我记住您的模样了，下次您路过的时候再作答谢。欢迎您今后常来，我不会忘记您的。”

不过是放下一枚五十钱的银币，这老婆婆竟大惊失色，几乎感激涕零。殊不知，我一心想赶快追上舞女，她蹒跚地跟着反而是添了麻烦。我们终于来到山上的隧道口。

“有劳您了。老爷子一个人在家，您请回吧。”听我这样说，老婆婆才放开书包。

我走进幽暗的隧道，冰凉的水滴滴答滴答地落下来。通往南伊豆的出口在前面露着微光。

二

出了隧道，山道一侧围着漆成白色的栏杆，如闪电般蜿蜒曲折。放眼山下，景物好像模型一般，艺人们的身影出现在山脚。走了一里多地，我就追上了他们。但又不好马上放缓脚步，便故作冷淡，超过了那几个女人。再往前二十来米，有一个男人独自走着，看见我就停了下来。

“您的脚力真好啊。天已经大晴啦！”

我松了口气，开始和男人并肩而行。男人向我抛出一个又一个问题。后面的女人们见我们聊到了一起，就吧嗒吧嗒地跑着追了上来。

男人背着一只硕大的柳条行李箱，四十几岁的女人抱着一只小狗，年纪大一些的姑娘背着包袱，小一些的姑娘背着柳条包，每个人都拿了不少行李。舞女背着太鼓和鼓架。渐渐地，四十几岁的女人也和我攀谈起来。

“是高等学校的学生。”年长的姑娘悄声对舞女说。她见我回过头，便笑着说：

“对吧？这我还是能看得出来的。岛上常有学生来。”

他们一行是大岛波浮港的人。春天离开岛上四处旅行，眼下天凉了，却还没做好过冬的准备，所以打算在下田待个十来天，再从伊东温泉回岛上。听到大岛这个地名，我更感到诗意盎然，不由望了望舞女的一头秀发。问了他们许多大岛的事。

“有好多学生去我们那儿游泳呢。”舞女对女伴说。

“那是夏天吧？”我回过身问。

舞女心慌意乱地小声说：“冬天也来……”似乎是在回答我的问题。

“冬天也来？”

舞女还是望着女伴笑。

“冬天也能游泳吗？”

舞女见我追问，涨红了脸，极为认真地轻轻点头。

“这孩子，小傻瓜。”四十几岁的女人笑道。

沿着河津川的溪谷往汤野去，要走二十多里的下坡路。翻过山岭后，山峦和天色都有了南方的样子。我和男人不停地聊着，已经打得火热。路过荻乘、梨本等小村庄，隐约看见山麓上汤野的茅草屋顶的时候，我下定决心，说我想和他们一起旅行到下田。男人非常高兴。

来到汤野的小客栈门口，四十几岁的女人脸上露出和我道别的神情。男人替我说道：

“他说要和我们一起走。”

“那真是太好了。俗话说：出门靠旅伴，处世靠人情。我们这些身份低微的人，也能给您解个闷儿。快进来歇歇脚吧！”她很痛快地回答。几个姑娘不约而同地看了看我，但谁也没有表现得很意外，只是默默地、有些害羞地打量着我。

我和大家一起把行李放在客栈二层。这里的榻榻米和拉门又破又脏。舞女从楼下端茶上来，坐在我面前，满面通红，手上打战，直晃得茶杯几乎要从杯托上掉下来。她就势将杯子往榻榻米上一放，茶水还是洒了。没想到她竟羞涩成这样，我一时呆住了。

“哎呀，真是的！看来这小妮子春心动矣！哎呀呀……”四十几岁的女人摆出一副惊讶得不得了的神情，蹙起眉头，丢了一块毛巾过来。舞女捡起毛巾，窘迫地擦着榻榻米。

这句突如其来的话，让我猛然醒悟。被山顶的老婆婆挑起来的妄念，仿佛啪的一下折断了。

此时，四十几岁的女人不住地打量我，突然说：

“这位学生藏青底飞白花纹的衣服真不错啊。”

“这个飞白花纹和民次的那件是一样的。对吧？是不是一样的？”

她和旁边的女人确认了好几次，又对我说：

“民次是我们留在老家上学的孩子，刚才我是想起他来了。你这件衣服的花纹和他的一件衣裳一样。这年月，连藏青底白碎花布都这么贵，真让人头疼。”

“他上什么学校？”

“普通小学五年级。”

“哦，普通小学五年级的话，可真是……”

“他上的可是甲府的学校。我们在大岛住了很长时间，可老家在甲斐的甲府。”

休息了约莫一个小时，男人把我带到另一间温泉旅社。在这之前，我还一直以为自己会和艺人们住在同一家小客栈里。我们沿街向下走了一百多米的石子路和石头台阶，跨过小河畔公共浴场旁边的桥。桥对面是温泉旅社的院子。

我到旅社里的温泉池里泡澡，不一会儿男人也进来了。他告诉我，他今年二十四岁，老婆两次怀孕，要么是流产，要么是早产，胎儿都没能活下来。他穿着长冈温泉旅馆商号的外衣，我先前还以为他是长冈人。从面相和言谈举止，就能看出他相当有见识，之前我还猜测，他也许是好奇或迷上了哪位艺人姑娘，才一路替她们扛行李的呢。

泡过温泉，我马上吃了午饭。从汤岛出发时是早上八点，这时还不到下午三点。

男人临走前，在院子里仰着头和我道别。

“你拿着买点柿子什么的吃吧。我从二楼扔下去，不好意思啦。”说完，我将一包钱扔了下去。男人不肯接，要往外走，纸包却落在了院子里，他只好返回来捡。

“这可使不得。”他把钱抛上来，纸包落在茅草屋顶上。我又扔下去，他就拿着走了。

傍晚下起大雨来。群山难辨远近，尽数染得花白，旅社前头的小河眼见着变得浑黄，水声喧嚣。我想着雨下得这么大，舞女一行肯定不会来巡演了，却还是坐立不安，于是又去泡了两三次澡。房间里光线暗淡，和隔壁屋连通的那扇拉门之上开了一个四方形的口子，电灯从那里的横梁上吊下来，两间居室共用一盏灯照明。

激烈的雨声中，远处微微传来太鼓的响声——“咚咚、咚、咚”。我把身子探出挡雨窗，几乎就要破窗而出。鼓声似乎越来越近了。风挟着雨滴，打在我头上。我闭上眼侧耳倾听，想知道那鼓声是从哪里、又是如何传过来的。没多久，我又听到三弦声，还有女人拖长了的叫声、热闹的欢笑声。我便知道，艺人们被叫到小客栈对面饭馆的宴席上去了，辨得出两三个女人的声音和三四个男人的声音。我等待着，以为那边结束后，他们就会到这边来演出。可那场酒宴好像越发喧嚣，慢慢变成了胡闹。女人的细嗓门不时像闪电般尖厉地划破昏暗的夜空。我的心高悬着，一直敞着窗户，一动不动地枯坐着。每一次鼓声敲响，我心里都蓦地一亮。

“啊，舞女还坐在酒宴上，还坐在那里敲着太鼓。”

鼓声一停，我就难受得紧，就沉到雨声的谷底。

过了一会儿，不知大家是在追着玩，还是转着圈跳舞，凌乱的脚步声持续了一阵子，然后忽然一片沉寂。我瞪大双眼，恨不得穿过黑暗，看清这份沉寂究竟是什么。我苦恼万分，担心舞女今晚被人玷污。

我关上雨窗，躺进被子里，还是苦闷难当。我又去泡了一次澡，在温泉水里粗暴地划来搅去。雨停了，月亮现出来。被雨洗过的秋夜清澈透明。我想，就是赤着脚跑出浴室赶到宴会上，也什么都做不了。这时，已经过了午夜两点。

三

第二天早晨九点过后，男人就来住处找我了。我刚起床，请他一起去泡澡。南伊豆今天晴空万里，天气如春日般明媚温暖，涨了水的小河从浴池下流过，暖洋洋的日头高挂。我都觉得昨晚那些烦恼如梦般不真切，但还是试探着对男人说：

“昨天一直到很晚你们都很热闹啊。”

“哎呀，你听见了啊？”

“当然听见了。”

“那些都是当地人。这地方的人只会瞎闹腾，一点意思也没有。”

他一脸若无其事的样子，我只好选择沉默。

“她们几个来对面的浴池了——你看，好像看见咱们了，还笑呢。”

顺着他手指的方向，我朝河对面的公共浴场看去。水汽氤氲中，隐约现出七八个人赤裸的身体。

忽然，一个光着身子的女人从昏暗的浴池里面跑出来，在更衣室突出来的地方站定，摆出要跳到河岸那边的姿势，直直地伸开双臂，不知喊着什么。她连块毛巾都没披，赤身裸体。那正是舞女。她绷直的双腿、白净的身体像一棵小梧桐。望着一丝不挂的她，我心头如有一泓清水流过，深深地叹出一口气，畅快地笑了。她真是个孩子。这孩子看见我们就高兴得赤裸着身体，从阳光里跳出来，踮起了脚尖、挺直了身子。酣畅的喜悦引得我咯咯笑个不停，思绪像洗刷过似的清明起来，笑意就一直挂在脸上。

舞女的头发很茂密，看上去有十七八岁的模样。而且她装扮得像个妙龄少女，我因此才有那个了不得的误会。

我和男人一起回到房间不久，年纪稍大的姑娘就到旅馆的院子里看菊花圃了。舞女正走到桥中央，四十几岁的女人从公共浴场出来，看着这两个姑娘。舞女肩头一缩，笑着说自己再不回去就要挨骂了，便急匆匆地往回赶。四十几岁的女人走到桥这边，朝我打了声招呼。

“请来玩啊！”

“请来玩啊！”

年纪稍大的姑娘也跟着说了一句，女人们便回去了。男人在我这里坐到了傍晚。

晚上，我正和一个四处批发纸张的商人下围棋，旅馆院子里突然传来太鼓的声音。我立刻站起来：

“卖艺的来了。”

“哎呀，那种表演，有什么意思。快、快，到你了。我刚才下在这儿了。”商人戳着棋盘，一心想和我决一胜负。而在我心神不宁的时候，艺人们似乎要回去了。男人在院子里跟我打了个招呼：

“晚上好。”

我来到走廊上朝他挥手。艺人们在院子里窃窃私语了一阵，又绕到门口。三位姑娘在男人身后依次向我问好。

“晚上好。”她们在走廊里伸出手，按照艺人的规矩鞠躬行礼。棋盘上，我立刻落了下风。

“这下没得救了。我投降啦。”

“怎么会呢？是我这边更糟吧。至少我们不相上下。”

纸商连看都不看艺人一眼，一个个地数着棋盘上的棋子，下得越发用心。女人们把太鼓和三弦琴码放在房间一角，在将围棋棋盘上下起五子棋来。不一会儿，我已输了一盘好棋。纸商却一个劲儿地央求着：

“怎么样？我们再来一局，再来一局吧！”

但我只是没来由地笑个不停，他终于死心，站了起来。

姑娘们凑到围棋棋盘这边。

“你们今晚还要去别的地方演出吗？”

“是打算去的……”男人看了看姑娘们。

“怎么办呢？要么我们今晚不演了，大家一起玩吧？”

“太好啦！太好啦！”

“不会挨骂吗？”

“没有的事。再说，反正接着在外面转悠也没有客人了。”

就这样，我们一起下五子棋什么的，一直玩到十二点以后。

舞女回去后，我毫无睡意，头脑清醒得很，便到走廊上试着叫了两声：

“老板，老板！”

“来喽——”年近六十的纸商老板从屋里冲出来，精神抖擞地应答道。

“今晚我们通宵！一定要分出个胜负！”

我也变得意气风发。

四

我们约定第二天早上八点从汤野出发。我在公共浴场旁边买了一顶鸭舌帽，将高等学校的学生帽塞到书包里头，沿街走到小客栈。见二层的纸拉门大敞着，便毫不在意地走上去，没想到艺人们还躺在被子里。我慌忙退到走廊上，呆呆地站着。

舞女就睡在我脚边那张床铺上，羞得满脸通红，猛地用双手捂住脸。她和那个比她大一些的姑娘睡同一张床，昨晚的浓妆还留在脸上，嘴唇和眼角的红粉微微散开。这动人的睡姿让我深深迷恋。她像是觉得光线晃眼，唰地转了个身，手遮着脸滑出被子，到走廊上坐下，端庄地向我行了个礼。

“昨晚承蒙您关照。”

我还站在走廊上，她这一下搞得我不知如何是好。

男人和年纪最大的姑娘睡一张床。要不是今天看见了，我根本不知道他们俩是一对夫妻。

“实在不好意思。我们原本打算今天启程，但晚上有一场宴会，于是决定在这里多住一天。您要是一定今天出发，我们就到下田再见面吧！我们订的旅馆叫甲州屋，您到了那儿就能看到。”四十几岁的女人在床上支起半个身子对我说。我有种被抛下的感觉。

“您能不能明天走呢？我之前不知道妈妈把行程往后延了一天。人在路上还是有个伴儿的好。明天我们一起走吧！”

男人这样一说，四十几岁的女人也补充道：

“就这样吧！难得您关照我们一路同行，我还只顾着自己的事，实在抱歉。明天就算下刀子我们也要走。后天就是那个死在路上的孩子的尾七。我一直惦念着这一天，早就想在下田做祭礼，所以才一直急着赶路。我这样说也许不太合适，但我们难得有缘，后天也请您来祭拜一下吧！”

就这样，我也决定晚一天出发，然后下了楼。一面等大家起床，一面在脏兮兮的柜台前和旅馆的人闲聊。这时，男人邀我去散步。这条街往南不远有一座漂亮的桥。我们靠在桥栏杆上，他讲起自己的身世来。他曾在东京某个新派剧的演员圈子里混了一小段时间。现在偶尔还会在大岛的港口演出。他们的行李里经常有刀鞘像脚一样从包袱皮里探出来，那是在宴会上作演戏道具用的。柳条包里装的是演出时的戏服，还有一些生活用品。

“我耽误了自己，落得穷困潦倒。哥哥则在甲府体面地继承了家业。所以嘛，我就成了多余的人。”

“我一直以为你是长冈温泉的人呢。”

“是嘛。那个年纪大的姑娘是我老婆。比你小一岁，今年十九，背井离乡。第二个孩子在路上早产，只一周左右就断气了。现在老婆的身体还没缓过来。那个岁数大的女人是她的亲妈。舞女是我的亲妹妹。”

“哦，你之前说自己有个十四岁的妹妹……”

“就是她呀。一直以来，我怎么也不想让妹妹干这一行，可还是有很多事没有办法。”

接着他告诉我，他叫荣吉，老婆叫千代子，妹妹叫薰。一行人中还有个十七岁的姑娘叫百合子，只有她生在大岛，是雇来的。荣吉说得十分感伤，凝视着河滩，几乎要哭了。

回来的路上，我看见舞女已经洗掉了脸上的脂粉，蹲在路边抚摸小狗的头。我说要回自己的住处，然后问她：

“过来一起玩吧？”

“好啊。不过我一个人的话……”

“那就和哥哥一起来嘛。”

“我们这就过去。”

没多久，荣吉到我房间来了。

“其他人呢？”

“女孩子们怕妈妈唠叨。”

可是，我们俩下了一会儿五子棋，几个女孩就过了桥，欢快地跑上二楼。她们和往常一样，先礼貌地行礼，然后犹犹豫豫地坐在走廊上。这回千代子第一个站了起来。

“这是我的房间，大家不用客气，请进吧。”

艺人们玩了大概一小时，然后去旅馆里的温泉泡澡。尽管他们一再邀请，但毕竟有三个年轻女子，我只好推说稍后再去。不一会儿，舞女又独自上楼来了。

“姐姐说要帮你擦背，请你过去呢。”她转告了千代子的话。

我没有去泡澡，和舞女下起五子棋来。没想到她下得相当好。打淘汰赛的时候，荣吉和其他女孩明显不是我的对手。五子棋基本没有人下得过我，和她下，我却得全力以赴，不用故意让棋，倒是十分畅快。屋里只有我们两人，起初她坐得很远，落棋时总要伸长了手，渐渐便不再顾忌很多，全神贯注，整个人快要趴在棋盘上。那头美得不自然的黑发几乎要碰到我的胸口。

突然，她脸一红：“对不起，会挨骂的。”说完把棋子一丢，就飞跑出去。原来妈妈站在公共浴场前面。千代子和百合子也慌忙从浴池里出来，没上二楼就逃了回去。

荣吉这一天也从早到晚都在我的住处玩。亲和而纯朴的旅馆老板娘忠告我，请那种人吃饭得不偿失。

晚上去小客栈的时候，舞女正跟着妈妈学三弦。看到我来，她停止抚琴，妈妈说了她两句，她又抱起琴来。她的歌声稍大一些，妈妈就说：

“不是告诉你，别唱那么大声吗？”

我看见荣吉被叫到对面饭馆二层的酒席上，正不知哼唱着什么。

“他唱的是什么？”

“那个啊 —— 是谣曲。”

“谣曲听着好奇怪呀。”

“他什么都会两样，不知道演的都是些什么。”

这时，一个四十岁上下的男人拉开拉门。他平时在客栈借一间屋子卖鸡肉，说要请姑娘们吃饭。舞女和百合子一起拿上筷子到隔壁房间，在男人吃剩下的鸡肉火锅里夹东西吃。回来的路上，男人轻轻拍了拍舞女的肩膀。妈妈板起脸来：

“喂！别碰这孩子！人家还是黄花闺女呢。”

舞女一口一个大叔地叫着，请卖鸡肉的读《水户黄门漫游记》给她听。但对方很快就起身走了。她不好意思让我给她接着读，就不停地跟妈妈念叨，让妈妈来拜托我。我怀着一份期待，拿起那本故事书。舞女果然利索地凑到我身旁。我一开始读，她就把脸贴过来，几乎碰到我的肩膀。神色庄重，目光炯炯地凝视着我的额头，眼睛一眨不眨。这大概是她请人读书时的习惯，刚才也几乎和卖鸡肉的脸贴着脸。我在一旁看得清清楚楚。那双又大又亮的黑眼珠是舞女身上最动人的地方，双眼皮的线条美得无以言表，笑容如花朵般灿烂。所谓的“笑靥如花”，用在她身上恰如其分。

不久，饭馆的女佣来接舞女了。舞女穿好衣服对我说：

“我一会儿就回来，等一下接着给我读哦。”

然后，她到走廊上，垂手行礼：

“我走了。”

“千万别唱歌哦！”妈妈说完，她提起太鼓，轻轻点了点头。

妈妈对着我说：

“这孩子现在正变声呢——”

舞女端正地坐在饭馆二层敲打太鼓。我看着她的背影，仿佛她就坐在隔壁。太鼓的声音让我的心舒畅地跃动着。

“有太鼓的声音，宴会就热闹多啦。”妈妈也朝那边望着。

千代子和百合子也去同一场宴会帮忙了。

大概一小时过去，四个人一起回来。

“就给了这么点儿……”舞女摊开握着的拳头，五十钱银币哗啦啦地落到妈妈手里。我又读了一阵子《水户黄门漫游记》。艺人们又谈起死在路上的那个孩子。听说小婴儿生下来时像水一样透明，连哭的力气都没有，但还是存活了一个星期。

我对他们既不好奇，也不轻蔑，几乎已经忘记他们是巡游艺人了。我这番寻常的好意，似乎已经渗透进他们心里。我决定，今后要找个时间，去他们在大岛的家拜访。

“到时您住在爷爷那里就行，那儿够宽敞，把爷爷赶出去就很安静。您想住多久就住多久，学习也不耽误。”他们几个商量后对我说。

“我们有两处小房，山边的房子是空着的嘛。”

他们还让我正月来帮忙，大家一起去波浮港演戏。

我也渐渐明白，他们在旅途中的心境并非我起初以为的那样辛酸，而是不失乡野之趣的自在怡然。又因为他们是一家人，还能感受到维系在他们之间的骨肉之情。唯有雇来的女孩百合子，多半是到了最腼腆的年纪，在我面前总是沉默寡言。

过了夜半，我才离开小客栈。

姑娘们出来送我。舞女帮我摆好木屐，在门口探出头来，眺望明亮的夜空。

“啊，月亮——明天就到下田了，真开心！给小孩做完尾七，妈妈还要给我买把梳子，接下来还有很多事要做呢。您带我去看电影吧？”

下田港对这群游走于伊豆和相模的温泉浴场之间的巡游艺人来说，仿佛旅途中的故乡，四下里飘荡着令人怀念的气息。

五

艺人们和过天城山时一样，拿着各自的行李。小狗把前爪搭在妈妈的手腕上，俨然是惯于长途跋涉的模样。刚走出汤野，便又进了山。海上的朝阳将山腰照得暖洋洋的。我们看着朝阳，河津川再往前，是豁然展开的河津海滨。

“那里就是大岛吧。”

“您看它有多大！欢迎您来哦。”舞女说。

也许是秋天的天空晴朗过了头，太阳附近的海面反而像春天似的云雾缭绕。从这里到下田还要走四十里路。有一阵子，海面时隐时现。千代子轻快地唱起歌来。

途中听他们说有一条小道可以抄四里的近路，就是需要翻山；若不走小道，也可以沿着大路轻松地往前走。我毫不犹豫地选了近路。

那是一条陡峭的上坡路，两旁尽是树荫，落叶多到要让人滑倒。我气喘吁吁，却反而有种豁出去的气势，手按着膝盖，加快了脚步。眼见一行人落在了后面，只隐约听到树林中说话的声音。唯有舞女高高提起裙摆，“笃笃笃”地跟在我身后。她与我保持一两米的距离，既不想离得更近，也不想离得更远。我回头和她讲话，她便像吃了一惊似的，微笑着站住作答。我本想让她说话的时候赶上来，可等了一会儿，她还是站在那里不动。我若是不动，她就不走。后面的山道蜿蜒曲折，更加险峻。我越走越快，舞女仍是离我一两米，专心在身后攀爬。山峦寂寂。其他人远远落在后面，连说话声音也听不见了。

“您家住东京哪里？”

“不，我住在学校的宿舍。”

“我也去过东京，赏花时节去跳舞——但那时还小，什么都记不住了。”

“您父亲还健在吧？”

“您去过甲府吗？”

接下来，她又断断续续问了许多。我们说好到了下田就去看电影，还谈到死去的婴儿之类的事。

到了山顶，舞女将太鼓放在枯草中的石凳上，用手绢擦汗。本来要掸掸脚上的土，却突然蹲在我脚边，帮我掸起裤裙下摆来。我急忙向后退，她扑通一声跪在地上。就这样弯着身子围着我来回拍打了一阵，才放下提在手里的裤裙下摆，对站着大喘气的我说了声："请坐吧。"

一群小鸟飞到石凳旁边。四下里阒寂无声，鸟儿停在树枝上，只听得枯叶沙沙作响。

"您为什么要走那么快呢？"

舞女好像很热。我的手指"笃笃"敲着太鼓，小鸟都飞走了。

"啊，好想喝水。"

"我去找找看。"

可没过多久，舞女就从枯黄的杂木林里空手而归。

"在大岛的时候，你做什么呢？"

于是，舞女突然提起两三个女孩的名字，说起让我摸不着头脑的话来。她说的好像不是在大岛，而是甲府的事，似乎是她上到二年级便退学的小学的好朋友。她想到什么便说什么。

大概十分钟之后，那三个年轻人也爬上了山顶。妈妈则是又过了十分钟才上来。

下山路上，我和荣吉特意慢悠悠地边聊边走。刚走了半里地，舞女就从前面跑了回来。

"下面有泉水。大家都没喝，等着您，叫您快点儿来呢！"

听说有水，我赶忙跑下去。树荫下的石头缝里涌出一泓清泉。几个女人站在泉边。

"来，请您先喝。手伸进去水就浑了，女人喝完您再喝就不干净啦。"妈妈说。

我掬起清冽的泉水喝了。女人们迟迟没有离开泉边，沾湿了毛巾擦汗。

下山后走在下田街道上，有几处地方升起烧木炭的烟。我们坐在路旁堆放着的木材上休息。舞女蹲在路边，用一把桃粉色的木梳打理小狗的长毛。

“那样梳，齿儿不就断了吗？”妈妈责备她。

“没事。反正到了下田还要买新的。”

还在汤野的时候，我就想向她讨要这把插在她头发前面的梳子来着。我默默想着：她真不该用它来梳狗毛。

路对面有很多捆矮竹条，我和荣吉都觉得拿来当手杖正合适，便先大家一步起身。舞女跑着追过来，手里拿着一根比自己还高的竹竿，又粗又长。

“你这是要干什么？”荣吉一问，舞女踌躇了一下，将竹子递给我。

“给你做手杖。我挑了最粗的那根。”

“这怎么行，太粗的一看就知道是偷的，叫人看见多不好。快把它放回去！”

舞女折回放矮竹条的地方，把竹子放回去，又跑着回来。这次递给我一根中指粗细的竹子。然后累得几乎要仰面摔在田埂上，大口喘着气，等着其他女伴。

我和荣吉一直走在她前面十多米。

“把那颗牙拔掉，再镶一颗金牙不就行了嘛。”舞女的声音忽然传到我耳朵里，回头一看，她正和千代子并肩走着，妈妈和百合子略微落后。千代子好像没注意到我回头，和她说：

“那倒是。就这样告诉他会怎样？”

好像是在议论我。大概是千代子说我的牙不齐，舞女才提起镶金牙的事吧。可能是在讨论我的长相，但我已经和她们十分亲近，并不觉得烦恼，连竖起耳朵多听听也不想。她们低声谈了一阵子，我听到舞女说：

“是个好人吧。”

“那倒是。像是个好人。”

“真是个好人啊。好人真好啊。”

这句话单纯而坦率，将感情小心而青涩地抛出口，就连我本人都认真地觉得自己是个好人了。我开心地抬眼眺望明媚的群山，眼睛微微作痛。二十岁的我，因为几次三番地深深反省自己身上乖僻的孤儿心性，不堪那股让人窒息的忧郁，才踏上这趟伊豆之旅。所以，看到有人以普通的世俗眼光认为我是个好人，心中的感激实在无以言表。群山明媚，离下田的海边越来越近了。我挥起那根竹竿，横扫秋草尖。

路上，许多村口都立着牌子：

乞丐与巡游艺人不得入村。

六

名为“甲州屋”的小客栈就在刚走进下田北口的地方。我跟在艺人们身后，走过阁楼似的二楼。往没有天花板、面对街道的窗边一坐，脑袋几乎要顶着房梁。

“你的肩膀不痛吗？”妈妈反复叮问舞女，“手不痛吗？”

舞女摆出敲太鼓时的漂亮姿势。

“不痛。还能敲、还能敲呀。”

“那就好。”

我试着提了提太鼓。

“哎呀，还挺沉的。”

“肯定比您想的要沉啦。比您的书包还沉呢。”舞女笑道。

艺人们和同一间客栈的客人热闹地寒暄着。这里的客人也尽是艺人、小摊贩之类的。下田港似乎是这些走江湖的人的老巢。店家的小孩摇摇晃晃地走进屋里，舞女给了他几个铜板。要离开甲州屋的时候，舞女先我一步走到玄关，给我摆好木屐：

“记得带我去看电影哦。”她像是自言自语似的嘟囔。

我和荣吉走了一阵子，找了一个游手好闲的男人带路，来到一家旅馆。听说这里的老板以前做过町长。泡过温泉，我们吃了鲜鱼做的午饭。

“用这些钱买些花什么的，明天做法事的时候供上吧。”

我说着递给荣吉一个纸包，让他带回去。纸包里只装了一点钱。旅费已经快花光了，明天早上，我必须坐船回东京。我推说学校临时有事，艺人们也无法强留。

午饭后不到三小时，又吃了晚饭，我一个人走过下田北边的一座桥，登上下田富士[1]，远远望着港口。回来路过甲州屋，艺人

1 日本静冈县下田市一岩山的别称。也作“本乡富士”。

们正在吃鸡肉火锅。

“您不坐下来吃一点儿吗？虽然女人已经动过筷子，不干净了，但以后可以当成笑话讲给别人听。”妈妈从包里取出碗筷，让百合子拿去洗干净。

明天就是婴儿的尾七了，大家都希望我无论如何也多待一天再启程。可我拿学校有事作挡箭牌，没有答应。妈妈一直说：

“那么放寒假的时候，大家一起到船上去接您。来之前告诉我们日期，我们会恭候您的。让您住旅馆可不行。我们会去船上接您的！”

房间里只剩下千代子和百合子的时候，我邀她们去看电影。千代子按着肚子说：

“我身体不舒服啦，走了太多路，受不了了。”她面色苍白，一副精疲力尽的样子。

百合子则拘谨地站着，低着头。舞女在楼下和店家的孩子玩，见到我来就缠着妈妈，说要和我去看电影，请她批准。但最后还是像丢了魂儿一般，呆呆地走到我这边，给我摆好木屐。

“那又怎么了？就让他带她一个人去有什么不行的？”荣吉也帮着劝说，但妈妈好像就是不同意。为什么一个人就不行呢？我实在想不明白。临出门前，舞女摸着小狗的头，形容冷淡，我连和她打个招呼都很勉强。舞女似乎连抬起头来看看我的力气都没有了。

我一个人去看电影。解说员在灯下读着说明。没看一会儿，我就回了旅馆。我把胳膊肘撑在窗台上，久久地望着夜里的街道，总觉得远处隐约传来太鼓声，连绵不绝。我的泪水莫名其妙地簌簌落下。

七

出发那天早上七点，吃早饭时，荣吉在街上喊我。他穿一件黑色带家徽的和服外罩，显得格外庄重，仿佛是为了给我送行特意穿的。女孩子们一个也没来。一阵寂寞立刻袭上我心头。荣吉来到我的房间：

“大家都想送送您。但昨天睡得太晚，起不来，实在不好意思。冬天我们等着您来，一定要来啊。”

秋天清晨的风吹得街上凉飕飕的。荣吉在路上买了四盒敷岛牌香烟和柿子、薰牌清凉散送给我。

“因为我妹妹的名字叫薰。”他微笑着说，“在船上吃橘子不太好，但柿子治晕船，是可以吃的。”

“那我把这个送给你吧！”

我摘下鸭舌帽，戴在荣吉头上。接着从书包里拿出学生帽，展平上面的皱纹。我们笑了起来。

快到码头乘船的地方，舞女蹲在海边的身影撞进我视线。我走到她身旁，她一直怔怔地不动，沉默着低着头。她脸上昨夜的妆还没卸，让我更加动情。

她好像还在生闷气，眼角的红胭脂为她稚嫩的面孔添了几分凛然。荣吉问：

“其他人也来了吗？”

舞女摇头。

“大家还在睡觉吗？”

舞女点头。

荣吉去买船票和摆渡票的时候，我试着和舞女搭了好几次话。可她只是定定地低头凝望水渠入海的地方，一句话也不说。每次不等我把话讲完，她就若有所思地频频点头。

这时，一个打扮得好像土木工人的男人走了过来，对身边的人说：“老婆婆，这个人看上去不错。”

“这位学生，您是要去东京吧？看您值得信赖，拜托您，能不能把这位老婆婆带到东京呢？她很可怜。她儿子在莲台寺的银矿工作，不幸染上了流感。如今，她的儿子和儿媳都死啦，还留下这三个孙子。她走投无路，请我帮忙出主意，说是想回老家。她的老家在水户。老婆婆根本不认得路，到了灵岸岛，麻烦您送她坐上去上野站的电车。我知道这一定会给您添麻烦，但还是拜托您了！唉，您看看她这个样子，一定也觉得她可怜吧？”

那老婆婆呆呆地站着，背上捆着一个吃奶的孩子，两个女孩一个约莫三岁，一个五岁上下，分别抓着她的左右手。一只脏兮兮的包袱里，露出大饭团和梅子干。五六个矿工正安慰着她。我爽快地答应照顾这位老婆婆。

“那就拜托了！”

“多谢您了！本来应该由我们把她送到水户，但实在不太方便……”矿工们逐个儿向我道谢。

摆渡船摇晃得很厉害。舞女依然紧闭双唇，望向一边。抓住绳梯时，我回过头去，看到她似乎想和我说再见，却还是作罢，只是再一次点了点头。摆渡船折返了。荣吉不停地挥动我刚才送给他的那顶鸭舌帽。直到轮船开出去很远，舞女才开始挥舞一件白色的东西。

轮船开出下田海面，伊豆半岛南端在我身后渐行渐远。我一直靠着栏杆，专心望着海面上的大岛。与舞女的分别仿佛已是久远的往昔。我惦念着老婆婆，看了看船舱里的状况。很多人围在她身旁，好像正你一言我一语地安慰她。我放下心来，走到隔壁的船舱。相模滩的浪头很高。坐在船上的人，不时被海浪冲撞得左右歪斜。船员在客舱间走来走去，给乘客分发小的金属盆。我用书包当枕头，躺了下来，感到脑袋空空，对时间失去了概念。眼泪大滴大滴地落到书包上，弄得脸上凉凉的，只得将书包翻一个面。我身旁躺着一个少年，是河津工厂老板的儿子，此行是去东京做入学准备，因此他对戴着学生帽的我多少有些好感。聊了几句之后，他问：

“您遇到什么不幸的事了吗？”

“没有。我刚和人分别。”

我非常诚实地回答。被人看到自己在哭，也觉得没什么关系。我什么都不去想，似乎就在这种神清气爽的满足感中安静地睡了过去。

就连海上是什么时候暗下来的，我都不知道。网代和热海一带已经亮起了灯火。我身上发冷，觉得肚子饿了。少年打开了竹叶包着的饭菜给我。我竟像忘记了那是别人的东西一样，吃了他带的海苔寿司卷，然后钻到他的学生斗篷里。我沉浸在一种美妙的空虚中，无论别人待我多好，都当它们是再自然不过的事去接受。明天一早，将老婆婆带到上野站，给她买好去水户的车票，仿佛也成了一件理所应当的事。似乎一切都圆融完满了。

船舱里的灯熄灭了。船上装载的生鱼和潮水的气味越来越浓。黑暗中，少年的体温温暖着我，我任泪水倾泻而出。我的思绪仿佛变成了一泓清水，泼泼洒洒，到最后什么都不剩，只感到甜美而畅快。

关于《伊豆的舞女》

我的第一次伊豆之旅，就是《伊豆的舞女》里写的那一趟，那年我二十岁。《伊豆的舞女》的草稿“汤岛的回忆”里这样写着：“那年我二十岁。那年秋初，我刚升上高等学校二年级，那是我来东京后第一次像样的旅行。”那一年，我七月份升学，九月份新学年开始。

《伊豆的舞女》中有这样的句子：“二十岁的我，因为几次三番地深深反省自己身上乖僻的孤儿心性，不堪那股让人窒息的忧郁，才踏上这趟伊豆之旅。”“汤岛的回忆”中，也这样写道：“高中一二年级的时候，我很讨厌第一高等学校的宿舍生活。原因之一是，它和我中学五年级时的宿舍生活大相径庭。并且，那时的我总为幼年时期留下的精神疾患所苦，整日被自怜和自恋折磨得死去活来。于是决定去一趟伊豆。”我写清了旅行的动机，但如今看来，那趟旅行背后多少还掺杂着一份感伤。虽说是“几次三番地深深反省”，但究竟是否深深反省了呢？我自觉不是那种会深深反省的人。

不过“汤岛的回忆”里写道：“舞女所说、千代子同意的那句‘是个好人’，让我心里一颗石头落了地，格外地清爽、踏实。我是个好人吗？是的，是个好人——我这样告诉自己。这一句世俗意味的‘好人’，让我豁然开朗。从汤岛到下田的路上我一直检讨，但也只能得出这样的答案：因为我是个好人，他们才愿意与我成为同伴。这让我很高兴。无论是在下田旅馆的窗边，还是在轮船上，我都流下了畅快的泪水。那泪水来自舞女说我是个好人时我的心满意足，亦来自我对说我是个好人的舞女倾注的情感。现在回忆起来，这件事很神奇，也很幼稚。”毫无疑问，这也是我写作《伊豆的舞女》的动机之一，想必也是这部作品为读者所喜爱的原因之一。

写《伊豆的舞女》和《雪国》的时候，我都怀有对爱情的谢意。这在《伊豆的舞女》中表现得更为直接。《雪国》则稍显含蓄，以痛苦的形式表现出来。

《伊豆的舞女》几乎没怎么描写修善寺到下田一带的沿途风光。也可以说，我根本没有着意于自然描写，只是随心所欲地下笔。不过是二十四岁的夏天，我在汤岛写下根本无意发表的东西，到了二十八岁，又将它拿出来稍做修正而已。后来我曾想加笔于风景、重新写，但最终还是没有这样做。不过故事里的人物当然是美化过的。

昭和八年（1933年）我写了一篇名为“《伊豆的舞女》电影化之前”的文章，其中便谈到了人物美化。“当年十四岁的舞女，今年已经二十九岁了。留在我记忆中最为深刻的一幕，是她睡眼惺忪的眼角上那一抹古韵的红。那是舞女一行最后的旅行。后来他们在大岛的波浮港安顿下来，开了一间小饭馆。住在一高宿舍的时候，我们通过几封信。田中绢代饰演的舞女虽然和我记忆中的舞女样貌并不相似，但神韵把握得恰到好处。特别是那身披短褂、耸着肩膀的背影很好。她欢欢喜喜的本性演出也让我很欣慰。若水娟子将嫂嫂在旅途中小产后消瘦的模样饰演得惟妙惟肖，她那因为找不到自己的位置而无所适从的神态又给角色平添了几分忧愁。但这些和我真实记忆中的那位嫂嫂相比，可是美得不可方物了。我记忆中的那对夫妇被一种凶恶的肿瘤烦扰，而女孩子们因为腰酸腿痛，早上通常很难起床。那位大哥泡温泉时还要换脚上的膏药，一旁的我看了都觉得不忍心。他们夫妇生下一个水一样透明的小婴儿，恐怕也与那病有关。

"《伊豆的舞女》写得很顺，下笔时，我唯一犹豫的是该不该把这个病写进去。如果写了，给人的感觉多少会有些不同。却不知怎的，肿瘤的幻象后来也时常出现在我眼前，越发逼近我，竟不逊色于舞女眼角那一抹红。记忆中的妈妈很不正经。记忆中的舞女，眼睛、嘴巴、头发和脸蛋的轮廓都漂亮得不真实，唯有鼻子很不起眼，像是随意乱摆在脸上似的。这些我都没有写，却丝毫不觉得有什么不妥。可是不知为何，只有这肿瘤，没完没了地在我心里翻腾。此刻，我将它写了出来。可在这之前，我足足卡了三四个小时，直到天空露白、脑袋生疼，才终于落笔。我知道写完也许会后悔，但若是不写，今后还会被肿瘤追着跑，还会一次次地头痛。人啊，就是这样难搞。有时厌恶自己，有时又恋慕自己。"

说"通过几封信"是言过其实，只是舞女的哥哥给我寄过两三次明信片罢了。他们似乎深信我会去大岛，明信片上还说正月会有演出，希望我过去帮忙之类。在下田分别时，我也以为自己寒假时一定会去大岛和他们重逢。可最后因为没筹到钱而作罢。其实只要肯想办法，总是可以去的。但我没这么做。后来我收到过一张明信片，上面写着“东京樱花开时会来飞鸟山跳舞”，似乎是他们回岛上之后寄来的。

在我的作品中,《伊豆的舞女》似乎最受读者青睐，我本人却不这样认为。与伊豆相关的作品中，我似乎觉得《春日风景》《温泉宿》更好。近来因《伊豆的舞女》将选入细川丛书，我又将它拿出来重读，终于得以再次与它坦诚相见。

春日风景

一

那天天晴，但有风摇动竹林，打乱了他想画素描的风景。

但是，他合上了画具箱，却没打算移动三脚架。这是一座红漆剥落的桥，架在溪谷的河流之上。要等来溪谷的人，没有比在这桥上等更合适的地方了。

尽管竹林频频摇动，杉树林却宁静无声。清晨总是提前造访竹林，夕阳则每每先光顾杉树林。不过，此时是白天。白天属于竹林。竹叶像一簇簇蜻蜓的翅膀，与阳光快活地嬉戏。

那时也有风和阳光。

他静静地望着竹叶和冬日阳光演出的这幕古典而轻巧的舞蹈，将风景被打乱后的气恼忘得一干二净。竹叶间漏下的阳光宛如透明的游鱼，在他身上哗啦啦地游弋。

刚来到这个山峡，他就发现，这里的风景胜在一处处散落的竹林。

稀疏的竹林，是令山峡活灵活现的装饰。

看惯了京都近郊的“千里竹林”，寻常的竹林他并不觉得有什么稀奇。这山里的竹林干瘦而稀疏，且大部分挺立在山野的尖角上。如果把这个溪谷当成河流入海的港湾，那么竹林就是一块海岬。这样一想，竹叶的晃动便隐约带了些海潮的味道。

竹林是这座山温柔的触角，像是一间染房的爱情，染了整座山。

“姐姐——这不是姐姐吗？”

沿着河畔的石子路走下来一个都市装扮的女人，他朗声打起招呼。

“这不是千代子的姐姐吗？”

女人一时怔怔地站住，耸起肩膀，马上礼貌地弯下腰来，准备郑重地与他寒暄。他笑了，冒冒失失地走过去，差点儿要学着西方人的样子同她握手。

“我就知道你一定会经过这座桥。到温泉旅馆去，只有这条路可以走。”

姐姐——这个词出现得猝不及防。他是第一次与她见面。而且，关于他和千代子的婚事，他不仅没有求得她双亲和姐姐的同意，甚至连通知都没有过。可他还是冒冒失失地走到千代子的姐姐身旁。

“请等一下。”

他折回去取被晾在桥上的三脚架。将三脚架夹在腋下，画布垂了下来。画具箱一直背在肩上。

“这里的风景真是美如画啊！在风景如画的地方画画，你能靠这个吃饭，真是快活！”千代子的姐夫用平庸的目光瞧了瞧山，又瞧了瞧他和画布。

“我喜欢这里的色彩。冬天万物萧索，到处都平淡得乏味，可是这里的色彩深沉有滋味。我觉得，这样的地方在日本还挺少见的。”

他边走边折下梅树的小树枝。

枝条上有六朵梅花盛放，他的指尖在花朵间游走。手指一停下来，梅花的雄蕊让他吃了一惊——这是他第一次见到梅花的雄蕊。

一根根雄蕊弯着身子，像白金的弓。小小的花药柱顶朝着雌蕊扬起。

他将花枝高高举起，仰望蓝天。雄蕊的弓有如新月，对着蓝天射出箭矢。

他没来由地想起浅草的团十郎铜像[1]，也许是想把美的张力和丑的张力做对比吧。

他感到自己就在这一瞬间，拥有了一双懂得欣赏梅花图的眼睛。

一个盲人按摩师与他们擦肩而过，三个人都回头看了看。

盲人一路用拐杖点地，歪歪斜斜地走到他们前面。然而刚一踏上桥板，他就把拐杖扛在左肩上，右手抓住栏杆，像缆车似的从桥上噌噌地滑过去。

三人目瞪口呆，继而高声笑了起来。

1　市川团十郎：极负盛名的歌舞伎家族的第9代传人。其雕像矗立在著名的浅草寺后面，造型取自歌舞伎剧目《暂》。

二

到了睡下的时候。

星期六的晚上，下榻温泉旅馆的客人很多。姐姐和姐夫没有订到房间。他们把桌子和长方形的火盆搬到走廊上，可四叠半大小的房间还是只能铺开两床被褥。

是两男两女分开睡呢，还是两对夫妻分开睡呢?

他暗暗觉得好笑，被褥的问题，就看两姐妹如何解决吧。

他和千代子的姐姐和姐夫，都是初次见面。如果姐姐和姐夫不同意妹妹的婚事，佯装不知便是。

“我先睡啦。”

他第一个钻进右边的被窝。

姐姐松开衣带。她一点也不避讳他的目光，连窄腰带也没系，随意地散开衣摆，扶着窗框脱下袜子，然后躺到左边的被窝里去了。当然不可能钻到他的被窝里。

她的脖颈比千代子白皙。一躺下来，发簪上的珊瑚珠子更像美丽的水滴了。

千代子一言不发，僵硬地钻进姐姐的被窝。难题就这样解决了。

“不好意思，那我就睡在这儿了。”

姐夫说着躺到他旁边。

他怕接触到男人的肌肤，肩膀缩得紧紧的。四个人都不自然地沉默着。

过了一会儿，姐姐开始一个劲儿地拽被子。

“千代子，你再往这边来点儿啊。真奇怪，你不知道我们是两个人盖一床被子吗？”

姐夫大笑着问：“冷吗？”

“冷啊！”

“那我来温暖你吧。千代子，你来和我换一个位置。”

就这样，姐夫若无其事地去妻子那边了。见千代子在他的被窝里躺好，又说：

“我们相互关照吧！让女人浑身冰冷地睡觉，就太失败啦！”

大家都笑了。

千代子用力咽了咽口水，鼻子抵在枕头上。她的头发打在他的下巴上，他的眼皮又变得轻快了。

“真是服了姐夫了。”

“不过啊，她们的老妈看到这个场景，一定会很高兴的。”

“你这个臭男人！”姐姐娇声喊道。

千代子紧紧捏住他的指尖。

他熄了灯。千代子将他的胳膊拽到自己的脖颈下面。

他试着在脑海中描绘姐妹两人在两张并排的床铺上被人抱在怀中的模样。那场景多美啊。

小房间的黑暗中，飘来一股濡湿的花瓣的香味。他像一株植物般呼吸着。

他羡慕女人柔软的身体，想变成姐姐或妹妹。若能成真，一定会因为新鲜的喜悦而浑身颤抖。

他想起了梅花的雄蕊。于是讲起团十郎铜像的故事。

“浅草的观音堂后面，不是有一座团十郎的铜像嘛。雕的好像是剧目《暂》的舞台姿势，团十郎正使出浑身力气跨出一大步。每次看到那尊铜像，我都觉得他真是辛苦。一年到头都那样使劲扭着脑袋，其实也很累吧。我好同情团十郎啊。”

四个人满足地笑了。至于他和千代子的婚事，谁都只字未提。

三

旅馆里一个快四岁的小男孩看到那张涂成红色的汽车图画，便问她：

“姐姐，这是汽车月票吧？”

画上是一辆红色车身的公共汽车。千代子的姐姐将竹笼子抱在腿上，闻着新鲜香菇的味道，脸颊到下巴的线条很柔和。

他在身后敲着树脂车窗。

就在姐姐点头的时候，汽车开动了。

今天车子后面吊着一只新轮胎。姐姐在轮胎划出的圆形上面，隔着树脂车窗挥手。

“我忘拿了什么东西？——哦，你是说千代子吗？”那摇来摇去的手，仿佛这样说着。

卖山嵛菜的姑娘背着一个大背篓，从山嵛菜塘里回来。

她吆喝了一声，把背篓放下来，运到做木地板的店家。把山嵛菜的叶和根切掉后铺开，像牛棚里的碎麦秆似的。

汽车开过河流下游那座模型似的白色小桥，流逝的红色仿佛沿着街道，一路将伸向远方的山峡吞噬了。

“我不喜欢红色，但从远处看，有时也挺好看的。”

“姐姐啊，她很喜欢穿红色的衣裳。”

“不过，多亏她来了这一趟……我们去坐马车吧？”

“坐马车去哪里？”

“去哪里都行吧。”

驿站在村子边上。

房檐下挂的小鸟笼里，是约莫昨天才抓到的两只绣眼鸟，正扇动翅膀，胡乱扑腾着。

“喂，我们买只绣眼鸟吧。”

“那你要是看到了马……”

于是千代子学着他的语气：

“喂，我们买匹马吧。”

用来引诱其他鸟儿入笼的那只绣眼鸟在红梅枝条上挂着的笼子里啾鸣。

“是只雄鸟。”

“你能认出来？”

“能呀。我小时候，在乡下的山里听了太多雌鸟和雄鸟的叫声，都记下来啦。”

故乡的山的模样——不过，最近他对绘画的兴趣，净是些毫无逻辑的幻象。与其在幻象中描绘故乡的山峦，还不如把眼前的马粪画下来。

庭院里有一辆卸下车辕的空马车，歪倒在院子里。

今天也有风，红梅的花瓣纷纷扬扬地飘进马厩。他瞥了眼食槽，红色花瓣当然落在上面。

隔着马厩，能望见后面光秃秃的原野。原野广阔。他飞奔过去，点燃了芒草丛。野火燎原。火焰如游丝般纤细地招摇着，黑色的痕迹却蔓延而去。

“柳绿花红，柳绿花红。”

这是他最近的口头禅。于是千代子立刻接了下去：

“柳还未绿，花还未红，小心行事，小心行事。”

不知什么时候扔在地上的火柴盒，在脚边冒起一簇烈火。

四

突然，大象和骆驼沿着村里的街道走了过来。

千代子在山茶林里折了一朵山茶花，刚走上街，眼前就忽然出现了这两只庞然大物。

“啊呀！”她拽着他的衣角，一下子绕到他身后，几乎要将他按倒在山茶树林里。

大象的尾巴唰啦啦地转着圈摇摆，好像驯马师的皮鞭。

骆驼每走两三步，就像上古的武将似的扬起头。

大象像个腼腆的农村姑娘，前腿往里收拢、后腿叉开成鸟踞的样子撒尿。

“啊！”

千代子把脸藏在他肩膀后面。那是一只公大象。孩子们全都叫喊着退到路旁。

“你看啊，看那朵山茶花。”

红色的花漂在尿上。那朵花是千代子受惊的时候碰落的。她紧闭着嘴唇，眼角微微吊着，认真地端详那朵茶花小船。

他想，既然如此，不如骑到那头骆驼的双峰之间吧。这其中多少有些情欲的意味。

“真是上古的旅人啊。”

“大象和骆驼走起路来，都像穿着毛糙糙的旧草鞋似的。”

“听说骆驼和大象都跑得比马快，这么看来，真是让人难以置信。”

“嗯。这个嘛，如果你看见它们快跑的样子，自然就觉得它们跑得很快啦。它们是上古的遗物，在上古人的眼里，说不定就是跑得很快的。现在就连人都长着一副比骆驼跑得还快的脸呢。”

“就像那只猴子一样吧。”

一只小猴得意扬扬地在大象背上盘腿坐着。像傲慢得惹人恨的干瘪老太婆，乖巧地坐在那里，稳如泰山。

“这样一来，连释迦牟尼都能安心往极乐世界去了。”

“为什么？释迦牟尼不是极乐世界的主宰者吗？”

“释迦牟尼曾这样说：‘唯当乌鸦和枭共栖一树、亲如一家，吾方圆寂。唯当蛇、鼠与狼共住一穴，情同手足，吾方入灭。’

而现在，大象和猴子的关系已经这么好了。”

“大象和猴子的关系原来不好吗？”

“谁知道呢。”

不过，大象的背像隆起的小土丘，那样子着实显得大方又富足。

“哇——”千代子在身后抓紧了他的褂子。

“真长啊！”

骆驼伸长了脖子，朝着荞麦田旁边的瑞香花张开了嘴。

“它能闻出瑞香花的味道吗？”

瑞香花含苞待放。

总之，骆驼 U 字形的脖颈突然伸开，成了一条长长的斜线。线条修长，乍看上去很美。

“那骆驼摆出一副圣人长者的模样，像大彻大悟似的……”

“你能不能有点儿童趣？”

“那就换成山羊大叔吧。”

“也就是下巴上的那缕胡须还像些。”

此外，骆驼前额的毛发有点像平头，和鹦鹉的很像。

大象的鼻子像尺蠖一样能伸能缩，又像绦虫似的能盘能松。大象的鼻子还像动物学教科书上绦虫的头。鼻子卷起来，显出它蚶子形状的嘴巴。两片嘴唇不停地开合，像平稳的海浪舔舐光滑的岩石，又像蜗牛在吸吮着什么。

骆驼的嘴就用来吃草。

“大象的眼睛让人讨厌啊。骆驼的眼神看起来温柔友好多了，大象的眼神怪阴险的。”

大象团扇似的耳朵扇动着脸颊，但它脸上并不凉快。没骨头似的象腿好像裹着又肥又大的旧裤子。

“这是移动动物园吗？”

“没准儿是吧。”

“肯定是个马戏团！”

不知不觉间，他和千代子也和孩子们、村里人一起，陪着大象在街上走。

一只小狗老实地抬头望着大象，一路跟了过来。

“它们应该是往港口去吧。货车装不下，所以让它们下来走过去。”

大象伸长了鼻子，将装炭的袋子从卖炭的店铺屋顶上拨下来，又轻而易举地把路边的合欢树拔起。

“哎呀，它不是要吃合欢树，而是想把它烧了！”

南边是重重的山峦。往山口，要走三里半；往港口，要走十一里地。山口处峡谷的雪也已经融化了。会不会有小鹿从林木之间，窥视翻山越岭的大型动物呢？

大象仿佛背着睡神行走，屁股像松松垮垮的袋子一般垂下来，摇曳着竹林中的阳光，晃晃悠悠地远去。

“不知道它们什么时候回来。回来的时候，肯定也是走这条路吧？”

千代子的语气就像在谈论和自己很亲密的人。

五

千代子拎着画具箱和水瓶，跟着他走到红漆剥落的桥上。

那水瓶原来是装汽水的，他从旅店要来，用它洗画笔。千代子将她的黑丝发带系在瓶口。

每当瓶子里的水被颜料弄得浑浊，她就拎着瓶子去山谷的河边打水。她朝对岸的山茶花扔了一颗小石子，花朵没有掉落。

杉树林笼罩在暗淡的焦茶色中，隐约可见一丝微光。

“我想在杉树的花粉像沙尘那样飘散之前——把这幅画完成。”

“哎，这想法可真悠闲——到时候颜色和现在都不同了，也没关系吗？”

“反正颜料有的是嘛。”

他眺望风景的神情，的确安闲洒脱。

杉树总会长得高耸入云。但是，他并不喜欢那种高度。那种高处的忧郁，如今无法打动他。因此，他画风景画的写实手法，眼看就要从杉树林的那一角开始崩塌。

他发现自己想把杉树林画得像问荆草丛那样低矮，并且想让它们更明亮些。但又心说这样可不行。

他发现，逆着阳光眺望竹林很有意境。若是顺着阳光看，就没意思了。

不逆着阳光，就无法清晰地观赏竹叶与阳光合作的那曲古典而轻柔的舞蹈。

也许不将一片片竹叶的形态表现出来，就画不出竹子的美吧。

但是，这太阳的美丽波光，让他想起的不是日本画的竹子，而是印象派的油画中新叶生发的树林和宁静的海。他想起的，是一幅洒落在林间和海面的、日光的画。

不，比起油画，他更愿意想起的是音乐，用日本的乐器来演奏。琴、尺八……

“什么嘛，尺八不是竹子做的吗？无聊。”

他一直在笑。

即使是竹叶无法令阳光闪烁着起舞的时候，也是逆光看过去更好。淡淡的阳光穿透竹叶，让人觉得亲切。

然而他的风景画，必须与山谷染房的爱情交战。他虽不至于稚嫩到为竹林寂寞的光影妥协，染房之爱却比杉树林更难应对。

梅树从桥的一端探出身子，向山谷里的河流倾斜，横在他眼前。

梅树像玻璃窗的窗框一般，支配着画中风景。它承担了类似风景测量仪的任务，将他紧箍在写实的风格中。

花朵盛开。

他的素描里却将花儿抹去了。若把梅花作为这张风景画的近景，花朵就会大得如同妖魔鬼怪。

作为一个风景画家，他并不觉得这棵梅树有多稀奇。离眼睛过近的东西，都是大得出奇的怪物。

他不看近处的梅树，而是放眼远处的竹林和杉树林。在他眼中，梅花如过眼云烟，转眼间就消失不见。

但或许是方才梅花的雄蕊让他吃了一惊，他突然想道：

“梅花会消散在何处呢？”

莫非像一股青烟，渗到他心里去了？

若是这样，此刻描画竹林和杉树林风景的，就不是他，而是梅树了。那么，这幅画就不该叫《竹林与杉树林的风景》，而应该取名为《梅树》。

“喂，无论是谁看了我的画，也不会想到这片风景中竟然有大象和骆驼经过吧。”

“是不是写个说明比较好呢？”

“大象和骆驼路过的梅花树——取这个名字会更好懂一些吧。”

他在草地上随意地躺倒。

“瞎说。这幅画明明是写实的——喂，咱们回到东京，就去办婚礼吧？”

“听上去像是为了解闷才办婚礼的。”

“我想画一张人体画。”

千代子不是模特，有时在他的画室，却找不到自己的腰带。于是她把他的兵儿带[1]缠在自己的单衣上，就去街上的菜店买萝卜。他想画这样的千代子。

---

1 兵儿带：男人用的腰带。多用整幅纯白纺绸、绉绸、毛织品，染成白色花纹做成。明治以后得到普及。

六

千代子赤裸着双脚，喀啦啦地推开大玻璃门，从山谷河流的澡堂门槛上走过去。

“玻璃好像擦过，变亮堂了呢。”

“没有擦呀。”她从袖子里拿出一把新牙刷。

“那支旧的扔掉吧。”

他在澡堂的走廊上大声说。

“哎呀，你这家伙真是娘娘腔。”

这时，飘来一股木头的味道。是河流上游木材厂传来的木屑味。

“讨厌，你错拿了我的手巾！”

更衣室里，也传来千代子大声讲话的声音。

也许是不愿意用他的手巾擦身体，千代子将手巾像旗子似的展开遮住身体，噔噔地走下石阶。今天早晨，她那苹果般青白色的乳房上，似乎染上了些许淡淡的色彩。

他“哎呀”一声，望向山谷河流边的小石子地。

“你看看，春天来了啊。”

“是啊。”她也望着窗外。

“所以我特意买了新牙刷。别看我这样，也是个不错的妻子呢。”

他合起双手，无所顾忌地玩起水来。

温泉的气味很重，似乎还掺杂着岩石的气味。

到河边钓小河鱼的人一天比一天多了。

千代子听说过“三月咬穗垂”这句话，意思是三月里若有人穿着下摆破破烂烂的和服站在河水中央，小河鱼就会游过来吃穗垂（下摆的破布条），用来比喻春天的小河鱼有多么好钓。

千代子也和旅店的老板去钓鱼了。回来后，将身上有红色、紫色、黄色斑点的鲜艳的鱼摆成一排给他看。

“比你的调色板还漂亮呢。”

村子的空地上搭起了一座临时小屋，有歌伎舞女在表演。

“我约了京都的朋友，你也和我们一起去吧。”

“京都的朋友？”

“今天刚到的。”

从京都来了一对年轻夫妇。

那位妻子的皮肤温暖而湿润，细嫩光滑得仿佛要渗出有香味的雾水似的汗珠。

舞台上，穿着红色和服的女孩子小便失禁，染红了舞台。

夜晚好似要从那片红色中升起一股热气来。

走出小屋，千代子不由得握住他的手，轻声说道：

“怎么会汗湿成那个样子呢？那位妻子把她丈夫的外套袖子盖在火盆上，然后紧紧地握着我的手。从进了小屋开始，直到刚才，一直握着不放。才刚见面就这样子，真是奇怪。”

“也没什么奇怪的吧。看上去不是挺高兴的吗？”

杂技团表演的时候，她把他拉了出去。

杂技演员带着猴子和狗上台。

一个十八九岁的女孩长着洋娃娃似的脸蛋，说话声音也像洋娃娃一样。她让狗倒立着走钢丝。一位看表演的老婆婆突然大声喊道：

“行啦！啊，表演我们都看见啦。别演啦！太可怜了，不过是一条狗，不用逼它做这种事情吧！”

那女孩像个洋娃娃似的哭丧着脸。

他们踏着月色回去，一路上，雨蛙叫个不停。

这阵子，千代子也学会了模仿雨蛙的叫声。

他边走边欣赏春天的植物。

“你把这个和珊瑚珠并排插在头发上试试看。”他说着把珊瑚木的果实递给千代子。

整个冬天，他不知多少次将那鲜红的果实捧在手心里。

黄瑞香竖起黄色的花筒时，他特意带她到山里去，让她瞧那没有叶子的灌木。

“这种花要一个月才能从有花苞到绽放呢。天寒地冻的时候在光秃秃的树上开花，真是性格坚韧。”

马醉木的花房好像小粒的白色贝壳。

“你摸摸看。像棉花一样柔软，一定出乎你的意料。”

这端庄的花丛，让人感觉很好。不过，木兰、早樱、紫云英——这些艳俗的花朵像在城市里那样纷乱地盛开时，他就乱了方寸，不禁想去山野深处的石谷里寻一丛款冬花。

树木的嫩芽也一样。红枫、石楠嫩芽的红，柿子树嫩芽的绿——那如同婴儿初浴的颜色在他眼中宛如奇迹。可一旦山里的树木组成色彩缤纷的喷泉或阳伞，五天中至少就有一天不想欣赏这样的美景了。

这样的时候，他就在房间的窗口茫然眺望。黑松的嫩芽像支铅笔，罗汉松的嫩芽则像蜻蜓翅膀似的翻飞。

一天，他以为漫天飞舞的是白色的羽虱，其实是遇上了一场春雨。他回去取雨伞，不，其实是回去叫千代子。

“喂，我们去看竹林吧。”

竹林被似雾非雾的细雨濡湿，成了一群绿色的长毛绵羊，低垂着脑袋，静静地安睡着。

“真是温柔的宁静。”

他轻轻地，将手放在千代子肩上。

身旁的农田里有三四十只青蛙刚从土里钻出来，浑身是泥。它们搞错了季节，聒噪不止。

温泉旅馆

夏逝

一

她们像野兽，赤裸着白色的身体爬来爬去。

圆润的胴体动作缓慢——昏暗中，热气蒸腾，她们用膝盖爬行，活像光滑而黏糊糊的野兽。只有肩膀上的肉耸动着，像干惯了农活般健硕。黑发的色泽透出鲜活的气息，充满人间烟火的味道，仿佛高贵而悲伤的水滴。

阿泷扔下扫帚，像跳木马那样轻快地越过高高的窗子，一只脚迈过水沟后蹲下。有声音落在水流里。

“是秋天啦。”

“真的，刮起秋风了呢。初秋时节，避暑胜地冷清得就像船舶远行后的港口……”澡堂里传来阿雪娇滴滴的声音，似乎在模仿和恋人同行的城里女人的语调。

“差不多得啦，小矮子。”阿芳用扫帚敲敲阿雪的腰，“东京人从八月初就嚷着秋天到了、秋天到了，怕不是以为山里一年到头都吹秋风吧！”

“阿芳，如果我是那位小姐，会把话说得更好听呢——‘初秋时节，避暑胜地冷清得就像嫁不出去的女人’。”

“抱歉。别看我这样，好歹也风光地嫁过三次人呢！像你们这么大的时候，我可是正经结过婚、有丈夫的人。”

“这样说如何——‘初秋时节，避暑胜地冷清得就像三次离婚回娘家的女人’？”阿雪边说边往河滩跑。

阿泷伸展腰肢，还是跨步蹲在小水沟上，眺望城里人所谓的“秋天”。但是，她只见到故乡的山脉浮现在月色之中。即使她走到街市上，也不会想起这温泉村落的山谷的溪水声。枹栎树的叶子筛下月光，她五个月不曾享受欢爱的小腹紧绷凸出，染上斑马似的纹路。

阿芳把头伸出窗子：

“阿泷，你的坏毛病又来啦。那条河是洗餐具的！”

“‘餐具’是什么？”

“下游有香鱼的鱼池，还有人用这水淘米呢！”

“会冲掉的啦！”

“你这浑蛋女人！”

然而，阿泷连头也不回。

“小雪会游泳吗？”她说着拉住小姑娘的手腕，走过河滩上的桥。发现阿雪因为赤身裸体而羞涩地缩着肚子，就猛地敲了敲她的头：

“喂！”

“人家脚痛呀！光着脚的嘛！”

澡堂里的人在非议她们俩。两人的头发粗而茂密，分外惹眼。那濡湿的黑色发丝，让其他女人从白天就感受到她们天生的情欲味道。两人还整个夏天合盖一床被子，今天晚上还会拿八月净赚的工钱呢。

“她们俩肯定是把自己拿到的赏钱扣掉一部分才交给账房的。瞧她们现在那得意样儿，两个人正说悄悄话呢。”

“而且我还听说，她们不服气跟大家平分工钱——”

不过，对于所谓“平等分配”的正义性，七位姑娘其实各有各的愤愤不平。就连农村姑娘阿时——她本人都觉得自己的赏钱应该是最少的——也心怀不满。正因如此，她才特意从浴池里抬起头来：

“她们的出身和我们不同呀。一个是卖肉的女佣，一个是艺伎店的保姆——油头滑脑是当然的喽。”

阿泷像抱一捆蔬菜似的抱起阿雪，走过桥对面的踏脚石。桥通往溪谷里的小岛，岛上建了个亭子，做成旅馆的庭院。深潭四周的月光像一群溺水的银色候鸟，摇曳婆娑。岩石的莹白和对岸杉树林里的秋虫啾鸣交融合一，逼近她一丝不挂的身体。

远处传来水桶放在水泥地上的声音，浴池似乎已经打扫过了。阿泷在亭子的柱旁发现一支烟花。阿雪从百日红的树枝上摘下客人的泳衣，双脚套了进去。

“看，这么长——都到膝盖了！”

"那是男人的啦。"

剩下的几个女人穿着泳衣过了桥——若是在往常，她们早就像一根无知无觉的棍棒，躺下便睡着了。然而今晚，她们七个连每天晚上两人轮流打扫澡堂的活儿都一起干了。她们攥着钱，像迎来欲望祭典的前夜……阿泷笑话穿着肥大泳装、梳着裂桃顶髻[1]的阿雪，想起夏天和男客的各种约定，感到强烈的饥饿，恶毒地数落起客人的毛病来。于是，阿泷说：

"阿时和阿谷就干到明天。我们把烟花点了，给她们送别吧！"

但是，烟花受潮了。

"小雪。秋天呢，就好像受潮的烟花，对吧。"她接着粗鲁地划了十五六根火柴，火星伴着爆裂声穿过刚长出嫩叶的樱花树。

大家尖叫着抬头仰望，看到的却是一个穿浴衣的男人"挂"在晒台上的情景。旅馆沿溪谷河岸的斜坡而建，和大门是水平的，后面的晒台矮得可以直接跳上去。那男人好不容易把荡来荡去的双腿盘在圆木柱子上，正笨拙而吃力地向上爬。

"哎呀，那是鹤屋先生。"

"那个人的老毛病也真是了不得。"

女人们高声大笑。阿芳"嘘"了一声，打着手势叫大家安静。

"我之前把走廊的门锁上了，他才绕到后面去的。"

1　日本十六七岁少女的一种发式，明治、大正时代流行。将头发左右分开束起，再在头部后上方盘成环状。

男人疯了似的拽住挡雨板，接着双手举高，将板子往外撤。这一来，板子和人一块结结实实地摔到女佣的房间里。窗子里头一片漆黑。阿芳急忙往桥那边跑。大家都匆忙站起来。阿雪忙着脱泳衣，阿泷对她说：

“不用管她们。大家都担心自己的钱包呢。”她用力抱住对方的肩，两个人倒在地上，“烟花还没放完呢。”

上游来了两个暗娼店的女人，摇摇晃晃地跳下岩石，偷着来旅馆泡澡。她们身后还跟着几个男的。阿泷几乎把阿雪从膝头上扔下来，站起身道：

“畜生。我要给她们好看！”

二

阿泷家的庭院里是一片大波斯菊田，然而那花田被竹篱笆圈起来，里面养了鸡。纤长的花茎胡乱地倒下，混在泥泞里。她家的屋子在村子的墓山往山谷中间的一段梯田中间，阳光和风都很充足。屋后的竹林遮住茅草屋顶，随风轻摆时，好像一群游动的小沙丁鱼。

阿泷十三四岁时，就骑着没上鞍的马四处飞跑。她背着满满一筐叶子青翠欲滴的绿山葵，策马从山上飞奔下来，如一缕绿色的晨风。

阿泷十五六岁起，正月和夏天的两个月，旅馆女佣忙不过来的时候，她就来帮忙。她在澡堂里赤裸身体的时候，温泉里的男客人都在不经意间沉默了。她的手脚形状优美，看上去已是个妙龄少女，皮肤白皙，宛若细瓷。

阿泷的肚子和她母亲的肚子，显示出这两个女人的种种——她的母亲形容邋遢，不管不顾地睡着；女儿静静地坐在母亲肥胖的肚子前面，看着她松松垮垮的肚皮。母亲突然“呸”了一声，把嘴里的唾沫吐到一边，又踏实地进入梦乡。父亲抛弃她们母女俩后，母亲的肚子在阿泷眼里一下子清晰了许多。

她的父亲在同一个村子的一条街上，和小妾住在一起。路上遇到时，父亲问：

“你妈妈怎么样？”

“她睡得很香。”她匆忙与他擦肩而过。

十六岁的阿泷，赶着马和母亲去耕田。她将水引到田里，临到插秧时，母亲给马套上横木上有稀疏木齿的犁。阿泷在田埂上看见了，突然不管不顾地跳进水田，立刻扇了母亲一巴掌：“笨蛋！犁漂起来了，你没看见吗？！”

母亲依然抓住犁的把手，蹒跚地往前走。阿泷用胳膊肘把她撞到一旁，抢过犁来：

“你给我看好！”

母亲一条腿跪在泥田里，仰头看着女儿，对旁边田里的人们说：

“我这人啊，跟了一个可怕的丈夫。相比之下，还是之前那个丈夫温柔点儿呢！”母亲说着，像个姑娘似的红了脸。

晚上，阿泷背对着母亲睡。母亲对着她的后背睡。

扛着锄头的母亲，跟在跨在没上鞍的马的女儿身后，一路小跑着回家。洗衣做饭都是母亲的工作。母亲越是让女儿无情地使唤，越是渐渐忘了丈夫，心中也就越容易产生悸动。每当她想起丈夫而发呆时，就会被女儿打。每当她因此而哭泣，女儿就飞跑出家门。

“等等，阿泷！你那双草鞋破得不像样子了！”母亲紧追不舍。

就这样，母亲不知疲倦地劳作。她的眼神逐渐像猫一般温柔，女儿的瞳仁则像漆黑的豉甲虫，眼波亮闪闪地流转。

阿泷穿上和服参加旅馆宴会，她体态纤长，个子高到客人的胸口，一双濡湿清亮的眼睛仿佛会说话，不由得让客人吃惊。

十六岁那年的岁末，阿泷在旅馆里独自清洗浴池的时候，暗娼店的女人们带着三个醉醺醺的客人，从后面走进澡堂。

“阿泷，让我们洗个澡吧。哎呀，澡堂空着呢！”

“水都在热的那边。”阿泷握着刷子，僵硬地退到澡堂一角。

澡堂是地下的石洞，三块木板将大浴池隔成三段。温泉从第一段里溢出来，流到第二段去。泉水的热度就是这样逐渐降低的。

暗娼店的两个女人在泉水里哗啦啦地洗掉香气刺鼻的脂粉，一边洗一边大声议论阿泷的身体。但男人们震撼于女孩未经人事的裸体水灵灵的美，一时间沉默不语。两个女人毫不避讳地争论阿泷是否已经拥有一具成熟的女人的身体，男人们则咂摸着她们话中的意味。男人们的眼神，让阿泷无地自容。两个女人在男人身后半蹲着，给他们搓后背。其中一个女人问：

“阿泷，这儿少一个人，你来给他搓搓背呀？”

阿泷仿佛咽下了什么坚硬的东西，站起身来，走到男人背后跪下。这几个男人好像是山对面银矿的矿工头。阿泷抚过那泛着矿石气味、孔武有力的肩膀，手微微颤抖。她紧紧地合拢膝头，感到一股恶寒从脖颈处游走全身，慌忙泡进温泉里。

两个女人看不惯普通女子，怀着娼妇独有的那种心术不正的自豪，频频将恶毒的言辞发泄在阿泷身上。阿泷沉默着，眸子闪闪发亮。

一个男人裹上棉袍，轻轻拍了拍阿泷的肩膀：

“小姑娘，来跟我玩吗？”

“嗯。”她刚答应，肩膀就被人用力搂了过去。

积雪的云朵笼罩着河滩的夜空，寒风萧瑟。阿泷穿一件毛织睡衣，刚洗过澡的双脚赤裸，冻得发僵，啪嗒啪嗒地走在岩石地面上，仿佛吸住她的脚底板，地面一阵阵刺骨的寒气从脚底传来。

“畜生、畜生！”每次觉得腿要冻僵的时候，她便激愤地大叫。对岸杉树上的雪，像雾一样飘然而下。

一开始，阿泷把脸埋在双手的掌心里，很快又将右手大拇指放到嘴里，咯吱咯吱地啃了起来。

起身时再看，大拇指上留下了一个破碎的牙印，血从伤口中流出来。

她迅速将右手藏到怀里，摇摇晃晃地站起来，想要“嘎啦”一声拉开隔开两个房间的拉门——她知道拉门另一边有三个女人和客人正屏住呼吸——她只是把手放在拉门上，心里照例骂着“畜生、畜生！”看也不看眼前的男人，径自出了暗娼店的后门，朝山谷里的小路走去。

走了不到一百米，就听到两个男人快步追来的脚步声。那几个女人在他们身后尖声咒骂——她赢了。阿泷像病倒了似的，猛地伏身溪边，将冰冷的溪水大口大口往嘴里灌。男人们光着脚飞奔而来，嘴里呵出白烟。她瞥了一眼，继续喝水。

那天晚上，她回到自己家，像蛮横的男人抱她一样，粗暴地抱着母亲睡着了。

三四个月后，春天到了。一个晚上，阿泷从比自己高两倍多的山崖跳到街上，摔伤了脚。住进镇上医院的第二天，她流产了。住院十天，她回村里一看，父亲正在家里。她把母亲踢倒在地，和父亲扭作一团，大吵大闹：

“卑鄙无耻！趁女儿不在做出这么卑鄙的事。这么肮脏的家，谁愿意待呢！”

她坐上当天的公共汽车去了镇上，成了肉铺的女佣。

今年夏天，肉铺的工作不忙。七月末，她回到村里，来旅馆帮忙。两年前发生的事情到底意难平，她不由得想嘲笑那几个暗娼店的女人。

三

从夏到冬，澡堂的后门和窗户彻夜开着，不让热气闷在里头。

暗娼店的几个女人经常带客人沿着小溪从后门进来，偷偷溜进温泉旅馆的内部澡堂。两年前的冬天就是这样。但对阿泷来说，这却像冬天裸着身子和夏天裸着身子一样，有着天壤之别。

“什么嘛，你还拿着湿掉的烟花呢？”阿泷走在木板桥上，对阿雪说，“我们去泡澡，挫挫那帮家伙的锐气——那群女人，简直和阿雪没法比！真的哟，阿雪。要是男人看见你漂亮的脸蛋，那群女人就得哭丧着脸！”

“打扰人家做生意不合适的呀。”

“哼。不愧是艺伎店的女佣。男人穿着泳衣和裸着有什么区别吗？不过，我一个人去也足够了。要不然，你先回去睡？”

“鹤屋先生在房里呢。”

鹤屋是这一带的化妆品批发商，每个月的月中和月末来收两次账。他的头发剃得很短，刮净的络腮胡子还泛着青碴，人胖乎乎的。若是喝醉了，就像疯子似的用筷子对着碗盘敲个没完，大吵大闹后睡上两三个小时。睁开眼，就是费尽千辛万苦，也要想方设法钻到女佣的房间里，否则宁可不睡——爬晒台便是其中一招。在钻女佣的屋子这件事上，他简直无所顾忌，十年来从未变过，可谓是每月两次“好习惯”的附赠了。

但是，阿雪还是一个未经世事的姑娘。

"他喝得烂醉，肯定很快就会睡死过去的啦！"

即使阿泷这样说，她也不愿独自回去。

"行了，我在溪边的温泉等你。"

溪边还有一处白木造的澡堂，像防火小屋一般简陋。大家管那里叫"溪边的温泉"。

阿泷从内部澡堂的后门咚咚咚地跑下石阶，突然"哗啦"一声跳到温泉水里，说道：

"在河里待了一会儿，太冷啦！"

暗娼店的女人们一面躲避着飞溅的泉水，一面和阿泷打招呼：

"晚上好。"

"晚上好。"

阿泷弯下身子，温暖的泉水哗啦啦地溢出来。

"我们借用一下贵旅店的温泉。"

"这样啊……我还以为是我们的客人呢。"

两位客人看上去都是学生模样。阿泷大胆地站在两个人面前时，他们仿佛被一股温柔的风按下了，起身离开泉水，在浴池边上坐下来，耷拉着脑袋。

"本来想和你们打个招呼再进来的，但都这个时候了，以为你们已经休息了。"

"算了，我还想和阿笑借个东西呢。"

跟阿泷解释的女人名叫阿清，外号"黄瓜"——瘦得像根黄瓜，微微驼背，面色苍白，因生病经常卧床，喜欢小孩。常有附近的人让她帮忙照看婴儿，也常看见她在公共浴室里给三四个小孩洗澡。似乎只有逗弄小孩时，她才真的快乐。暗娼店的女人曾和村民约定，不拉当地男人做客。这个承诺，只有阿清一人还严格遵守。她虽然是外地来的，却是在这村子里弄垮了身体，便打算死在这里。到时候，她疼爱过的孩子们，将成群结队地跟在她的棺材后面为她送行——每次卧病在床，她就在脑海中描摹这幅图景。

阿清就像冬日里单薄的阳光，就连阿泷见到她，也马上被她感染，愿意与她聊一两句最近的境遇。

可是，另一个女人却看也不看阿泷一眼，只说了句“晚上好”，便像睡着了似的沉默着。长长的眼睫剪影遮住她的眼眸，裂桃顶髻像被油浸透了似的，沉甸甸地垂下来。一张扁平而白皙的脸孔上，罩着惺忪蒙眬的睡意。两片花蕾般噙着的嘴唇和长长的睫毛勾画出清晰的轮廓，生动得仿若什么别的生灵。两道眉毛还像胎毛似的未经修剪，蓬乱地长着。耳朵、脖子、手指，一眼望去，无论哪个部位都让人想咬上一口——这股子柔情让阿泷立刻明白，她应该就是阿笑。

阿笑——这村里大概有十来个陪酒女子，唯独她最伤风败俗，派出所的巡查多次放话，叫她离开村子。因为她频繁与村会议员的儿子们私通。她天生适合干陪酒的行当，是个不折不扣的娼妇。

阿笑依然一副神魂颠倒的模样，任凭阿泷尖利的目光直勾勾地盯着她看。她从温泉里站起身子，坐到浴池边上。她湿淋淋的肌肤好像一条莹白的蛞蝓，仿佛浑身上下没有一根骨头，不染一丝污垢，柔软而圆润。这是一只爬行动物，身上的脂肪像蜗牛一样，能伸能缩。真想在那白花花的肚子上狠狠踩上几脚。一股男人才有的欲望突然袭击了阿泷，她猛地伸手，覆住阿笑的膝盖：

“借我一条毛巾吧！”

阿笑的身子像蛞蝓似的轻轻一缩，想用双乳遮住下腹。然而，那没了毛巾遮挡的地方，赫然现出一片小小的伤疤，挛缩的瘢痕爬在白皙的皮肤上。

可是，阿笑的耳朵变得红彤彤的，简直红得透光。继而从乳房到下腹都隐约染上了这种红色。阿泷望着这抹妖艳的血色，心中掺杂着疯狂的妒忌和难以自抑的快感：

“看来毛巾不能随便借。这上头有毒呢。”

没过多久，阿泷向溪边的温泉窥探，说：

“小雪，这里有两个漂亮又老实的学生小哥，你要不要到瀑布这儿来玩一玩呀？”

阿雪在浴池边上的水泥地上抱着双臂。阿泷从温泉里上来的脸湿乎乎的，靠在阿雪的手臂上。

“啊呀，你睡着啦。好吧，你呀，你还是照顾好自己吧。”

阿泷回旅馆的时候，天色已近破晓。树枝间和河岸上白色的雾气已在晨光中飘荡。阿雪还在河边的澡堂睡觉，仍然环抱双臂，像是在紧紧抱住自己的贞操与道德……

四

阿雪像初生的小鸡珍惜自己屁股上的蛋壳一般，珍惜《修身教科书》的外壳。这外壳又像蛇蜕一般，可恨地贴在她身上的某个地方。

她不过是在这大城市附近的海边温泉小城里，做一个艺伎馆的用人。尽管和别人一样梳着裂桃发髻，可阿雪的发际格外分明，自有一抹情欲的意味。艺伎的早熟和海边姑娘健康的气色，在这小姑娘身上完美地融合。她的脸蛋像红苹果，浑圆的杏仁眼在精致的双眼皮底下左顾右盼。山里罕有——她的存在给这句老话赋予了新的内涵。

所以，那个温泉旅馆里也有许多男人，半开玩笑半认真地向她求爱。而她也半开玩笑半认真地、进退自如地搪塞过去。不像其他女人那样，一次次地大肆吹嘘这类成果。

有一次，一个学生说走了嘴："小雪年龄不大，却很早熟嘛！"

她马上就变了脸色，撂下一句话，把端菜用的餐盘一扔，转身就走："你这混账！一个书呆子，有什么可傲慢的！因为人家在艺伎馆，就欺负人……"

那学生在旅馆住了一个来月，再没和她搭过一次话。

可是，如果她和阿芳两个人当天负责打扫澡堂，她就故意装睡。阿芳用刷子敲她，她便说：

"我现在能看见你有三张脸。让我先回去睡好不好？我帮你暖床。"

就这样，阿雪得到其他女人的照顾，每天都是一副开心的、若无其事的模样。

“哎呀，这条围裙真好看！”曾有一位女客人看到阿雪时惊讶地说过。

不知道阿雪什么时候、从哪里收集了许多五彩缤纷的小碎布，她将它们拼成整齐的三角形，缝到一起，做成了这条漂亮的围裙。

她刚来这家旅馆的时候正值夏末，旅馆里正在缝制新棉袍。阿雪缝好二十几件，还做出一件同样花色的男孩夹袄来。是用剩下的布头拼起来的。听说要送给她弟弟。

旅馆老板娘惊愕之余夸她会干活。老板听了说：

“不能小看这家伙，得防着她点儿。”

阿雪还收集客人抽剩下的卷烟壳子，掐掉烟嘴收起来。攒得多了，她便把里面的烟草剥开，用报纸包好，送给港町的老爷子。

多少年来，老板娘都亲手从烟灰缸或火铲里捡出客人抽剩下的卷烟壳子。也是将烟嘴一个个剪掉，收在大纸箱子里，村里的老人来的时候拿出来送给他们。老人们用烟管吸上，边抽烟边天南海北地聊起来。甚至有几个老爷子就是冲着这口烟来的。

然而，老板娘这多少年来的乐趣，就因为阿雪的到来，戛然而止了。

阿雪的母亲——在港町陪酒的继母，每隔五六天就浓妆艳抹地带着阿雪的弟弟到旅馆来。她讨尽了这里人们的欢心，偷偷向阿雪要零花钱。

阿雪的父亲是临时工人，来这一带打工，每天结算工钱。他住在隔壁村子，往一家农户的仓库里搬了一席破旧的榻榻米就住了下来。海边的温泉町到这里的温泉有一条公交线路，阿雪的故乡港町——那个小渔港，就在这公交线上。她的爷爷独自住在那里，等着孙女送来烟草和腌山嵛菜。

公共汽车绕过稍高的海角，温和的色彩一下子在眼前铺开——海岸边的茶树林正值花期，另一侧的蜜橘山黄澄澄的，笔直的公路在其间往入海口延伸。三四十艘渔船优美而整齐地停泊在港口。树影之间净是大大的泥瓦顶和仓库的白墙。眺望小镇那富饶的景象，教人很难相信，如此贫穷的阿雪会住在这里。更何况，这里还是不用交税的模范村落。

阿雪的亲生母亲就在这里生下了她的弟弟。弟弟出生时，母亲高烧，性命好歹是保住了，人却成了疯子。白天，父亲和爷爷都出去劳作，阿雪留下来看家，瞅准母亲发病的间隙，悄悄将婴儿抱到母亲的乳房旁边。父亲早上出门前会绑住母亲的手脚，阿雪却帮她把草绳解开。母亲疯了以后只活了四十天便去世了。

那一年阿雪十岁，上小学三年级。她背着小婴儿去学校。父亲和爷爷的吃穿，都由她来照料。她捡了一条流浪狗，这条狗是她唯一的奢侈品。她半夜给弟弟讨奶吃的时候，狗儿忠实地跟在少女身后。

“我不想和保姆坐在一起！”阿雪的同桌在教室里哭了起来。

每当背上的婴儿啼哭，阿雪就得走出教室。就连十分钟的课间休息，也要用在换尿布和喂奶上。

尽管如此，她仍以第一名的成绩升上四年级，全学校的人都很吃惊。升学典礼上，她到校长面前领奖时，依旧背着婴儿。孩子们的父母见到这种场景，不禁潸然泪下。听说校长还通报了县知事，希望县里能给阿雪表彰。这消息也传到了阿雪的耳朵里。可是孩子们不然——对弱小孩子的最大恶意，往往出现在其他孩子身上。四年级的暑假之后，阿雪便辍学了。

阿雪独自一人将婴儿养到三岁时，继母来了。但洗衣煮饭仍然是阿雪的工作。到了给农田除草的时候，邻居每天都看见继母揪着阿雪的头发，将背着孩子的阿雪拽到泥田里团团转。

“这个、这个、这个、这个——都是那时候留下的伤疤。”阿雪在温泉旅馆的泉水里，指着自己的手腕和胸口给别人看。如今说起这些，她只是轻佻地笑着，仿佛那是用自己的裸体引男人上钩的技巧。

而那时，温泉镇的伯母实在看不下去，就把阿雪领了过来。在小学校长等人的多次催促下，县知事终于下发了表彰通知，那时阿雪已经去了镇上的艺伎馆。她父亲当时在山区给人干活。

伯母家的一楼卖绢花，二楼是艺伎馆。

“虽说在艺伎馆，我也不过就是扎扎绢花、给人看看孩子罢了。”她对温泉旅馆的人说的谎，倒像是那本《修身教科书》教出来的。她平时拿着艺伎的三弦琴和要换的衣服在艺伎馆里走来走去，做的是见习艺伎的工作。

因此，县政府的表彰就没了音信。她的小脸蛋没多久就涂上了艳红的脂粉，圆圆的眼睛里也不再呆愣无神。她很快就一路小跑、一路欢声笑语——颈子变得白皙而色情，身体里燃起一团热烈的火。

可当她预感到自己就要被逼着接客的时候，就立刻离开了伯母家。也许是还没忘记那“传说中的表彰”吧。

阿雪去父亲打工的地方看了看，继母却像变了个人似的，奉承起她来。

“现在我无论在哪儿，都能一个人吃饱饭了。谁还愿意待在那让人讨厌的家里头呢。”

这是阿雪在艺伎馆里扎扎实实培养出来的自信。她自己并未察觉，实际上稳稳当当地将了继母一军。碰了一鼻子灰的继母向后退了一步，阿雪凭着一股初生牛犊不怕虎的劲头，开始蔑视人生。在那些女人的命运中，这是朝娼妇迈出的一步。

然而归根结底，少女的“蔑视人生”不过是做了一场嫁入豪门的美梦。她自以为成了被命运选中的女子，将一步步走向上层社会——其实只是越来越自作聪明、越来越轻浮了。

于是——阿泷对睡在溪边温泉的阿雪说：

“好吧，你呀，你还是照顾好自己吧。”

这句话，给她标上了美好的身价，让她格外珍惜。这“身价”和《修身教科书》合而为一的危险，就是她令人嫉妒的魅力。

继母来旅馆说客套话的时候，阿雪也巧妙地说些客套话来应答——继母去泡温泉的时候，阿雪蹑手蹑脚地去看，然后对老板娘说：

“老板娘，那女人说的话您可不能信。她还是打我弟弟。弟弟身上有五六条紫色的血印子呢。”

男客人的甜言蜜语，在十六岁的阿雪看来，也和那紫色的血印子没有区别。

五

第二百一十天[1]，是个烧炭的烟都能看清楚的大晴天。溪谷里飞来许多红蜻蜓。

但是，第二百一十三天，暴风雨却刮断了电灯的拉线。她们趁天还亮着，关上挡雨板，回到女佣的房间躺着。这时，掌柜的披着雨斗篷，给她们送蜡烛来了。阿泷接过蜡烛，就对正从挡雨板的小孔里往外望的阿时说：

“阿时，就算你往外看多少次，这雨下着，你也是回不去的。你肯定也是知道的。快把蜡烛拿到二十六号房间去吧！”

于是她们几个一起拍手鼓掌。阿时将递过来的蜡烛“呼”地吹灭，坐了下来。

她们原本有七个人，从九月二日开始只剩下四个。有几个只

1　从立春算起的第二百一十天。一般是九月十日前后，多台风的时候。

是夏天过来帮忙的姑娘回去了。旅馆老板的侄女高子从女校毕业，准备去助产士学校学习。她是个近视眼，十四岁到十七岁一直在这家旅馆当女佣。因为家离得近，旅馆忙起来很快就能过来帮忙。能干的阿谷十分熟悉旅馆的状况，很受老板娘的宠，听说出嫁时旅店出钱给她置办了全套嫁妆。还有农村姑娘阿时——她今天早上来旅馆玩，赶上了暴风雨。

大石块骨碌碌被冲走的声音，在她们枕边响起。半夜里，女佣房间的木板门咯吱咯吱地被拉开，阿时走出来。走廊上传来擦火柴的声音。

阿雪猛地大喊："哇，万岁！"边喊边从阿芳肚子上滚过去，抱住墙边的阿娟。

"好痒啊，小矮个儿！大家都在装睡吗？真是人心不古啊！"

"我们都是明白人。是我让阿时睡在门边的呀。"阿芳说完，阿雪摇晃着竖起来的双膝，又笑着说：

"哎呀，她那么天真，太可怜了啦。"

"毕竟是本地人，阿雪，你少说两句吧，会影响人家出嫁的。"阿娟一本正经地说着。阿泷气势汹汹地顶撞：

"这有什么关系？又不会影响她当农民。只要不像你那样收人家的钱就行了。"

"我？我什么时候收人家的钱了？"阿娟摸着黑爬过来，要伸手打阿泷。阿泷一下子把她的双手反剪过去。

"嘿，这么说来，你就是用那招儿让人家着迷的吗？"阿泷说着把阿娟撞倒。

“少用那种过气的招数勾引人家。”

阿娟在东京的艺伎街做过梳头匠的仆人。她常说自己要在旅馆打工赚钱，再去当一回艺伎街梳头匠的上门徒弟。她的头发总是梳成艺伎的模样，一旦有客人夸赞，就高兴地四处吹嘘。她皮肤黝黑，身材娇小，宴会上若是有城市人打扮的年轻男客人，就要把客人从别人那里抢来。

今年夏天，有个神经衰弱的学生在旅馆住了半个来月。她不管账房里头是谩骂还是嘲笑，扎进人家的房间就不出来。

夏日里，每天客人都络绎不绝。而这些姑娘与客人之间发生的事情，却只有阿娟和阿时这两桩。相比之下，这两位姿色平平的姑娘，反而会遇上这类事。

与阿时交往的男人是个旅行画师，挨家挨户地给每个旅馆画隔扇。阿时这个眼窝深陷又迟钝的农家姑娘，在澡堂里却显出莹白的肌肤，那美丽的模样简直判若两人。

暴风雨过后的早晨，晒台上净是绿色的落叶。溪边温泉的浴桶被泥土埋住了。掺着红土的泥水弯弯曲曲地从岸边的岩石上流过，孩子们成群结队，各自拿着网子，捞起湍急水流中晕头转向的小鱼。一对旅行艺人母子在旁边看热闹。

架在岩石之间的板桥一个不落地塌了。桥板两端本来是打了洞后穿上铁丝，固定在岸上的，现在板子都漂到了岸上。

河里的水少了，却不见钓香鱼的人来。大家都聚在测量技师的房间里玩。旅行画师在没有客人的屋子里画隔扇。

在这个寂寞的季节里，村子热闹起来，能听到人们在高声谈话。

在村里最好的温泉旅馆当女佣的姑娘们，约好了一起请假。村民们就到村里第二的温泉旅馆，也就是阿泷她们工作的旅馆来，一一数落起最好的温泉旅馆老板的老故事，仿佛是刚刚发生的一样。

“那家伙之前不是被告上法院了吗？因为他偷偷把含金量高的石头换成了矿山技师采来的矿石。”

“没错，那场官司是怎么判的来着？听说技师被开除了，那家伙却白白拿到几万日元的定金。”

“他不知道做过多少次这种骗人的事——喏，上次有几位大臣和了不起的军人来猎鹿，不是在他家住了很长时间吗？那老头儿叫人家写了几幅字，仗着自己字写得好，临摹了十几二十张赝品卖给别人。他说是这些人来他家住店的时候写的，大家就都相信了。就这样，他又赚了一笔。这深山里的温泉旅馆，要是本本分分地经营，荷包哪里会鼓得那么快啦！这家旅馆就是最好的证明。”

大伙借着酒劲儿，又说：

“咱们把他们家的温泉堵上吧！”

“现在就冲过去，把那老头子活埋在河滩上！”

其实是机动车道将开进这条山谷里来，要把小路拓宽。最受益的就是温泉旅馆。但是，村里第一的温泉旅馆，却断然拒绝分摊捐款。

十来个警察住进了那家旅馆，每天都作势拉弓。他们还没败了兴致，村里就安静了。

阿泷关上昏暗走廊里的挡雨板时，“呀”地跳了起来。原来是她踩到了一大片梧桐树叶。

不知道为什么，她不想回镇上的肉铺去。

老板娘挺着七个月的大肚子，痛苦地打扫厕所——这种活儿无论怎样都不能让女佣帮忙——她的身影看上去异常孤独。

一个好像是赌徒的男人在旅馆住下，每天去河上游监工空房子的装修。

一队朝鲜土木工人搬了过来。

“你们瞧，他们把烧饭和炒菜的锅都带来了。”阿娟跑进女佣房间。

一群朝鲜女人穿着皱皱巴巴的白色长裙和布鞋，佝偻着身子走着。祖祖辈辈的生活用品打成一个大包袱，背在她们身上。

河流下游传来炸药爆炸的声响。

上游那间破旧的空房子，成了整洁漂亮的艺伎馆。让姑娘们惊讶的是——阿娟竟然到那里去工作了。那赌徒似的男人也曾死缠烂打地请她们几个过去帮忙，想起男人说漂亮话时开出的工钱，大家口不择言地咒骂起阿娟来。

秋深

一

她们把夏天来的客人忘记拿走的十四五把扇子捡起来，放到她们的屋子里。

阿雪将两把男用的扇子拿在手里，“唰啦”一声打开，一本正经地抿着嘴跳起舞来，像艺伎跳舞时一样。

“本来不就是这样吗？阿雪要是没来这里，早就当上艺伎了吧。”仓吉抱着膝头，靠在古朴的涂漆柜橱上。

“果真是那样，我这等人就看不见阿雪跳舞啦。”

“我是当不上艺伎的啦。那时候我不过是个看孩子的。”阿雪唱歌似的说。就连仓吉也跟着阿雪的手势，啪嗒啪嗒地拍着光溜溜的大腿，打起拍子来。这下换成阿雪跟着他用手拍出的凌乱节奏来跳舞。小腿肚渐渐发热，裙摆终于乱了。她晃晃悠悠地想要转身，却撞上了堆在一旁的坐垫，眼看就要倒在柜橱上。

“阿仓，我们就这样，去唱法界调[1]吧？”

“唱什么法界调啊……”

“就唱些差不多的呗。”阿雪把右手的扇子丢到仓吉肩上，“我啊，是不喜欢当艺伎，才逃来这里的啦。”

所以，我看不上你这种居无定所的人——原本这才是她的言外之意。但是，即使在侮辱人的时候，阿雪那双杏仁眼也显出一副媚相来。她又举起扇子，继续跳舞。仓吉讪讪地笑着，用阿雪丢过来的扇子拍着大腿。他脚上的肉白花花的，像肥胖的四十岁女人的脚。嘴唇厚重，面颊通红。印着商号的短外衣不太合身，但他结实的肌肉却让人感觉到野兽般钝重的力量。

从三四年前开始，一到夏天或冬天，温泉浴场忙起来的时候，仓吉就突然回到这家旅馆，没有人知道他从哪里来。之所以说“回到”这里，是因为他每次现身都是旅馆最忙乱的时候。由于人手不够，他便被叫到厨房帮忙，或者拜托他接送客人。然后不知什么时候，他又不见了。所以，每年一到忙起来的时候，旅馆的人就会想起他来：

“今年也到仓吉快来的时候了。”

也是在一个忙碌的夏天，一位叫加代的姑娘来旅馆帮忙。她是老板的远房亲戚。从秋天到来的第一天起，空出来的房间就明显多了。仓吉每晚都和加代一起到走廊上，关客房的挡雨板。半

1　法界调：1891—1892年间流行的通俗曲谣。由清曲《九连环》发展而来，在歌谣中加上“法界”这一虚意衬词。

夜里，两个人还曾去过溪边的温泉。

他因此被旅馆赶跑了。但到了正月，他又像什么都没发生过似的回来了。因为有人粗心大意，喊了他来帮忙。

然而到了春天，三个月未露面的仓吉从镇上的寿司店寄来一封信，是写给十六岁的小姑娘阿雪的。信上像谈论天气一样自然地说到自己被那边的女人染上病的事，以及具体的病状。

就这样，他夏天回到姑娘们所在的旅馆，今年秋天就紧跟在阿雪身后——和她一起去走廊上关挡雨板，帮她打扫浴池，帮她整理客人的床铺，欣赏她在艺伎馆学会的舞蹈。

但是，阿泷闯入了舞场。

“喂，阿雪，你要小心脚下啊！别把榻榻米跳坏了，已经有点破了。”

“仓吉想吸一吸灰尘嘛！他说想体验一下城市的气氛。”

“没错没错。矫揉造作的学生最讨厌了。叫人家来打扫他的房间，自己却在屋里直勾勾地盯着看。让他躲开点儿，又说偶尔吸点儿灰尘也好，说山里的空气太清新了，这样才有都市的气氛。这时候阿雪来擦走廊的地板，你这不良少女说得倒是好。您从这桶脏水里，感受到什么气氛了？阿仓，你这么高兴地看着阿雪，感受到什么气氛了？”

“这个人想用这招儿来奉承别人吗？真是愚蠢。”阿雪又把另一只扇子“啪”地丢到仓吉膝盖上。

“最近，他一直念叨着阿雪会跳舞了，大概说了十五次吧！”

“阿雪啊，女人第一次就被这样的人缠上，可是一辈子的耻辱。这种人就该让他等到第十五次呢。”

仓吉仍是略带苍白地笑着，站起身来。

“喂，老板娘叫你去打扫晒台啦！”

“晒台？”阿雪打开窗，“啊呀，好多落叶！”

晒台上净是枯黄的落叶，不过，绿色的落叶更多。昨晚也是秋风萧瑟。

晒台在她们房间的窗外。

窗子映出她们房间的大柜橱，刻着桐花家纹，上了黑漆。柜橱里装着铁壶把手似的金属环，已经生了锈。这是以前农民的家具，现在也用来装换洗的衣服，还放着客人的浴衣和床单。十张榻榻米大的房间角落里，堆着客人的寝具和坐垫。她们的包袱皮和碎布头、空盒子一起，胡乱地塞在抽屉里。坏掉的化妆台、空肥皂盒做的化妆盒、旧三弦琴、破洋伞……全都放在柜橱上面和钉在墙上的架子上。总之是堆得满满当当的，但没人知道每一样东西是谁的。开始缝冬天穿的和服棉袍了，陈旧的榻榻米上散落着线头和糖纸，剪子在上头闪着光。

扫完落叶，她们从晒台跳进屋里。厨师吾八正盘腿坐着，左手拿着纸牌，右手一张张地翻弄。

“你怎么有工夫玩这玩意儿？没见忙着。”阿泷坐下来，拿起缝衣针。

“不忙。我辞职了。”

“终于要自己开店了吗？”

“不是。我啊，搞砸了，被解雇啦。”

“被解雇了——也就是说，你被赶出门了？”

“也不算被赶出来，但我也厌倦了。这点儿事我不想说，但就是因为这个——”吾八从围裙里掏出一样东西扔了过来。阿泷把它捡起。

“什么嘛，不就是一截干鲣鱼片尾巴吗？”

“这是我今天早上打开行李时看见的。有人把我带的新鲣鱼节换成了这个。”

“啊，这样就变成吾八偷走了鲣鱼节。我知道了，是阿芳那畜生干的。那个婆娘，有偷翻别人行李的毛病。”

“阿芳拿着新的鲣鱼节去找老板娘。用她的话来说，老板娘当时正在削鲣鱼节，让阿芳用新鲣鱼节来换，把这个旧的给了她。听她这样说，我也不能一直忍下去了。”

“可是，不就这一截吗？”阿雪从吾八身后把双手放在他肩上。

“就这一截鱼，但账房和阿芳都没告诉我。”

“这也太无聊了。既然他们都瞒着你，吾八你也装作不知道这回事不就行了吗？辞什么职啊？”阿雪晃悠着吾八的肩膀，“你这样本分，在这个世上是活不下去的啦。”

“小矮子，你瞎说什么呢？吾八怎么可能装作不知道嘛。”阿泷从房间里出来，粗暴地抓住阿芳的衣襟，将她从走廊上一把拽到吾八面前。

“给你！”但吾八仍然呆呆的，阿泷见状又将阿芳拖到玄关那里，双手掐住她的脖子，将她按在水泥地上，只穿布袜的双脚不住地踢打阿芳的肚子，咒骂着：

“畜生、畜生！你给我滚！”

阿芳只翻了个身，一句话也不说。

“喂！”仓吉把阿泷撞开，阿泷踉跄着，差点摔在大鞋柜上。

“干什么呢？你们是一伙的吧！惦念着吾八的饭碗呢？”

阿泷紧盯着仓吉的脸，突然低下头，骂了一句“畜生”，扑到仓吉胸口便咬。

二

大概一个星期过后，那伙朝鲜工人混入日本的土木工人队伍中。监工在姑娘们所在的旅馆不远处租了一间房住下。

隔壁的暗娼店也新来了两个女人，据说以前是做镇上士兵生意的。而阿笑被上游新开的店家挖走，身价一下子提高了三倍；阿清没工作五天，又卧床不起了。

村里的人也很快察觉了阿清的病情。今年夏天开始，她几乎每天都背着暗娼店还没断奶的孩子、拉着四个小女孩的手，从溪谷沿街一路爬坡到村里。还没走上街，就有三四个小孩围到她身边。这个带着孩子的女人一张青白的瓜子脸，总是梳着干净利落的银杏髻[1]，周身有一股寂寞的温柔，村里人见了她往往会主动打招呼。尽管她经常因病卧床——也许正因如此，她的头发总是梳得连一丝鬓角的碎发也没有。她安静得可怕，孩子们却都很亲近她。谁都想不通，也不知道她究竟和孩子们说了些什么。

托这些孩子们的福——暗娼店的孩子守在她床边寸步不离，她一直卧床也不至于被店里赶出去。但是她长年出入男人堆中，身上总有风尘女子的感觉，根本无法安心养病。

“我这条命大概看不到这路修好了。”——她一面这样想，一面又像等待节日的马戏团姑娘一样活泼。然而，她也习惯性地在心中描摹着自己幻想中的葬礼——她疼爱过的孩子们在棺材后面排成长长的一队，爬到山上的墓地来。

阿清几乎成了这山中温泉土生土长的人，而上游新开的店的老板与她形成了极巧妙的对照。听说他在一片又一片有工地的土地间游走，每到一处都开一家店做男人的生意。温泉旅馆的客人还穿浴衣的时候，他就穿上棉袍了。

他就像从前的“人贩子”，村里的姑娘们见到他都要躲着走。

但土木工人只是隔着庭院里的树木远远望着温泉旅馆的二层，这里对他们来说太高级、太奢侈了。

旅行画师把隔扇都画完，就乘着马车翻过了山。似乎对阿

---

1 日本妇女发型之一，将发髻上部向左右分开，梳结成一对半圆形顶髻。流行于江户末期，明治后亦曾梳结。

时不告而别。阿泷她们几个把他送到驿站的时候，他笑着对大家说：

“你们告诉阿时，要是想见我了，就把隔扇‘嗵嗵’地戳破吧。”

淡季到了。几位姑娘回到旅馆，就仿佛忘了画师和阿时，一面各自在房间里缝起冬天的棉袍，一面各自平静下来。她们将客人扔在客房里的旧杂志找出来堆在一起，但谁也不去读。从周六到周日，大家漫无目的地想着故乡和结婚的事，直到赏红叶的旅行团住进旅馆，没有人发现秋色已经染遍山林。

吾八离开旅馆四天后，她们便不再讨论他的事情了。

村里的鱼铺老板曾来向他道歉。

“又不是我们叫他离开的……”老板娘吞吞吐吐地说，“但是，他这个人也太游手好闲了。别人都忙得不可开交了，他却一直坐在客人的房间里，一天到晚不在厨房，着急的时候根本不能指望。不过他在我这里做了很长时间，彼此都熟悉了，这种事就也没什么……”

的确，吾八在这家旅馆已经干了八年，快五十岁了。他前半辈子仗着一把菜刀，把海岸线上的小镇走了个遍。这些年来，左手中指的指甲被自己切掉了，好像还讨过两三次老婆。用“好像”这个词，是因为这家温泉浴场让他忘记了自己的过去。也就是说，他在这里渐渐不再谈及过去。不是刻意隐瞒，只是失去了回忆的兴致。

一个码头流浪汉的过去，难免会有刀光剑影。然而，他来到这座山里，娶了一个带孩子的女人做老婆，并且对那个小孩也有了感情。于是，不知不觉间便有了在这片土地上过完一生的想法，渐渐安定下来。

阿清也是因为这样的想法，不切实际地憧憬着自己的葬礼。吾八有了开一间小饭馆的念头，可他的想法实在散漫——在死之前能开上一间就行了。他对这家旅馆，就是如此放心。所以平时才漫无目的地一会儿去挖山芋，一会儿去钓鱼；有时还随着性子，径自回隔壁村的自己家一趟。可以说，为这家旅馆效忠，成了他老来的乐趣。他是旅馆里起得最早的人，这是他身上仅剩的优点了。

他一年到头都穿着白棉布衬衫和印有商号的和服短外褂，下身是束带细筒裤。仿佛自己的生活没有必要穿更正式的衣服。他仍保留着年轻时军营生活练就的威猛，皮肤像是柿漆纸扎成的稻草人颜色。他晚上喝了二两酒，就会去相熟的客人房间里聊天，但没聊十分钟就坐着睡着了。

正是这样的人，才会因为一小段鲣鱼节惹出的事端干不下去。

仓吉在铺着木地板的宽敞厨房里，利落地干活儿——虽说如此，他也和吾八一样，有一双粗糙的农民的手。姑娘们曾经不约而同地看不起他、躲着他，但那段时间极为短暂。没过多久，她们便跟在他身后，嘴里塞满了生鱼片的碎肉。

旅行团离开旅馆的早上，她们把客人餐盘里剩下的生鸡蛋藏到客房的壁橱里。等打扫走廊的时候，用客房的铁壶煮熟吃掉。

如果有客人长时间在旅馆下榻，她们会将自己喜欢的那位客人盘中剩下的食物夹到自己的盘子里吃。不过她们吃的一定是男客剩下的食物。至于女客吃剩的，她们自然看也不看一眼。

“我知道他身体健康，也不脏……”她们中的一人对其余几人说着，就动起筷子来。

而且，也许是为了维持一种女性化的、有家庭观念的表象吧，一位男客的剩饭永远只由她们当中的一个姑娘来吃。也说不清是从什么时候开始的，总之这已经成了她们之间不成文的规矩。这类事情是她们几个的秘密，绝不会泄露给客人。但即使是吃剩饭，也有人朝三暮四，那就是阿娟。阿娟去上游那家店之后，朝三暮四的人就成了阿雪。

然而，第一个向监工的餐盘伸手的，竟然是很少做这类事的阿泷。这相当于她们对男人的告白，意思是愿意做他的女人。

三

早上打扫庭院时，她们领略到了深秋的寒意。身材娇小的阿雪拿着一把长长的竹扫帚的模样，不知为何有些像一个纯真烂漫的大小姐。

朝鲜女人们的声音传来，阿雪拖着基本算是装饰的扫帚，往女人们那边走去。工人们租了温泉旅馆门口的一间空房子，大家一起住在里面。那是一间农屋，里面没有一张隔扇，也没有拉门。温泉旅馆打扫庭院的时候，那些朝鲜女人蹲在井边洗早饭用的碗盘，白色的裙裤鼓鼓囊囊的。阿雪站在远处看了一会儿，转身时从几棵老罗汉松之间看见旅馆偏房的门口——她立刻把竹扫帚靠在罗汉松上，躲了起来。

阿泷正蹲在偏房门口，给监工缠黄色的裹腿。男人坐在门前，她白皙的脖颈和裂桃发髻落在男人膝头，宛如某种被人遗忘的悲伤的物件。

“阿泷她……”

阿泷她怎么了，阿雪也说不清楚。总之……

“阿泷她……”阿雪茫然地朝后院走去，脸上冰冰凉凉的。

她的两个胳膊肘撑在小桥的栏杆上，一条腿晃来晃去。朝阳透过桥下浅浅的流水，直达河底。泪水慢慢流下来。阿雪对阿泷那难以言表的依恋，此刻一股脑儿地涌上心头。

阿泷将她们脏兮兮的被褥从壁橱里拉出来，盖在身上的被和铺在身下的褥并无区别，全都硬邦邦的。

“我今天又去看爆破了。用炸药把岩石崩开，那一瞬间的感觉真棒！”她突然说。

阿雪不禁笑出声来，和硬邦邦的被褥一起翻倒在地上。

“我看你闻不见那股子火药味儿，就睡不着觉吧？”

她说着双手遮住脸，趴在地上，像个疯子似的笑个不停。

“喂！”阿泷一翻身坐起来，一只脚使劲儿踩阿雪的后背，“没错！那又怎么了？”

阿雪笑得肩头直颤，好像阿泷的脚根本不在自己身上一样。

“好了，打扫浴场去——阿泷，你还有别的任务呢。不快点打扫，眼睛又要熬红了。”阿芳利索地把床铺好了。

每到这个时间，她们便要去打扫澡堂。去的人穿着睡衣，只用一根细腰带束紧。

“没关系，我来打扫，你们赶快睡吧。”阿泷一个人出了门，重重地关上了女佣房间的门。

阿芳和阿吉立刻睡着了。澡堂里传来水声。阿雪一副怕冷的模样，拢着浴衣的袖子也往澡堂走去。最近，她像个孩子似的，只顾跟在阿泷身后。

“阿泷，阿泷。”有人在河滩上喊。打开拉门，阿娟没精打采地站在外面。阿泷走到晒台上。

“什么事？”

“你好。”

“进来啊！”

“嗯，不过……”阿娟走近晒台，抬头向上望，“大家都还好吗？”

“你这话也太见外了吧？”

“我啊，有点事想请你帮忙。”

“进来啦！”

“我……”阿娟歪着头，摆弄着自己的披肩，“我借给工人一点钱。”

“嗯。”

“现在这钱怎么也讨不回来了。”

“那不是挺好么？有人没钱，你就白送他点儿呗。”

“不是这样的啦。”

“大家都说你去的那家要价最高嘛。”

“那是两码事。要价高是因为老板很厉害，客人不付定金就不让进门。”

“别瞎嚷嚷了。你回去帮我告诉他们，让没钱的人都上我阿泷这儿来。”

“我啊，把真的钱借给人家了。”

“真的钱？”

“嗯，我留在这里，怎么也存不下钱来，才去那家的。其实，我也不想一直做这种事啊。明年无论如何也要去东京学梳头的。我想，至少也要赚到这笔钱，才把钱借给工人们的。”

“真奇怪啊。这不就是让他们从你那里借钱，再回来买你吗？而且那钱还带利息。”

“但是，很多人都不来还钱。所以我想拜托你，帮我跟监工的说说，让他们把钱还给我，或者从工资里把钱扣出来……”

“什么？这话你都说得出来？真是狗改不了吃屎啊！”阿泷从晒台上跳进屋里，把拉门“砰”地关上，大笑起来。她好久没这样大声笑过了。

阿泷的确是很久没有大声笑过了。最近她睡得太少，连高声大笑的精神也没有。每天晚上，她赤着脚从偏房的长走廊上走回来，走得双脚冰凉。白天眼中布满血丝，干活反而更加麻利，像一头暴躁的野兽。

她可以从走廊上悄悄走回来，却不能悄无声息地拉开大家的房门。

“阿泷。”阿雪娇媚地唤了她一声，阿泷站在那里，浑身僵硬。

“阿泷。”

阿泷默默地脱掉浴衣外面的和服外套。

“阿泷，大家都睡熟了。我帮你把被窝暖热乎了。刚才给你留的鱼汤都凉啦。”

“是吗，多谢。”阿泷忽然把冻得冰凉的手塞进阿雪的胸口，“你很寂寞吧？”

这样过了几个夜晚，阿雪终于在仓吉的屋子里，被旅馆老板娘摇醒了。

她大吃一惊，急忙翻身起来，坐得规规矩矩，双手叠放在地上行了个礼。

“实在非常抱歉。”

接着，她揉着眼睛，跑回她们几个的屋里。

“过来。”阿泷从被窝中起身，抱住阿雪，放倒在自己膝头。

“阿雪，你不是很聪明吗？一直以来，你那么努力地保护自己，还想凭这个出人头地呢，怎么能让仓吉那畜生得逞呢？阿雪，你可不能被仓吉那样的男人缠上。赶快找别人吧。找谁都行。真的！要是被一个男人缠住，就是做女人的失败！要是败给那种男人，就完蛋啦！”

“真是的！你居然哭了？怎么能哭呢？”

“你无所谓？真的吗？你无所谓就好，但如果不赶快找别人的话，阿雪就麻烦大啦。”

可是，第二天仓吉被旅馆解雇，阿雪跟在他身后，离家出走了。

约莫过了半个月，阿雪给阿泷写来一封信。没人知道她现在在哪里。

“……啊，让人怀念的山中温泉呀！如今我在悲伤的旅途中，昨天往东，今天往西……”

这些好句子，一定是她以前在温泉旅馆时，从故事杂志上背下来的。

山里风传她被男人带到许多地方，最后卖给了别人。不过，这都是传言。

冬至

一

水车上挂的冰柱在月光里闪亮。桥板上结了冰，马蹄踏过，发出金属般的响声。群山黝黑的轮廓线像一柄尖刀，这个冬天如此寒冷。

公共马车里只有阿笑一人，白色的围巾一圈圈地包住整张脸，她双手揣在怀里，整张脸埋在衣袖中，缩在车厢的角落里，深深低着头。

从停车场到这个温泉村有四里地。火车七点开，公共汽车和公共马车都没有了。最后一班马车抵达的时候，在温泉里泡得皮肤通红的村里人正提着灯笼，从山谷里爬上山。这一带树林茂密，有月亮的夜晚也很昏暗。街上家家户户都关着门。

但是，阿笑一下子跳出马车，缩着脖子，一溜烟儿跑进了茶树林，朝叶影婆娑的竹林跑去。她从怀中拿出一瓶酒，对着瓶口畅快地喝着。

"啊！"她发出一声满足的叹息，双脚使劲儿缩到衣摆里，把围巾重新围好，两只袖子遮住脸，打了个滚儿，躺在地上。

阿笑熟悉冬天的竹林，知道干枯的竹叶堆起来会暖和一些。她穿着两件人造丝的长衬衣，却没穿外套。

没过二十分钟，她听到男人的脚步声。

"喂，你可真吓人啊，睡着了吗？"

男人说着弯下腰，将手放在阿笑肩上。阿笑猛地拉着他的手，拽到自己的胸口。男人摔倒在地，她仍抓着那只手，在地上滚来滚去：

"啊，真开心。你不知道我有多想见你！这样打几个滚儿就暖和了。"

"没有人看见你吧？"

"你想想看，停车场在五站以外哦。而且，我还坐了两小时的马车呢。你看，我的脚——"她说着脱下布袜，在细碎的月光下赤裸着脚，"冻得通红！"

说完，她将双脚重重地搭在男人膝上，揉搓起冻得通红的脚指头。

"好像冰冻的红辣椒啊。"

男人握住她的脚趾，那脚趾像冰冷的蛞蝓，湿漉漉地黏在男人的掌心。阿笑的皮肤白得好像蜗牛。她将脚趾交给那个男人，整个人像一块肥美的脂肪，倒在他身上。

"我们到村里的温泉泡一泡，暖和一下吧。"

“不要嘛。我跑了那么远的路，像团火似的来找你，你也得像团火一样待我呀。”

男人一转过身，她便双手推着男人的胸口，挺起身子：“都说不行啦，我也不能白来啊！而且，还有火车票和马车票钱呢。”

“我给你啊。这点小钱，随时都能给你。”

“不行。不先给钱，我就不真给你当女人。”

男人忽然听到山谷的溪流声。

阿笑不是从镇上出来见恋人的，而是来做生意的。

这个村庄里的陪酒女中，唯有阿笑特别伤风败俗。村里有权势的人们，早就达成了这一共识。派出所的巡查忠实地听取他们的意见，几次要阿笑离开村子。大概一个月之前，这些人在宴会上你一言我一语地埋怨自己的儿子品行不端，巡查这才将她送到镇上。因为阿笑天生适合陪酒，简直就是个娼妇。

但是，只要接到“恋人”一张明信片的召唤，阿笑便会立刻来到他们身边。哪怕这一行要换了火车再换马车，还要尽量避人眼目，躲在夜半的竹林里，她也想要这笔“远行”的钱。又或许，与赚钱相比，她对卖身的兴趣更大。或许是这份不可思议的热情，驱使着她不舍昼夜、不远千里而来。就像传说中的那样，女人会游过大海，与男人相会。

当然，阿笑到了镇上，也是待在招待大兵的店里。她那张白皙而扁平的脸总是一副睡眼惺忪的模样，仿佛不曾察觉自己换了住处似的。只要有男人，她在哪里都很开心——就连用发油将头发润湿了梳好这样基本的事情，她似乎也不去想。

此刻也是一样，竹叶沾在身上，她也没有将它们拂掉。

男人一面从阿笑的和服上把竹叶一片片地摘下来，一面往山谷走。他们沿着河滩上的石头，去旅馆偷泡温泉。

阿泷独自在澡堂边坐下来，见到阿笑，先是用湿毛巾擦了擦眼睛，然后问那男人：

“你知道吗，昨天晚上，邻村的阿清死了。”

“我听说了，还以为你们已经睡了呢，没打声招呼就来这里蹭温泉了。”男人有些不好意思地解开了腰带。

“今晚是给阿清守灵的日子啊。你们这帮男人都是窝囊废，一个也不来。真让人看不起。”

“就连那些在她生前受过她照料的男人，不是也没法露面吗？私底下都觉得她很可怜。”

“真是凄凉。你不也是让阿清减寿的人之一吗？”

“要是修路的工人不来捣乱，也不会这样。阿清在村里经常帮忙照顾小孩，大家都很心疼她。”

“那你倒是去看看这个灵守得有多冷清啊。还有，我告诉你，阿清的幽灵没在竹林里显形，可真算你走运！在竹林里鬼混的人，可不许来泡我们的温泉。我们这儿可不是洗脏身子的地方。”

可是，阿笑脸上的嫣红已经染到了乳房，她一声不吭地低着头，像鲜面筋一样柔软的脚底踩过澡堂的石阶，一步步走了下去。

二

阿清也是陪酒的女人。如果说阿笑是陪酒的典范，从某种意义上说，阿清就是被阿笑杀死的。

阿清十六七岁流落到这深山里，没多久就搞垮了身子。她一直认定这个村子就是自己的葬身之处。男人们抱着这个一心向死的小姑娘，如同抱着一条苍白的身影。尽管如此，她还是常常被人糟蹋。一有时间，她就和村里的小孩子一起玩。

自打那群土木工人来到村里，阿清第一次听到岩石爆破的声音，就清楚地预感到：

“等到这路修完，我也就快死了。”

果然，不出五天，阿清就又起不来床了。暗娼店一个四岁的女孩和一个吃奶的小婴儿一直在她床边缠着不走，她因此才没被赶出去。不过，村里的陪酒女人都听雇主说过：“你们看看阿笑。”这句话也常常在阿清的床边飘荡。对了，她的床铺在腌菜小屋旁边，只有两张榻榻米大小。但有时为了接客，就连这里也会被占用。

阿清勉强起身，做好了赴死的心理准备。不，其实她的决心没有那么强烈，只是放弃了求生的意志。从结果来看，她招待土木工人，实际上和自杀没什么区别。

她的朋友，也就是那群孩子，还不能完全理解她的死和土木工人们的关系。

对于阿清的死和阿泷的侮辱，阿笑都是一副无所谓的样子。她从温泉里出来，若无其事地对男人说：

“再见啦，下次你什么时候叫我呢？”

“‘再见？’你开什么玩笑。这三更半夜的，你要去哪儿？”

“我要回去啦。走着回去的话，天亮以前能到停车场。”

“可有四里地呢。而且还是山路。”

“没关系啦。夜晚和男人我都很感激，没什么好害怕的。我不会叫你送我的。再见啦！”她说着随意地将手揣在怀里，走了出去。

“喂，差不多得了。别那么矜持。等天亮了再走吧。”

“被人看见了要怎么办呢？”她踏上被月光冻结的街道，头也不回地走了。

男人茫然地伫立在那里。

可是，阿笑等男人的身影看不见之后，就小跑着回来，藏在山谷溪边村里温泉的背阴处。那相熟的男人说不定还会再来温泉——她这样想着，缩着身子苦等。

麦苗现出一片霜白。山顶的天空明亮，候鸟不知为什么没在竹林里停留，而是顺着林子的方向飞远了。第二个踩灭竹林里篝火的男人突然蹲下身来：

“喂，有人来了。”

枕着自己胳膊的阿笑支起身子。

“啊，我知道了。是阿清的葬礼吧。”

“小声点儿。”

送葬人爬上一层层梯田，接近了竹林。阿笑整个人趴在地上，双手托住扁平的脸颊，笑眯眯地望着送葬的队伍。

所谓送葬的队伍，也不过就是两个男人扛着一口用漂白布覆盖的棺材。这两个人大概是暗娼店的店主和账房先生吧。棺材上放着两把铁锹——就算是装饰了。这个村子习惯土葬。

可是，孩子们到底怎么了呢？阿清疼爱过的村里的孩子们，在棺材后面排成长长的队伍，爬上山中的墓地——这样的幻想，不正是阿清活下去的乐趣，也是她走向死亡时所盼望的吗？

其实，那群孩子这时候还在睡觉。

阿清被人抬到竹林旁边，往山里的墓地去了。

“这也太残酷了。”

“是啊。”

“看来是想趁着天还没亮，把她偷偷埋下呢。”

“我也要趁着天还没亮回去了。现在就走，路上还能赶上头班马车呢。”

“喂，你倒是把竹叶掸干净了再走啊。”

“再见。你下次也写明信片招呼我哦。”她拾起酒杯，用力扔了出去。杯子撞上眼前的竹竿，碎玻璃落了一地。

人寿保险

三个从未谋面的学生，从遥远的大城市来到这被雪深深覆盖的大山拜访牧师寓所的杂役工，突然提出要他同意离家出走的女儿的亲事。这让杂役工着实不知所措。他狼狈到甚至无法思考三人中究竟是谁想娶自己的女儿。这次求亲，是女儿行踪不明三年后，杂役工头一遭听到她的消息。经常给他意见的牧师偏又为了避寒住到了遥远的海边。

为了证明我与他女儿两情相悦，我将我们的合影拿给杂役工看。做父亲的贪婪地看着照片。

A 说："她的模样成熟了很多吧？"

"是的。"

老人小声答应着，眼里沁出泪花，很是难为情地低下了头。一种情绪突然浮上我心头，气势汹汹的兴奋得到了安静的反省。方才那股近乎强迫老人把女儿交给自己的心情打了折扣，变得有些悲凉。

A 开始向老人讲述我的身世。

"没有婆婆也没有小姑子——西田一个亲兄弟姐妹也没有，他的父母在他小时候就去世了。"

B 连忙抢过 A 的话来补充：

“他父亲是日俄战争时战死的。”

“对，是战死的。”A 重复道。

我感到浑身一凉。也许是因为父亲的模样搅乱了我的脑海，我没有心思认真听别人的话，只漫不经心地应了一声：

“是的。”

拜访结束后，一出牧师寓所，B 立刻开口：

“你怎么能那样说话呢？人家听说这人的父母年纪轻轻就都去世了，一定会担心他们的孩子身体不好啊。所以我说是战死的。”

B 有些为自己的机智得意，而我连触及这个问题都感到难过。我借着夜晚的雪的反光看了看自己的手，那里有我的狡猾和卑微。衬衫的袖口长长的，一直耷拉到双手掌心的位置。冷是原因之一。更实际的原因是，我不想让她父亲看见我过于瘦弱的胳膊。在裹着层层笨重棉袄的冬天见她父亲，让我暗自开心。

她年纪很小，还不懂得如何拒绝与自己搭话的男人，只能选择第一个向自己求婚的人。她的心扑通扑通地狂跳着，像做梦一般点了点头，事情就这样成了。她自以为思考得很全面、很成熟，却没顾上对方是否健康等方面的事。就算想到了，也不懂得拒绝。记不得父母长相的孤儿——这一条反而成了说服女人的好武器。她“哎呀”一声，眼睛里写满了惊讶。不知有多少女人曾因此毫不吝啬地怜悯我，还有不少女人背着亲戚或丈夫，偷偷给我她们的零花钱。如果我向她们哭诉自己的不幸，她们立刻会露出泪光闪闪的神情。年轻女人因同情年轻男人而哭，基本等同于她们放弃了理性，愿意将感情送到这个男人的手心里。能在一瞬间想到“年纪轻轻就父母双亡的孩子，说不定也会早死”的女人内心残忍，可不像是个姑娘。我不曾对牧师寓所杂役工的女儿倾诉自己的身世，没有使出这种让女人流泪的计谋。也许是因为我只对她说了一句“我想和你结婚”，而她回答“好”，我也就无须多说了。不过，我也没有问过她“我可能会早死，你做好心理准备了吗？”我总觉得不对她说，就是一种欺骗。对于这欺骗性的辩解，我打算今后再说。只要好好调养，说不定体弱多病的人也能变得健康，延长十年或二十年的寿命。而且，我没有勇气下定决心认为自己就是不能结婚。就像我也不是打心里的每一个角落都彻底相信自己一定会早死一样。这两种想法，不过是我稍显暗淡的宿命论，沉溺于某种阴沉的游戏之中。但面对那姑娘，我的自责却无一刻停歇。我对 A 和 B 都隐瞒了这份情绪。因此当 B 说“是战死的”时，我的心情仿佛跌落深深的谷底——“大家都会这样想吧。”

第二天早上，对方的父亲给了我答复，同意了这门亲事。我回答说不久就会在正月里带他女儿回家探望，他听了美滋滋的，蹒跚着走下积雪的山路，将我这多半会早死的女婿送到车站。

回到城市两三天后，我和一家大医院的医生走在岁末的街上。那是深更半夜，他喝得大醉，对我说道：

“我看你挺寂寞的。有时候连我都看不下去啦。你的影子太寂寞了，残缺不全——我是说你心灵的影子。你从小就境遇不好啊。就算还是学生又怎么了？结婚吧！不然你就无药可救了。

我会照顾你的。给你出学费，帮你成家，让你有生活上的保障。有不少来医院看病的人，我都会这样关照他们，只是觉得你的影子啊，那影子实在是残缺不全。”

“你身为医生，这样说合适吗？副院长。”

“你真是个笨蛋……”他发出我从没听过的声音，朝我扑过来。我差点被他扑倒在水沟里。

“医生就是这样说的啊。医生说，你是个迷信家啊，你太迷信啦——我就是医生。”

“听说你妻子好像流落街头了。”

“她死不了。”

“这我可不知道。”

“她不是说，要是她死了，我就可以娶一个有钱的姑娘吗？”

“嗨，就在街角捡一个穷姑娘算了。”

“那也可以啊，还有人寿保险呢。”

“原来如此，可以投保啊。”

人寿保险浮现在我的脑海里，这似乎是个非常好的主意。但还是年轻学生的我，竟开始认真考虑这些事情，我不由得十分难堪。

参加葬礼的名人

一

我自少年起，就没有了自己的家，也没有了所谓的家庭。学校放假，大家各自回家时，我便寄宿在亲戚那里。从这个亲戚家住到那个亲戚家。不过，大部分假期我都在关系最近的两户人家里度过。这两户一个在淀川以南，一个在淀川以北；分别位于河内的城镇和摄津的乡村。我乘渡船往来于学校与这两家之间。无论到哪一家，他们都很热情。见到我总是说“你回来啦”，而不是“你来啦”。

二十二岁那年暑假，不到三十天里，我参加了三次葬礼。每次我都穿上亡父的那套罗纱礼服，脚踩白布袜，手上拿着念珠。

第一次是去参加河内远方亲戚的葬礼。死者是丧主的母亲，连孙子都三十好几岁了，且生前卧病在床多年，享尽儿女呵护，可以说是没什么遗憾的喜丧了。我望着丧主的神色和孙子孙女们微红的眼角，不由得也沾染了他们的悲伤，却没有对逝者的思念或悼亡之心。我在佛前烧了香，但并不认识躺在棺材里的那张脸，以前总也想不起有这么个人来。

出殡前，我穿好礼服，带上念珠和摇扇，与摄津来的表兄一道前去吊唁。与表兄相比，我虽年幼，一举一动却更为稳重，更与丧礼相称。我驾轻就熟地做好自己该做的事，表兄有些惊愕地看着我，照着我的样子做。老家有五六个堂兄都来了，没必要在他们面前沉着脸。

大概一星期过后，摄津那位表兄给住在河内的我打来电话。原来是他姐姐嫁的那户人家的远亲要办丧事，我也不得不参加。以前我家办丧事时，那家人似乎也来过。我和摄津的表兄结伴坐火车去奔丧。来到对方家里吊唁，除了丧主本人，我根本不知道哪些是自己的家人，就连死者是谁也不清楚。表姐家被用作参加葬礼的人休息的场所，将自家的亲戚安排在同一个房间。这里没有人谈起去世的人，大家都只关心暑热的天气和出殡时间。不时有人问起死者是谁、享年几岁之类的。我只管下我的围棋，等待出殡。

后来，摄津的表兄又从工作的地方给河内家里打来电话，说是他姐姐嫁去的人家有一个关系很远的亲戚办丧事，想请我代为参加。可表兄连对方的地址、村名、墓地的位置都不知道。说话间，他开起玩笑来：

“你啊，是参加葬礼的名人嘛！”

我顿时沉默了。电话那头的表兄不知道此时的我脸上是怎样的表情。我告诉家人，自己要去参加第三次葬礼。河内这边表兄年轻的妻子苦笑着说“你怎么跟殡仪馆的人似的”，做针线活的表妹则是静静地看了我一会儿。我决定当晚住到摄津那边的家，翌晨从摄津出发，坐船渡过淀川。

表兄笑着说我是“参加葬礼的名人”时，我猛地联想到自己的过往。此时的境遇和过往的经历使那句话在我听来十分刺耳。我很小的时候，就参加了数不清的葬礼，已然将摄津地区的葬礼习俗熟稔于心。一是因为不断遭遇亲人离世，二是因为农村的讲究颇多，一旦有人家办丧事，每家都要派出代表送殡。村中信净土宗和真宗的人家最多，禅宗和日莲宗的葬礼仪式我也略懂一二。人临终前的模样，我至少见过五六回，还有些已经想不起来了。还见过三四次用第一抹死水[1]浸润死人嘴唇的景象。依序烧香时，我烧过头香，也烧过最后的所谓压棺之香。捡骨灰、整理骨灰之类的事也常做。人死后的每一个七日该做哪些佛事，我都很了解。

今夏去世的这三个人，我都不认识。虽然无法感受到直接的悲伤，在墓地烧香时到底还是会摒除杂念，静心为死者祈祷冥福。我看到年轻人中，有不少人烧香时低着头、双手自然垂在身侧，但我仍旧双手合十。多数时候，我似乎都比那些与死者关系稍疏远些的殡客更为虔诚。因为他们的葬礼令我触景生情，回想起死去的亲人们还在人世的时候、临终的时候，和给他们办丧事时的情景。于是越是参加生前和我关系疏远的人的葬礼，我越容易带入自己的回忆。我面对回忆，双手合十，在死者灵前敬香。故此，少年的我在陌生人的葬礼上，总能露出恰如其分的表情。那不是我假装的，而是附在身上的寂寞得了机会，自然而然地显露了出来。

1　日本一些信佛的人家在人死后用来浸润死人嘴唇的水。

二

我对父母的葬礼没有一点儿印象，脑海里也丝毫寻不到他们在世时的情景。人人都对我说：不能忘记自己的父母，一定要想起来。可我再怎么努力回想，也想不起来。看着他们的照片，总觉得那既不是画像，也不是活生生的人，而是某种介于两者中间的东西。他们似乎既非我的至亲，也不是毫无关系的旁人，而是介于两种关系之间的关系。照片莫名其妙地给我压力，我与照片面对面，相互感到羞耻。别人和我谈起父母的事，我也不知该以怎样的心情去聆听，只希望这话题能早点结束。也曾有人告诉我父母的忌日和寿数，但这串数字对我来说和电车的路线牌号没什么区别，很快便被我忘记。伯母说，我曾在父亲的葬礼上大哭大闹，不许人们到灵前敲钲，硬要熄灭灯烛，还把灯油洒得满院子都是。不知怎的，只有这件往事奇妙地打动了我的心。

祖父生前到过江户[1]，父亲也在东京医学院毕业。医学院校长的铜像立在汤岛天满宫。我到东京的第一天，就被人带到那尊铜像前，当时的心情非常奇妙——铜像又好像有了生命，站在它脚下仰望，我竟觉得情怯。

给祖母办葬礼那年，我刚上小学。祖母和祖父两个人把身体虚弱的我养大，看着孙儿上了学，稍稍松了口气，一不留神就去世了。葬礼当天暴雨倾盆，常来我家干活的一个男人把我背到祖

1　东京的旧称。

母的坟前。十一二岁的姐姐穿着白衣，也被一个男人背着走在我前面，爬上土红色的山道。

祖母的死使我第一次对家中的佛龛有了鲜活的情感。我趁祖父不注意，从外面将紧闭着的佛龛隔扇打开一条极细的小缝，之后再将它关上。就这样不知疲倦地窥探灯火通明的佛龛，打发时间。但我记得，隔扇彻底打开的时候，我反而不想靠近佛龛。每当明晃晃的夕阳西下，日光从平原大地撤退，只照亮山顶或垭口两端的时候，仰望宁静的天色，我不知为何，总是想起八岁时佛龛中的灯火。佛龛白色的隔扇上涂着祖母长长的戒名，那歪歪扭扭的平假名，出自一年级小学生之手。在家屋被卖掉前，这行字一直留在那里。

男人背上的姐姐，在我后来的回忆中，只剩下一身白色的丧服。我闭上眼睛，力图给那身白衣添上手和脚，却只有红土山道和雨越发鲜明。无法如愿，我焦灼万分，就连那个背姐姐的男人的背影也想不起来。最后，飘浮在空中的一团白，就成了有关姐姐的全部记忆。

姐姐在我四五岁的时候被亲戚领养，我十一二岁的时候姐姐在那户人家去世。我不了解父母，同样也不了解姐姐。姐姐死了，祖父很难过，也强迫我跟着难过。我思来想去，不知该在什么东西上寄托怎样的情感，才能共情这份悲伤，唯有老迈衰弱的祖父悲恸不已的样子刺穿了我的心。我的情绪追随着祖父，停在他身旁，没有要跨过祖父往姐姐那边去的意思。祖父通易学，擅占卜。晚年罹患眼疾，几乎失明。听说姐姐病情危重，他安静地摆开竹篮，占卜孙女的命运。我目不转睛地看着这位视力衰弱的老人摸索着排布竹棍，老迈的脸上渐渐阴沉。两三天后，姐姐的死讯传来，收到信后，我不忍心告诉祖父，将信藏起来两三个小时，末了还是下决心读给他听。那时我已经能读一笔一画写下的汉字了。遇到不认识的草书，就拉过祖父的手，用手指在他的手心写上好几次，这样将字认下来。读那封信时，我握着祖父的手。如今想起当时的感受，我的左手还凉飕飕的。

祖父在昭宪皇太后御葬那天夜里去世。那年夏天我十六岁。祖父咽气前痰堵在气管里，难受得在胸前狠狠地抓挠。病床边一个老婆婆说：老爷这样一个佛祖般慈祥的人，往生之际为何竟这样痛苦。而我不堪直视那痛苦，不到一小时就逃到其他房间去了。祖父去世大约一年后，一位表姐责备我不该在唯一的至亲离世前如此薄情寡义。我没有还嘴。我觉得会被人这样看待也是理所应当。少年时代，无论发生什么，我都很不喜欢为自己开脱。可那位老婆婆的话又深深地刺痛了我。我曾以为，哪怕我只讲出一个在祖父临终前将他撇下的理由，都可以一洗祖父的耻辱。听了表姐的责备，我却沉默不语。无所依倚的寂寞忽然重重地落到我心深处。这就是所谓的孑然一身吧。

葬礼当天，很多人前来吊唁。我应承着，突然发觉有鼻血流出来。我吃了一惊，连忙用腰带一头堵住鼻子，赤着脚踩着踏脚石，跑到园子里一块大家注意不到的点景石上平躺，等待鼻血止住。那块石头高约三尺，卧于树荫下。令人头晕目眩的阳光从老橡树的叶子之间洒下来，罅隙之中可见蓝天。那几乎是我生平第一次流鼻血，是它告诉我，祖父的死令我多么痛心。那几日家中乱成一团，我又是祖父唯一的家人，应承嘻客、处理葬礼的各方面细节自然都只得亲力亲为。我因此毫无安静思考的余地，一直没能沉下心来面对祖父的死、想想自己该何去何从。我也未曾想过自己是脆弱的，鼻血挫伤了我的锐气，而我几乎是下意识地跑出房间，不想被别人发现自己的脆弱。身为丧主的我，在临近出殡前搞出这种状况，不但对不起大家，还会引起一场骚乱——那时我是这样想的。我躺在点景石上，这是祖父死后三天以来，我拥有的第一段属于自己的宁静时间。无依无靠的悲伤缓缓浮上心头，从此以后我就是孤身一人了。

第二天早上，我和亲戚还有六七个村里人一起去捡祖父的骨灰。山上的火葬场没有遮拦，挖起骨灰的时候，底下还有一片火在烧。我在这烟熏火燎的地方捡了一会儿骨灰，鼻血又流下来了。我扔下竹制的火筷，对旁人说了一两句什么，就解开腰带，用一头堵住鼻子，一口气冲上山，一路跑到山顶。和前一天不同，这次鼻血怎么也止不住。血湿透了多半条腰带，沾了我满手，还啪嗒啪嗒地落在草叶上。我安静下来，平躺，看见山脚有一泓池水。朝阳在水面跳动，遥远的波光照进眼中，令我一阵阵晕眩。眼睛向我传达了身体的虚弱。大概三十分钟后，我听到远处有人反复齐声喊我。我回到火葬场。黑色的腰带上染了血也不易被人发觉，但毕竟湿透了，路上到底有些担心。人们看我的目光里都带着责备。大家对我说："骨灰都出来了，你捡吧。"我讪讪地捡起细碎的骨灰，内心的寂寞无以复加。湿淋淋的腰带渐渐干得发硬，一直系在身上。终究这第二次鼻血没让任何人知道。后来我也没对任何人讲起。至今为止，我闭口不提我的至亲，从未和谁说起，也未再向人打听。

我在远离城市的乡下长大，说得夸张些，全村五十户人家都在祖父的葬礼上为我哀伤流泪。送殡的队伍经过村子里时，每个路口都有村民送行，我在棺材正前方开道，女人们便放声哭泣，说着“太可怜了、太可怜了”，我听得清清楚楚，只觉得难为情，以致浑身僵硬。走过一个路口，站在那里的女人们便抄小道先我一步到达下一个路口，又重复同样的哭声。

从很小的时候开始，周围人就试图强行同情我，让我扮演一个可怜虫。而我一半老老实实地接受人们的好意，一半傲然地反叛。

祖父的葬礼之后，是祖父妹妹的葬礼、伯父的葬礼、恩师的葬礼、其他与我亲近的人们的葬礼……它们都让我难过不已。父亲留下的礼服我只在表哥大喜的日子穿过一次，而它在数不清的葬礼的日子里把我带到墓地，使我成为参加葬礼的名人。

三

那年暑假我参加的第三次葬礼，在距离表姐家一公里多的邻村。我就像去表姐家玩了一趟似的，在她家住了一晚。临走前，表姐的家人笑着对我说：

“说不定最近还得叫你来一趟呢。有个染肺病的小姑娘，估计很难过得了这个夏天。”

“名人不来，葬礼就举行不了啦。”

我将和服外褂和裤裙用包袱皮包好，回到摄津的表哥家。表妹在院子里，看见我笑得一脸灿烂：

“殡仪馆先生，你回来啦！”

“别说傻话了，快给我拿点儿盐来。”我站在门口对她说。

“盐？你要盐做什么？”

“净身啊。不然不好进门。”

“神神道道的，你是不是有神经病啊。”

表妹抓了一把盐，煞有其事地在我身上撒了一通：

“行了吧？”

她拿着我脱下来沾了些汗的衣服，准备晾在阳面的走廊上。她做出闻衣服上汗臭的样子，对我蹙着眉头，开心地说起即兴想起来的玩笑话：

“好讨厌哦，哥哥的衣服上有坟墓的味道！”

“瞎说什么触霉头的话！你闻过坟墓的味道吗？”

表妹又笑着说：

“知道呀。就像烧头发一样的味道呗！”

捡骨

山谷里有两汪池水。

下面的那个闪闪发亮，犹如盛满了熔化的白银；上面的那个却泛着深绿，好似悄然间沉落了山影。

我脸上黏糊糊的。回头望见来时踩倒的草丛和竹叶上都沾着血，血滴跃跃欲动。

温热的鼻血又一波波地涌了出来。

我慌忙用和服腰带堵住鼻子，仰面躺下。

阳光在绿叶的遮挡下，并未直接照在我脸上，但仍然晃得人头晕目眩。

堵在鼻子里的血开始倒流，令人恶心。一喘气就觉得痒痒的。

漫山遍野的蝉鸣不绝于耳。像突然受到惊吓似的，它们拖长了声音叫着。

接近晌午的七月，仿佛一根针的掉落都会令什么东西分崩离析。

就这样躺着冒汗，蝉的喧嚣、绿意的压迫、土地的温热和心跳，渐渐在我脑子里结成一团。又在以为它们确已结成一团的时候，缓缓飘散开去。

我轻飘飘的，像要被吸到天上去似的。

“少爷，少爷。喂，少爷！”

听见墓地那边的喊声，我一骨碌爬了起来。

办完葬礼第二天的上午，我来给祖父捡骨。掀动着还温热的骨灰，鼻血不觉间哗啦啦地淌下来。我避开大家，用腰带一头掩住鼻子，爬上火葬场旁的小山。

听到喊声，我跑下山坡。流泻着银波的池水晃动着消失了。去年的枯叶在脚下打滑。

“少爷真是乐天派啊！刚才上哪儿去了？老爷的骨灰已经收拾好了，你看看这个。”常来我家帮忙的阿婆说。

我把竹丛踩得乱蓬蓬的。

“是吗？在哪儿呢？”

我来到阿婆身旁，留心不让她发现流了很多鼻血后的苍白脸色和腰带上的滑腻。

好似揉皱的柿漆纸般粗糙的手掌上托着一张白纸，上面有一寸大小的生石灰似的东西，吸引了数人的目光。

像是喉结。如果刻意去想，形状是有那么几分像人。

“刚才好不容易才找到的。唉，你祖父也成了这副模样了。把它放进骨灰盒吧。”

为何如此令人无奈——我多希望祖父还能张着失明却溢满喜悦的双眼，听见我回家进门的声音来迎接我。可眼前却站着一个未曾谋面的女人，穿着黑色绉绸。我要叫她姨妈。这真是太奇怪了。

旁边有一个坛子，里面乱七八糟地塞着脚骨、手骨、脊椎骨之类。

这家火葬场四周没有遮拦，只挖出一条条细长的坑位。

烧剩的灰渣还热腾腾的。

“好了，我们去墓地吧。这儿太难闻了，阳光都是黄的。”我说。头晕晕的，好像又要流鼻血了。我有些担心。

回头望望，一个常来我家的男人抱着装骨灰的坛子走过来。火葬场上还剩下些骨灰没装进来，昨天来参加葬礼的人烧香后坐过的席子还没收拾，贴着银箔纸的竹子也还立在那儿。

昨晚通宵守灵的时候，祖父到底还是化作一团幽蓝色的鬼火，从神社的屋顶起飞，穿过隔离医院的病房，在村子上空留下一股难闻的气味，乘风飘散而去了。

去墓地的路上，我胡思乱想着。

我家的墓地和村人的墓地不在一处。火葬场在村人墓地的一角。

来到我家的墓地前，许多块石碑在这里排开。

此时，我已经什么都无所谓了，只想一下子摔倒在地上，在蓝天下尽情呼吸。

阿婆从山谷打了水来，把一只大铜壶放在旁边，严肃地讲起祖父的遗言：

“老爷临终前交代，要把他埋在最古老的祖先的石碑下面。”

阿婆的两个儿子抢在其他常来我家的农民前面，推倒最高处的那座古老的石碑，往深处刨下去。

洞似乎很深。坛子落下去，发出沉甸甸的回声。

祖父死后，那些生石灰似的东西和先祖埋在一起。可即便如此，人死了也就什么都没了，会渐渐被人遗忘。

石碑被立回原处。

“来吧，少爷，和老爷道别吧。”

阿婆在小小的石碑上一下下地淋水。

线香燃着，但日光强烈，不见飘烟。花都蔫了。

大家闭目合掌。

我看着人们黄色的脸，脑袋又轻飘飘的了。

祖父的生与死。

我像上了弦一样，试着用力挥动右手。骨头发出清脆的碰撞声。我手里捧着那只小的骨灰盒。

“老爷真是个可怜人。”“老爷这辈子都为了这个家。村里人不会忘记他。”回家的路上，人们一直谈论着祖父。真想让他们闭嘴。大概伤心的人只有我一个吧。

那些留在家里的家伙也一样——他们同情祖父死后只剩下我孤单一人，担心我今后要如何生活。但这同情之中，多少也掺杂着好奇。

桃子“啪嗒”一声落下来，滚到我脚边。从墓地回家，是绕着桃山脚下走的。

这是我虚岁十六那年发生的事，十八岁（大正五年）时我将它写了下来。现在，我将内容稍做整理，誊写于此。五十一岁时誊写十八岁时写的东西，在我看来多少有点儿意思——光是想想我竟然活到今天，就够有意思的了。

祖父是五月二十四日去世的，这里却写成七月，应当是刻意如此加工的。

我在新潮社发行的《文章日记》中提到，这篇文章遗失了一页。在“烧剩的灰渣还热腾腾的”到“好了，我们去墓地吧……”中间，有两页日记原稿不见了。我未做增补，只将仅剩的部分照抄下来。

这篇《捡骨》前面，我还写过一篇名为《致故乡》的书信体文章。将祖父生前所住的村子称为“你”，信件寄自中学宿舍。除了幼稚的感伤情绪，再无其他。

现从《致故乡》中选出一小部分和《捡骨》有关联的内容，摘录于此：

……我明明曾向你那样郑重地起誓，前几天在伯父家里，还是答应卖掉家屋。

最近你也看见了吧，仓库里的长柜、衣橱，都变卖给了商人。

听说，我离开你之后，就有一个贫穷的流浪汉住进我家。他的妻子死于风湿之后，我家又成了邻居禁闭自家疯子的地方。

仓库已在不知不觉之间被人偷空。墓山周围的地被人一点点占了去，最后并入旁边桃山的地盘。祖父的三周年忌日眼看着近了，但佛龛里的牌位，恐怕已经被老鼠尿泡倒了吧。

千代

印象中，山本“千代”松突然来中学的宿舍看我，是虞美人开花的时候。我与他站在花田里讲话，身边是一大片绽开的虞美人，暮霭仿佛在和绿叶亲吻，竟勾起了一股少年的悲伤，令人印象深刻。他是个土里土气的乡巴佬，我怕让朋友看笑话，于是将他带到花田里来。一开始，我完全猜不到他是为何而来，待他说明来意，仍然深感意外。

“千代”松说，我的祖父去世了，因此要将祖父签下的借款证明改为我的名字。首先，宿舍恐怕没有适合写借款证明的地方。其次，家里的事全交给亲戚——也就是继承人处理，我认为自己不该擅自这样做。于是我说，在学校没法写这个东西，等星期日回了宿久庄，再到他家写。说完便逃掉了。宿久庄是我们长大的村庄，离中学约莫十二里地。那天不是星期三就是星期四。我打算在星期天之前和继承人谈好再去他家。可最后两样事情都没办成。

没承想，他星期一又到我的宿舍来。这次带上了借款证明的底稿，叫我照着写。这让我为难，心里也挺不痛快，但我一心想让这个脏兮兮的乡巴佬赶快回去，便收下底稿，到二楼的和乐室，在乒乓球台子上写了证明——至于借款金额，现在说这个还是太丢人了。底稿上的借款数额以那时的本金与利息总额为新的本金数，且借期截至当年的十二月。着实让我感到某种恶意。看到改掉祖父名字的“重治”那处，我心中五味杂陈。至今我都清楚地记着，那张纸的左边一角印着红色的“大阪府立茨木中学用笺”的字样。我将纸递给在接待室等我的“千代”松，他把旧的证明还给我。旧证明是从一卷信纸上扯下一角写的，内容极为简单，只有借款数额，没有利息也没有还款期限。我不假思索地将它撕毁，扔在地上。他见了脸色难看，我也很不高兴。然后我把他送到大门口，在校园的白杨树下漫无目的地走了走。我想起与已故祖父度过的穷困潦倒的日子，十分伤感。

总之，我没和亲戚商量，就把利息加到了本金里，还私自定了还款期限，心里十分过意不去。一定得写在信上，和他们解释一番才行。而且，我还担心到底能不能在十二月前把钱还上。祖父是我上中学三年级去世的，直到现在——我高二了，家事还没料理好，还有三四个债主对我不放心呢。

重新写好证明大概半个多月后，我的担忧就只剩下十二月之前能否还清欠款了。因为亲戚们已经将我的家宅卖掉，将钱补给了债主——如果房子没被卖掉，也许我还下不了决心，但现在已经不是说这些的时候了。我也不是毫无怨言。亲戚和亲戚之间，亲戚和村民之间，也有小小的摩擦。还曾有人以各种方式偷偷和我套近乎，但我反而特意装作毫不知情，在那些不将我放在眼里的人面前尤其如此。我骗过了他们的眼睛。既然没有人多嘴多舌，谁也不想被人摆臭脸。我也就希望在大家面前做一个乖孩子。

终于到了该还钱的日子。

我想起了给“千代”松写的那份证明，为还没和亲戚们讲而自责。于是在一次酒席上，闲聊就要结束的时候提起来，假装自己之前忘记说了。然而，结果大大出乎我的意料。大家都很气愤，说“千代”松的做法狡猾而卑鄙。对在宿舍里被逼得走投无路的我表示同情。然后笑话他的愚蠢，竟要让一个未成年人来写证明。接着起兴地议论起来，说要勒紧裤腰带，至少把本金先还给他。

亲戚们在“千代”松面前干脆地低下头，邀功似的告诉他这次至少先把本金还清。这让我很为难，我讨厌他们这样做。后来去村里的时候，也听说了同样的事。亲戚们似乎摆出恶劣的态度，动辄拿那两个把柄说事：“千代”松居然找到学校，几乎是逼着一个孩子写下了借款证明；他竟让一个未成年人写借款证明。让我震惊的是，这件事已经乘着愤怒和嘲讽，在村里传开了。村里人本就对为了钱而无所不用其极的“千代”松没有好感，如今像是挖到宝似的兴奋起来。更不用说他们都同情我和我家里连续发生的不幸了——这毕竟是个三十户上下的小村子，发生这样的事也很自然。见此情状，我反而感到难堪。“千代”松到学校找我，不过是出于朴实村民单纯的不安，我不认为他有多少恶意。实际上，在学校写个借款证明，也不像大家说的那样痛苦。毕竟至今，为了钱，我已经一次次忍下了比这难堪无数倍的事。

后来，“千代”松见到我就像个罪人似的缩手缩脚，我也尽量避免与他往来。

去年暑假，我和往常一样，一放假便到宿久庄去，住在以前的家里。买下房子的是我亲戚的亲戚，关系亲近，我能安心地进出。这套房子在村子中间，夏天闷热难当，我夜晚经常到朋友家门口乘凉，顺便和他聊天。朋友家在村子南头，以前是一个能望见稻田的小土坡，门前的石阶是村里最凉快的地方，每天晚上都很热闹。常来乘凉的人中，也有“千代”松——那时我已经要上高二了。悲惨的童年和少年时代渐渐走远，我心里也渐渐明亮起来。我已不再常常记起之前和他的事，所以乘凉遇见他时多少有些扫兴，感到厌烦。

遇见他的第二天晚上，他有些为难地对我说，虽然没什么好东西招待我，还是希望我今后能去他家做客。我不知该作何回应。他似乎很不好意思，要我尽快过来。说完，就偷偷摸摸地回去了。

一天傍晚，他对我小声埋怨：他家昨天晚上好不容易准备妥当，大家一起等我，可我竟然没有去。说完他就垂头丧气地回去了。当时我觉得很奇怪，过了一段时间，他竟然抱来两个大西瓜送给我。我的眼泪都快流出来了。我凝视着他，仿佛这时才注意到，如今的他和去中学找我的时候相比，已经衰弱了许多，那模样让人心疼——事实上，当时他的身体好像已经很不好了。尽可能地吸收营养，还是一味地衰败下去。村里人还在说他的不好，说他这样是因为年轻的时候劳累过度，并且饮食太过节省。

我不知该怎样处理他送来的西瓜。想当场切开请大家一起吃，又觉得这样做对他太不公平。由于那天约好和一位当小学老师的朋友见面，就先把西瓜放在朋友家里，直接去小学了。后来我一直后悔，自己竟做了这样没趣的事。第二天，我将西瓜拿回家切了。那时，旁边的人依然在说“千代”松的坏话，我很反感。而他那种乡下人特有的道歉方式，令我热泪盈眶。从第二天晚上开始，我就没在那个乘凉的地方见过他了。

这件事，我很快也便忘了。然而，到了秋天，那年东京的第一轮流感渐渐缓和的时候，我意外地收到一封山本家寄来的挂号信。

信上交代了“千代”松因感冒病逝的事。说依照他的遗言，要送五十元钱给我。听说他告诉家人，想用这笔钱作为向我道歉的证据，然后便去世了。这时我才明白，他从我的亲戚和村民们那里受到了多少夸大到反常的责备，让他衰弱的心多么痛苦。与其说我可怜他的遭遇，不如说是为此感到后怕和恶心。但是，思来想去，我还是决定收下这笔钱。我决定用这笔钱去旅行，让自己为诸多烦恼所苦的大脑休息一下。

我在伊豆的温泉浴场待了十多天，在那趟旅行中认识了一位在大岛长大的可爱的舞女。不只是认识了小姑娘一个，而是认识了他们一行人。可在记忆里，我更希望是只认识了她一个。一行人将那小姑娘唤作“薰”——千代薰。

“千代”松，和“千代”。

我的心情不同往常，而与她初次见面时的那些肮脏想法，全被抛在脑后——况且，那小姑娘才十四岁——我像个小孩似的，和他们一行人十分亲近，安逸地旅行了一趟，和那小姑娘也聊得很自然。从修善寺到汤岛的途中，我第一次遇到小姑娘。当时她敲着太鼓，要去修善寺跳舞。旅途中的伤感打动了我。当晚，小姑娘到我在汤岛住的旅店跳舞。没想到，我在天城山顶上的茶屋避雨时，又遇上了他们一行人。那是第三次见面。我们一起下山，来到汤野。连续下了两三天雨，一起出发前往下田的时候，大家已经像朋友一样了。因为有他们做伴，我的心情也很符合旅途的节奏。一行人中，小姑娘的亲哥哥曾和他的妻子有过一个孩子，那婴儿在旅途中夭折了。抵达下田的第二天，正是孩子的七七之日。他们要我留下来，一起给孩子做法事——只要在心中祈祷冥福便好。可我心里还忘不掉"千代"松的死，无法抚平心绪参与其中。于是，抵达下田的第二个早上，我便坐船前往东京。小姑娘坐上接驳船，把我送上客船，给我买了船上吃的东西和香烟之类的，忍住悲伤，与我依依惜别。那位小姑娘，我叫她"千代"。

到了寒假，今年的正月，我怀着悔恨、带着礼物，去看望"千代"松的家人。说是家人，也只有他的妻子和一个好像今年春天要上女子学校四年级的女儿。她们热情地将我迎进门，让我有些吃惊。难以拒绝别人好意的我，还在他家住了两三天。他的妻子一直向我道歉，说丈夫生前去我的学校，让我十分痛苦难堪。于是我简单地以为，她招待我是替去世的丈夫向我致歉。临走前，她们又将一笔数目不大的钱硬塞给我。

听说“千代”松留下了这样的遗言：“那孩子今后要在监护人的照料下生活，想必很多时候没法随心所欲。平时给他一些零花钱，让他过得自由一些吧。”他的女儿也对我说：“你就当这里是自己的家，无论什么时候，想回来就回来吧。”我以为她这句话里有什么别的意思，面露犹疑地望着姑娘的脸。但那张笑脸一派纯真，看不出任何特别的用意，反而让我感到羞耻。尽管羞耻，却还是被一种挥之不去的莫名情绪倏地击中。那姑娘也叫“千代”。不过那是跟着父亲的名字来的，并不像在伊豆遇见的舞女那样让人挂怀。我用她们硬塞过来的钱，又去了伊豆。这次去了热海、伊豆山、汤河原那一带。

直到最近，我都没怎么想起那对母女。在我看来，那件事就像从南边的四号宿舍搬到中间的三号宿舍之后，发布一个简单的通知一样普通。在对方看来，也没什么特别的。

到了樱花飘落的时节，绿叶的清香令人沉醉。

突然，我在不祥的宿命诅咒中，找到了自己。我嘴上说着不想，还是会不自觉地想起那位姑娘。我隐隐发现，自己已渐渐被逼到一个狭窄的角落。仿佛被人追到一个恐怖的地方，完全不受自己的意志控制，醒过神来，身体已被难以挣脱的诅咒缚住。

如果只有“千代”松的女儿叫千代，如果我能欣赏她的性格，那也没什么问题。可我对这姑娘似乎没有半分强烈的感情。因此，即使我停了下来，也不会站在原地。

但极为巧合的是，伊豆的那位姑娘竟然也叫千代。“千代”

松的妻女、那位姑娘和我仿佛中了同样的诅咒，沿着一条昏暗的坡道飞速下滑，让人不寒而栗。有时候，我甚至觉得那位舞女也是亡灵，无论是在梦境还是现实里，我都触碰不到。

我不得不重新思考有关“千代”松的事。这样一来，就涌现出新的恐惧。没错。那毕竟是他的遗言，他必定临死前还想着我——先不说人临死前的心理多么复杂，只要他想到了别人，我就一定浮现在他临死前的心绪之中。他在临死之前，在承载灵魂的肉体告别人世那一瞬间，念起了我——若是换一个角度来想，这简直让人头皮发麻。无论人的灵魂是否不灭都是如此。假若人死后灵魂必然归于寂灭，那么死去那一刹的想法不是更加恐怖吗？即便他临死前想向我致歉，也是一样的恐怖。

仿佛无论走到哪里，“千代”松的灵魂都静静地凝视着我，令我无处可逃。在我心里，两位千代也化作幻影，被他的灵魂追赶。他的妻女一定也坠入同样的万丈深渊般的诅咒之中，迟早会跌落谷底。一想到这儿，我就痛苦万分，像溺水的人急着抓住救命的稻草一样，想牵住一个不叫千代的人的手。

就这样，从四月十一日到十五日，我没有被恐怖束缚，度过了五个充满期待与欢悦的日子。仿佛得到了上天的庇佑，真正从两位千代身边逃脱，把心思放在别的姑娘身上。但与此同时，不出现一个竞争对手也说不过去，而且对方还要是我同班的好朋友——到这儿还不算真正的圆满。为那位朋友和那位姑娘着想，我在此不予详述。总之，那位朋友根本无意花时间和我竞争，只是一厢情愿、不顾风险地直接朝姑娘展开了攻势。最后，那姑娘说自己已有婚约，体面地拒绝了他的追求——我和朋友都不知道她说的是真是假。

一开始，我们两人分头行动，但约好要将结果告知对方。于是我得知了朋友的冒险与失败。

那天是四月十五日。我从一高的宿舍往分馆去，正经过走廊。狂风把雨斜斜地吹进来，我们站着交谈了一会儿。听到朋友说自己被女孩拒绝时，我还很平静。但恐怖的气息藏在他接下来的话里。朋友面带微笑，小声告诉我：

“这个女孩也叫‘千代’。”

我们一开始都不知道她的名字。

又是千代。

一股冲动涌上心头，我恨不得当场把朋友打一顿、杀掉才好。四周仿佛昏暗下来。我想自己是没救了。

从那天开始，我的脾气就变得很古怪。

前面说过，被“千代”松在死前惦念着，让我心里不舒服。但是，仔细想想，临死前惦念我的人，已经不止三四个了。这更让我毛骨悚然。以前我常听祖父说，我三岁时去世的父亲和我四岁时去世的母亲告别人世之际，都对体弱多病的我牵挂不已。八岁那年，祖母拉着我的手，嘱咐我今后一定要健康平安，就这样喃喃着死去了。听说，没和我一起长大的姐姐，临死前也拜托伯父伯母好好照顾我。我十六岁时，祖父临终前说他就是死了也会守护我的平安。十八岁时，祖父的妹妹留下遗言，把她的财产留给了我——我是她唯一的亲人。不过因为某些原因，这件事没能如她的心愿。接着就是这位“千代”松。还有现在卧病在床的外婆，临终前肯定也会拜托伯父照顾我。

这一次，如果我不往那方面想，本来什么事也没有，甚至还更踏实。我甚至有些得意，认为自己也算有些通灵的本事，不善用上天赐予的才能就浪费了。可一旦往那个方向去想，简直恐怖得无以复加。就算亲近的人纷纷替我祈福，劝慰我对方已经死了也无济于事。更何况，我还遇到了“千代”松，和三个千代。想不害怕也不行。

想到这些鬼神之事，我甚至开始怀疑，自己能够活到今天，或许也不是凭着自己的力量。年幼的时候，人们说我很难长大，连大人都放弃了我。很久以后，以前熟悉的人再见到我都吓了一跳，说我能平安长大简直是个奇迹。和那些人一样，我也觉得这件事很奇怪。有一些夜晚，我在宿舍二层突然醒来，感觉有魂灵定定地凝视着我，会吓得不敢动弹。我也像个幽灵一样，连自己都害怕自己。那三位千代自然都是幽灵，至少也是凭借魂灵们的力量活动的幻影。

昨天，我又战战兢兢地去找我和朋友都思念的那位千代。姑娘朝我走来时，那张美丽的容颜背后，怎么看都像是背负着魂灵。它们从姑娘背后伸出苍白的手招呼着我。我实在无法相信那姑娘是有血有肉的活人。

我害怕那些魂灵，却憧憬姑娘背后伸出的手。假若朋友和我思念的这位千代对我展露一丝笑颜，我便会冲上前去，把自己交给她。不知不觉间，我对舞女千代的情愫，也转为了深深的爱恋。对另一位千代也是一样，恐惧逐渐加深，慢慢变成一种接近恋爱的心情。着实奇怪。

临近暑假。放假时，我必须去探访“千代”松的妻子和女儿了。我有预感，到时我一定会坠入痛苦的地狱深渊。眨眼之间、呼吸之间，都有魂灵们凝视着、指引着。这就是宿命，我想。

无论在街上，还是剧场里，我都很害怕看见漂亮的女人。她们肯定都叫千代。想到这个，我就怕得不行。即使女人不叫千代，她的母亲或祖母，再或者好几代以前的先祖里，也一定有叫千代的。仿佛若非如此，那女人就绝不会停留在被诅咒的我的眼中。那些美丽的人儿在我看来，也都像幽灵。

我害怕青翠欲滴的绿叶。最近，我的心脏好像越来越脆弱，嗅觉有时格外敏感，触觉偶尔也敏感得接近病态。

我不得不相信这篇文章是我大脑还未发狂时写下的最后的文字了。它们有点儿像一个发狂的青年写下的手记开头。

这绝不是易卜生[1]《幽灵》中的情节，但如果各家都有不同的

1　亨利克·易卜生（1828—1906），挪威戏剧家，近代戏剧先锋人物。《幽灵》指易卜生的代表作——创作于1881年的剧作《群鬼》。

怨灵附体，附在我家的那个人一定叫千代。我着实想查一查，先祖当年从那个名叫千代的人身上接下了多少怨恨。除了查清发生在先祖身上的故事，我还很想了解更多位名叫千代的人的怨恨。

我还有很多问题想请教数不尽的魂灵们。如果从它们那里得不到答案，那我想清楚仔细地探问三位千代的心。否则，我真不知道自己会被逼到什么地步。

朋友冰室要编辑五月份的校友会杂志，问我要不要试着写些什么。我没多想便接受了他的邀请。他还为了我将截稿日期往后拖了四五天，于是我不得不写。但现在，恐惧占满了我的大脑，我根本无法思考其他。无奈，我只好将这恐惧原原本本地写下来。希望它们落到稿纸上，就可以从我的脑子里遁走。这项工作十分辛苦，于是我尽量避免用那些夹带感情色彩的词语，寡淡地匆匆写就。假若如实倾诉自己的恐惧，说不定我会患上严重的神经衰弱。假若倾诉时过分夸张，我又可能变得疯癫。特别是当我细腻描写“千代”松的样貌和身姿时，幽灵肯定会从稿纸上站起来吧。

我对绿叶恐惧异常，令我坠入痛苦地狱深渊的暑假也将临近。

看样子，假如不和凝视我的魂灵们一样舍弃肉身、成为魂灵，我这份恐惧大概是无计消除了吧。

禽兽

小鸟的叫声打破了他的白日梦。

一辆破旧的卡车上，装着一只大鸟笼。鸟笼足有戏台上运重罪犯人的唐丸笼[1]的两三倍大。

他坐的出租车似乎在不知不觉间插进了一列送葬的车队中。后面那辆车在司机座位前的挡风玻璃上贴着数字“二十三”。往路边一瞧，车正开到一座禅寺前，寺门外的石碑上写着“史迹太宰春台墓”[2]，门口还贴着一张告示：

“山门不幸，津送执行。”[3]

车子正开到一段坡路中间，坡下面是有交警站岗的十字路口。一次经过约莫三十辆车，一时间难以顺畅通行。他望着装鸟的笼子，感到一阵阵焦躁。他问那个郑重而拘束地抱着花篮坐在自己身旁的少女：

---

1 唐丸笼，江户时代押送犯人的竹制囚笼，形状很像饲养斗鸡用的圆筒形竹笼。

2 太宰春台（1680—1747），名纯。儒者。起初学习朱子学，之后跟随荻生徂徕学习古文辞令。是徂徕的高徒之一。著有《圣学问答》《经济论》等。

3 意指寺里有丧事。“津送”在禅宗中指为死者超度。

“现在几点了？”

但小女佣是不可能随身带着表的。司机替她回答：

“差一刻钟七点。我的表慢六七分钟。”

初夏的傍晚，天空还很明亮。花篮里的蔷薇香气扑鼻。禅寺庭院里，不知什么树在六月开了花，一股恼人的花香飘进车窗。

“这样下去就要迟到了。能请您开快点吗？”

“但现在只能尽量放行右侧的车辆，等它们开走了我们才能过去。您去日比谷公会堂开什么会啊？”司机大概是想等会议结束后再来拉一次客人。

“舞会。”

“啊？放生那么多鸟，也不知道要花多少钱。”

“半路上遇见奔丧的，真是不吉利啊。”

耳边传来翅膀的扑腾声。卡车一开动，鸟儿们都喧腾起来。

“很吉利啊！人家都说没有比这更吉利的呢。”

司机仿佛有意用车子表达自己话中的情绪，车子滑到右边便开始加速，要超过奔丧的车队。

“真有意思。不是正相反吗？”他笑了，却觉得人都是这样，习惯了这样想问题。

他去看千花子跳舞，自然会在乎这些事。但现在，他觉得很好笑。要说不吉利，在半路遇上送葬的车队根本不算什么。他家里还扔着动物的尸体，无疑是更不吉利的。

“今晚回去，一定别忘了把那两只戴菊鸟给我扔掉。它们还原封不动地躺在二层的壁橱里吧。”他不满地对小女佣说。

那对戴菊鸟已经死去一星期了。他连将它们的尸体从笼子里拾出来都嫌麻烦，只是把笼子胡乱地塞进壁橱。那壁橱在楼梯尽头，每当有客人来，都要从鸟笼下面取出坐垫。渐渐地，他和女佣都习惯了小鸟的尸体，懒得再扔掉它们。

戴菊鸟和煤山雀、褐头山雀、鹪鹩、蓝歌鸲、长尾山雀等一样，是体格最小的观赏鸟之一。戴菊鸟上半身是橄榄绿色，下半身是淡黄灰色，脖子上也带一些灰，翅膀上有两道白，飞羽外侧的边缘则是黄色。头顶有一条黄线，外面绕着一圈粗粗的黑边。奓起羽毛时，那根黄线十分清晰，活像顶着一瓣黄色的菊花。雄鸟头上的线颜色更深，接近橙色。戴菊鸟溜圆的眼睛显得憨态可掬，在笼子顶欢快地盘旋时，动作十分活泼，着实令人怜爱，又不失高雅的风采。

这对小鸟是在一天晚上送到家里来的，他很快便将鸟笼搁在昏暗的神龛上了事。可过一会儿再一看，小鸟睡觉的样子可真美。两只鸟儿相互依偎着，脑袋扎在彼此的羽毛里，就像一个圆滚滚的毛线球，根本分不出来是两只鸟。

年近四十仍旧单身的他，心里涌起一股童稚的温暖。他站在餐桌前，凝望了神龛许久。

他想，也许在世界的某个地方，也有一对青梅竹马的孩子，像这样美好地相拥而眠。他想找个人一起看这对小鸟的睡姿，却没有喊女佣过来。

第二天开始，他吃饭时便将鸟笼放在餐桌上，欣赏这对戴菊鸟。大多数时候，即便是会客，他也不会把喜爱的玩物从身边拿开。往往是边会客边朝知更鸟的雏鸟伸出手，用指尖给它们喂食，兴致勃勃地训练小鸟看手势做动作。有时还一门心思地给抱在腿上的柴犬抓跳蚤，客人说的话都好像耳旁风。

“柴犬有点儿像宿命论者，我就喜欢它这一点。这样把它抱在腿上，或者命令它坐在房间一角，它能一动不动地待上大半天呢。”

往往直到客人起身告辞，他都没正眼看过人家。

到了夏天，客厅桌上的玻璃缸里则放着红青鳉和鲤鱼的幼苗。

“可能是年纪大了，我越来越讨厌和男人见面了。男人真是让人烦躁，没一会儿我就累了。看来无论吃饭还是旅行，要找人做伴还是女人好。”

“那不如就结婚吧？”

“可是呢，我喜欢那种看上去薄情寡义的女人。所以没法儿结婚。就得明知道对方薄情，还要佯装不知，和她交往。这样最轻松。我雇女佣，也尽量找看上去薄情寡义的。”

“就是因为这样，你才养动物吧？”

“动物不薄情——我身边总得有点儿活物，不然太寂寞了，我可受不了。”

他一面心不在焉地回答，一面饶有兴致地看着玻璃缸里五彩缤纷的鲤鱼苗。鱼鳞的光泽随着游动不断变化，让他感叹如此狭小的一缸水中，也有微妙的光之世界。

鸟贩子手里有了新品种的鸟，便默默地送到他这里来。他的书房里，已经有三十多种鸟了。

“鸟贩子，你怎么又来了？”女佣不情愿地问。

“这不是挺好的吗？他一来，我的心情就能好上四五天，哪里还有这么便宜的事！”

“但是，老爷一天到晚净看鸟，太专注了。”

“你是不是有点儿怕了？担心你家老爷快着魔了？家里一下子安静了？”

但是对他来说，迎来新小鸟的头两三天，整个生活仿佛都是新鲜的。这令他对世界充满感恩。大约是自身的问题，他很难从人身上感受到这些情绪。贝壳、野花固然也美，但小鸟活灵活现，动一动立刻让人体会到造化之妙。即便成了笼中鸟，这些小东西仍然向他展现十足的生之喜悦。

这对娇小而活泼的戴菊鸟尤其如此。

然而，一个多月后，一只鸟在喂食时从笼中飞了出去。女佣慌了神儿，让鸟逃到库房外头的樟树上去了。樟树叶子上结着晨露。两只鸟一只在笼子里，一只在笼子外，高声唱和，呼唤着对方。他赶忙把鸟笼放到库房的屋顶上，又放了粘竿。鸟儿啾鸣不止，声音越发悲伤。但到了正午时分，跑出去的那只鸟好像飞远了。这只戴菊鸟是在日光山抓到的。

笼中留下一只雌鸟。以前两只鸟曾那样亲密地相拥而眠，他放心不下，再三催促鸟贩子再抓一只雄鸟来。还亲自转了几家店铺，最终都没有寻到。不久，鸟贩子又让人从乡下送来一对戴菊鸟。他说只想要一只雄鸟，可鸟贩子回答：

“这两只戴菊鸟原本就是一对儿。没法拆开来把另一只留在店里，那只雌的当送给您了。”

“但是，三只鸟能和睦相处吗？”

“应该没问题吧？您把两只笼子挨着放上四五天，它们就熟悉彼此了。”

然而，他就像小孩急着摆弄新玩具一样，连这点儿时间也等不了。从鸟贩子那里回来，立刻将两只新鸟放进旧笼子里，和从前那只鸟共处。鸟儿们比他想象中吵得更厉害。两只新来的鸟扑腾着，从笼子一头飞到另一头，根本不在栖木上落脚。以前那一只则惊吓过度，呆立在笼子底，惴惴不安地抬头看着两只新鸟折腾。两只新鸟像一对遭难的夫妻，不停地呼唤彼此。三只鸟都很恐惧，胸脯激烈地起伏着。他试着把它们放进壁橱，结果那对新鸟叫唤着依偎在一起，落单的那只依旧落单，全都不安生。

他想这样下去不行，又将它们放进两只笼子，分隔开来。可落单的雌鸟看见那一对又会黯然神伤。于是他又试着将从前那只雌鸟和新来的雄鸟放在一起。新来的雄鸟不适应，依然和被分开的妻子一唱一和。尽管如此，还是不知不觉地和原先那只雌鸟靠在一起睡着了。第二天傍晚，他重新将三只鸟放进一个鸟笼，它们不再像昨天那样吵闹。两只鸟将脑袋扎进另一只鸟的身体里睡觉，凑成一个圆。他将鸟笼放到枕边，自己也睡了。

但到了第二天早上，他一睁眼就见到两只鸟蜷成一个温暖的毛球酣睡，另一只则半张着翅膀，伸直了腿，眼睛微睁着躺在栖木下的鸟笼底，已经死了。他怕让那两只鸟看见似的，悄悄将鸟儿的尸体捡了出来，背着女佣，扔进垃圾箱。觉得是自己残忍地杀了这只鸟。

“死的到底是哪一只呢？”他仔仔细细地观察笼中的鸟儿，发现和自己猜测的正相反，活下来的似乎是以前的那只雌鸟。死去的雌鸟前天才来，相比之下，养了一段时间、培养出些许感情的雌鸟更得他喜爱。也许是这份偏爱让他这样认为的吧。一直独身、没有家人的他，憎恨自己的这种偏爱。

“既然我对动物的爱也有深浅，为什么要和它们一起生活呢？和人在一起不就足够了吗？”

听说戴菊鸟十分娇气，很容易死。可是从那以后，那两只戴菊鸟一直很健康。

鸟儿频繁活动的季节到了。某次，他得了一只偷偷猎到的伯劳幼鸟，紧接着，幼鸟接二连三地从大山里被送到他家。为了给它们喂食，他渐渐忙得连门也不出。他将脸盆端到走廊上，好让小鸟洗澡。藤花飘落在脸盆里。

他听着鸟儿扑打水花的声音，清扫笼中的粪便。此时，围墙外传来孩子们的喧闹声。他听见孩子们的话语中似乎在为某种小动物的性命担忧，担心自己养的硬毛猎狐梗幼犬从院子里跑出去迷了路。他踮起脚尖往围墙外面一看，竟是一只小云雀在扔垃圾的地方扑腾着纤弱的翅膀，站都站不稳。他突然蹦出要捡回来养的想法。

“这是怎么了？”

“是对面那户人家……”其中一个小学生指着那户种着泡桐

的人家，泡桐的树叶绿得异常妖艳。

“是他们扔在这里的。小鸟会死掉吧？！”

“嗯，是会死掉的。”他冷淡地离开了围墙。

那户人家养了三四只云雀，大概是发现这只小鸟今后不会有动听的歌喉，就将它扔了。将人家不要的鸟捡回来，又有什么意思呢？他的慈悲心立刻消失了。

有些鸟小的时候分不出雌雄。鸟贩子往往是从山里悄悄端回整整一窝幼鸟，待鸟儿长到分得出性别，就把雌鸟扔掉。雌鸟不会叫，卖不出去。喜欢小动物的人，自然用不了多久就倾向于追求优良品种。这种冷酷的做法势必会愈演愈烈。他见到什么小动物都想拥有，可时间久了，便明白这样见异思迁和薄情寡义没有区别，最终会让自己心态沉坠。如今，只要是在别人那里养大的动物，小狗也好，小鸟也罢，无论血统多么高贵，就算人家求他收下，他也不想接过来养。

“所以我才讨厌和人相处。”——孤独的他任性地想。若是和人结为夫妻，或是有了父母和子女、兄弟姐妹之间的关系，无论对方多么无趣，自己都很难轻易切断这份牵绊，最后只好放弃挣扎，和他们生活在一起。更何况每个人都有自己的个性。

与其如此，倒不如将小动物的性命和生活状态当作玩具，设定一个理想的模式，人为地、畸形地养育它们。他能从中品出一种悲伤的纯洁，享受神一般的畅快。至于那些为了优良品种而奔忙、以虐待来“保护”动物的爱心人士，则被他视为人间悲剧的象征。他冷笑着宽恕他们。

去年十一月的一天傍晚，一个狗贩子路过他家。狗贩子长年被肾病之类的病症所累，整个人像一只干瘪的橘子。

“刚才啊，我搞砸了一件事。一进公园，我就把牵引绳解开了。这大雾天又黑漆漆的，就那么一会儿没看住，野狗就扑上来了。我赶紧把它们隔开，使劲踹母狗的肚子，踹到它直不起腰来。我就在想，可千万别因为这个真的怀上了。那可就太捉弄人了。”

“你也太不小心了。亏你还是做这门生意的！”

“唉，真是丢脸，都不好意思跟别人说。这一下子就损失了四五百块钱。”狗贩子黄色的嘴唇抽动着。

那条精悍的多伯曼狗没出息地缩着脖子，仰起头怯生生地偷瞄着狗贩子这个肾病患者。一阵雾飘过来。

这条母狗经过他的照料，肯定能卖出去。但他还是一再叮嘱，说若这狗到了买主家里生下杂种狗，肯定会有损颜面。然而，狗贩子似乎手头吃紧，没过多久，也没让他看一看就把狗卖掉了。果然，两三天以后，买主就把狗牵到他这里来了。说是这只狗在买来的第二天晚上产了死胎。

“据说是女佣听见痛苦的呻吟声，打开挡雨板，看见狗正在檐廊下面吃自己生出来的孩子。女佣又惊又怕，再加上天还没亮，看不太清，不知它到底生了几只。女佣看见它似乎正在吃最后生出来的那只。我们马上叫兽医来看，兽医说狗贩子不可能痛痛快快地把怀着小狗的母狗卖出去。这只狗肯定是被什么野狗上了，让狗贩子狠狠踹打过，令小狗胎死腹中。看它生产的样子不太正常。或者这只狗本来就有吃自己小狗崽的毛病。家里人听了非常生气，说既然如此就把它送回去吧，被这样虐待的狗也挺可怜的。”

“我看看。”他漫不经心地把狗抱起来，捏了捏它的乳房，“这只狗的乳房是喂过小狗崽的啊。这次是因为产了死胎，才把小狗吃掉的。”他暗暗为狗贩子的道德败坏而生气，心疼这只狗，却故作平静地说道。

他家里的狗也生过杂种狗。

他十分讨厌男人，就是出门在外，也不会和男仆睡同一个房间。平时也不愿意在自己家里留男人过夜，连寄宿的学生[1]也不收。就连养的狗也都是母的。不过，这倒和他对男人的腻烦无关。不是特别纯正的公狗没法用来配种，买种狗要花不少钱，还必须像政治家似的宣传一通；品种狗的人气也是此一时彼一时。这样一来，难免卷入买卖的竞争，有点儿赌博的性质。他曾经在狗贩子那里看过一只有名的日本梗犬种狗。那狗整日在二层的狗窝里趴着，只要把它抱到楼下，它就好像条件反射似的，以为有母狗来了。那模样活像一个老练的娼妇。因为是短毛狗，异常发达的性器官暴露无遗，饶是去之前做足了心理准备，他还是移开了目光，心惊肉跳。

但是，他不养公狗不是因为介意这些，而是对他来说，再没有比看母狗分娩和喂养小狗崽更开心的了。

---

1 指寄宿在别人家中，一边帮房东干家务事，一边学习的人。

他养过一只性情古怪的波士顿梗犬。那狗喜欢刨墙角，又总把旧竹篱笆啃坏。到了交配期，他便把它拴了起来；可狗咬断了绳子，似乎跑出去了，之后便生下了杂种。然而，那天女佣将他叫醒，他就像个医生似的睁开眼睛说：

“准备剪刀和脱脂棉。然后，赶快剪断酒桶的绳子，拿酒来！”

园子里的土地唯有洒上初冬清晨阳光的地方，才现出淡淡的新色。那一天，他的狗侧卧着，一个茄子形状的袋子从它的下身露出前端。狗勉强对他摇摇尾巴，诉苦一般抬眼望着主人。他忽然感受到一种近乎道德谴责的情绪。

这只狗才刚来过初潮，体态还没彻底发育成熟。从它的目光中不难看出，它似乎也没有真正意识到自己正在分娩。

“我的身体现在到底怎么了呢？虽然不知道发生了什么，但好像很麻烦呢。到底该怎么办呢？”它有些不好意思，却格外天真烂漫地任人摆布。仿佛不认为自己的所作所为应当承担任何责任。

于是，他想起了十多年前的千花子。她将自己卖给他的时候，那副神情就和眼前这条狗一样。

“我听说做这种生意，就会渐渐没有感觉了。是真的吗？”

“也不是没有这样的人，但如果遇到喜欢的人就不一样了。而且，如果只是固定的两三个人，也就不算生意啦。”

“我可是很喜欢你的。”

“这样也没有感觉吗？”

“不是的呀。”

“是吗？”

“出嫁的时候，就知道啦。”

“大概是吧。”

“咱们怎么做呢？”

“你平时怎么做？”

“你老婆是怎么做的？”

“这个嘛……”

“你教教我呀。”

“我没有老婆啦。”他有些讶异地盯着她一本正经的面孔。

“就好像在做那种事似的，让人过意不去……”他把狗抱起来，放进产箱。

狗很快娩出一只还在胎盘中的小狗，看样子不知道该如何处理。他用剪子将胎盘剪开，切断脐带。第二个胎盘很大，两只小狗崽挤在一汪青白而浑浊的水中，现出死胎的颜色。他迅速用报纸将它们包了起来。接下来是第三只。每一只都在胎盘里面。第七只是最后一只，还在胎盘里蠕动，但浑身干瘪。他看了一眼，便匆忙用报纸连着胎盘一起裹住，说道：

“都扔出去吧。西方会从生下来的小狗里选出健康的，把状态不好的杀死，培育出优良的品种。但是日本人讲究情义，不忍心做这种事——给母狗喝点儿生鸡蛋吧。”

他洗过手，又钻进了被窝。满怀新生命诞生的清新欢畅，恨不得到街上转一圈，早就把亲手杀死一条小生命的事实忘得一干二净。

然而，一天早上，他还迷迷糊糊的时候，一只小狗崽死了。他将它拎起来放在怀里，早上散步的时候顺路扔掉了。两三天后又死了一只。母狗睡觉前，总要把稻草刨出一个窝来。小狗崽被埋在稻草里，没有力气自己扒开稻草。母狗不仅不将自己的孩子叼出来，还直接睡在埋着小狗崽的稻草上。这些小狗崽要么是半夜被压死的，要么是被冻死的，就和有些愚蠢的母亲用乳房把孩子憋死一样。

“又死了一只啊。”他若无其事地将第三只尸体放进怀里，吹口哨把大狗招呼到一起，带它们去附近的公园。见那条波士顿梗犬开心地撒着欢儿，他忽然又想起千花子来。

千花子十九岁的时候，被一个投机商人带到中国哈尔滨，在那里跟着白俄罗斯人学了三年舞蹈。后来投机商人好像在生意上连连受挫，失去了生活能力，便将千花子安排进一个在满洲巡演的乐团，两人好不容易才回到日本本土。但刚在东京安顿下来不久，千花子就抛弃了投机商人，与一路同行、给乐团伴奏的人结了婚。接着登上一个个舞台，办起了自己的舞蹈专场。

当时，他勉强算得上音乐界人士。可也不过是每个月赞助一本音乐杂志的程度，根本不算理解音乐。但为了和几个熟人见面聊天，通常还是会去听音乐会。他也看了千花子的舞蹈。她的身体散发出一股狂野的颓废，令他着迷。究竟是什么样的秘密，如此彻底地唤醒了她身上的野性呢？他回忆起六七年前的千花子，百思不得其解，甚至有些后悔：为什么自己当时没和她结婚？

然而，第四次舞会上，她身体的力量明显削弱了许多。他鼓起勇气追到后台休息室，不顾她还穿着跳舞时的衣裳、妆也没有卸，就拉着她的衣袖，把她拽到了昏暗的后台。

“请您放开我。我的乳房现在碰到什么都很痛。”

“这怎么行？为什么要做这种蠢事？”

“我从前就喜欢小孩子嘛。真的很想要一个自己的孩子。”

“你想好要养小孩了？做了这种婆婆妈妈的事，还能干好你的艺术事业吗？现在就要了小孩，你以后怎么办呢？快点认清现实吧！”

“可是，我也是无可奈何啊。”

“说什么蠢话！一个女艺人，哪能什么事都一本正经地来呢？你丈夫是怎么想的？”

“他很高兴，也很宠孩子呀！”

“哼！”

“就算我以前做过那些事，如今能有个孩子，也很开心呀。”

“今后跳不了舞了，你就高兴了吗？”

“讨厌！”没想到千花子的反应那么激烈，他不作声了。

不过，千花子没有再要第二个孩子，之前生下来的小孩也没能带在自己身边。也许与这个原因有关，她和她丈夫之间似乎渐渐阴郁生疏了。这些传闻都传入了他的耳朵里。

千花子就像那条波士顿梗犬，无法一心扑在孩子身上。

其实，他如果想救那些小狗崽，还是可以救的。第一只小狗崽死后，只要把稻草切得再碎一些，或者在稻草上铺一层布，就可以避免后面几只死亡。这一点他是清楚的。可是没过多久，最后剩下的那只也和其他三只一样死去了。他没有一心想让小狗崽死掉，但也不是一心想要将它们养活。他的态度如此冷淡，大概是因为它们是杂种狗吧。

常常有路边的流浪狗跟着他走。他以前和狗儿们一起走过很长的路，边走边和它们聊天；回到家给它们食物，让它们睡在温暖的窝里。他认为狗儿懂得他内心的温柔，颇为感激。但是，自从养了自己的狗，他再也没看过路边的杂种狗一眼。对他来说，人与人的关系也是一样，他一方面不将世上的家庭放在眼里，一方面又嘲笑自己的孤独。

他对那只小云雀也不过如此。想养活它的慈悲心很快便消失不见了。“何必捡一只人家不要的鸟呢？”——他这样想着，也就任由孩子们将它玩死。

但是，就在他看小云雀的短短时间里，他的戴菊鸟淋水淋得过了头。

他急忙把湿鸟笼从盆里拿出来，两只鸟都已倒在笼子底，像淋湿了的破衣服一样，一动不动。把它们放在手掌心，见鸟儿的双腿还在微微抽动，他又打起精神来：“太好了，还活着。”

鸟儿已经闭上双眼，小小的身体逐渐凉透，眼见是不可能救活了。可他仍将小鸟握在手里，放到长火盆上烘烤，还添上炭火，命令女佣在一旁扇风。小鸟浑身痉挛，羽毛中蒸腾起热气。他以为凭借烤火的热度，说不定会成为它们与死亡搏斗的力量。但他的手不堪这烟熏火燎，于是在湿鸟笼里铺上一块手巾，把小鸟放进去烤火。手巾被烤成焦黄色，小鸟不时抽动身子，挣扎着掀动翅膀打滚儿，但还是闭着眼睛，站不起来。它们的羽毛已经干透了，但只要把笼子从火上移开，就还是一动不动，看样子是活不成了。女佣到养云雀的那家请教，说是小鸟虚弱的时候，可以给它们喝些粗茶，再把它们裹在棉花里。他用脱脂棉把小鸟包起来，双手捧着给它们喝凉好的粗茶。小鸟喝了。过了一会儿，把它们放到鸟食附近，小鸟伸过头去啄食。

“啊，活过来了！”

他很开心，整个人都神清气爽。回过神来才发现，已经花去了四个半小时拯救小鸟的性命。

但是，这两只戴菊儿番想要停在栖木上，却都掉了下来，好像是脚趾张不开了。他抓住小鸟，碰了碰它们的脚趾，那里萎缩而僵硬，像细瘦的枯枝一般容易折断。

“是不是刚才老爷用火烤的呀？”女佣这样一说，他才发现鸟腿的色泽已经干枯，心想这下完了，于是更加生气：

“明明鸟是放在我手里的，后来又放在手巾上，鸟腿怎么可能给烤坏了呢？你去鸟贩子那儿问问，要是明天还不见好，应该怎么办？”

他把书房的门上了锁，将自己关在里面，把小鸟的双脚含在嘴里暖着。舌头碰到鸟脚的触感几乎让他流下伤心的泪水。没过多久，手心里的汗就濡湿了小鸟的翅膀。在唾液的浸润下，鸟儿的脚趾略微柔软了些。若是粗暴地碰触，脆弱的脚趾就可能折断，他先谨慎地拉开一根脚趾，试着用小拇指捏了捏。然后又把鸟的脚含在嘴里。他将栖木拆了，把鸟食移到小盘中，放到笼子底，但鸟儿的双脚仍不自如，想要站起来吃食似乎还很困难。

“鸟贩子也说，可能是老爷您把它们的脚烤焦了。”第二天，女佣从鸟贩子那里回来，“说是用粗茶给它们暖暖脚就可以了。不过鸟儿大概会自己把脚啄好的。”

果然如此，小鸟不停地用嘴啄自己的脚趾，又是叼又是扯的。

“我的脚啊，你怎么啦？快好起来！”戴菊摆出啄木鸟的架势，劲头十足地啄个不停，毅然决然地想用这双不自如的脚站起来。它们似乎怎么也不明白为何自己身体的一部分会出问题。他看着小小生命的顽强与乐观，真想大声鼓励它们几句。

他试着将鸟腿泡在粗茶里，但好像还是含在人的口中更有效果。

这两只戴菊都还有些怕人，一把它们抓在手里，胸脯便剧烈地起伏。不过脚疼的这一两天，它们似乎完全熟悉了他的手，不仅不再害怕，还欢快地唱着歌，也能被人抱着吃食了。这让他更加爱怜了。

但是，他的照料丝毫不见成效，鸟儿渐渐不爱动弹，萎缩的脚趾沾满了鸟粪。第六天早上，恩爱的戴菊夫妇双双成了尸体。

小鸟的生死通常是不可测的。常有人在早上突然看到鸟笼里的尸体。

他家死的第一只鸟是红雀。一对红雀都在夜里被老鼠咬掉了尾巴，血流了一笼子。第二天，雄鸟倒下了。可不知道为什么，雌鸟迎来了一只又一只雄鸟做伴，每次都是雄的先死。雌鸟的屁股像猴子一样红彤彤的，还活了很长时间，最后死于衰老。

“看来我们家养不活红雀，以后不养了。”

他原本不喜欢红雀这种会受少女青睐的鸟。比起西方吃撒食的鸟，他更喜欢吃碎食的素雅的日本鸟。即使是歌声动听的鸟，比如金丝雀、黄莺、云雀这些歌喉婉转动人的，也入不了他的眼。之所以养了红雀，只因为那是鸟贩子送来给他的。死了一只，他便又买来一只。

养狗也是这样。比方说他养了一条柯基，就不想今后家里没有这种狗。男人都为像自己母亲的女人倾倒，都爱慕像自己初恋的女人，都愿意和像亡妻的女人结婚。放在动物身上不也是一样的道理吗？他和动物相伴为生，似乎想更彻底地欣赏自己自由的傲慢，享受那份顾影自怜的感觉。于是，他不再养红雀了。

红雀之后死的是黄鹡鸰。这种鸟腰部往后是黄绿色，肚子是黄色，姿态淡雅，仿佛有竹子般的意趣。黄鹡鸰很通人性，不吃食的时候，只要他用指头来喂，便开心地颤动着翅膀，发出可爱的叫声，高高兴兴地将鸟食吃下去，还调皮地要去啄他脸上的黑痣。一次他将鸟儿放在客厅，鸟儿大概因为吃多了咸味仙贝之类的碎屑而死。他也想过再要一只新的来，后来还是打消了这个念头，把一只从没养过的琉球歌鸲放进黄鹡鸰住过的空笼子里。

但戴菊的死，无论是溺水，还是它们脚上的伤，都完全是他的过失。也许正因如此，他反而难舍那份眷恋。鸟贩子很快又送来一对戴菊。但它们毕竟身形娇弱，尽管此后给鸟儿洗澡时他再没离开过水盆，还是发生了和上次一样的事。

将鸟笼从水盆里拎出来时，鸟儿浑身颤抖，紧闭着双眼。但至少还能站立，比上一次好得多。他也知道不能再把鸟的脚烤焦了。

“又不好啦。你去把火生起来。”他冷静下来，有些不好意思地说。

“老爷，不如就让它们这样死掉算了？”

他如梦初醒一般，吃了一惊。

“可是，想想上一次的情况，这次肯定很容易就能救活了。”

“就算救了过来，它们也活不长。上一次脚都成了那个样子，我都觉得不如让它们早点死了的好。”

“可是只要救，就能救活呀！”

“还不如让它们死了呢。”

“是吗……”他在那一瞬间感到身体的衰老，以至于整个人神情恍惚。然后沉默着走到二楼的书房，把鸟笼放在窗外有阳光的地方，只是呆望着戴菊，看它们逐渐走向死亡。

他暗暗祈祷阳光的力量能把鸟儿救活。却不知为何感到一种莫名的悲哀，仿佛十分败兴地看到了自己的悲惨模样。他不能像以前那样，为了救两只小鸟大费周章了。

小鸟终于咽下了最后一口气。他将它们湿透的尸体从笼子里拿出来，在手心里放了一阵子。然后又把它们放回鸟笼，把鸟笼塞进了壁橱，转身走到楼下，只是若无其事地对女佣说了一句：“鸟死了。”

戴菊身形娇小，体质柔弱，不容易养活。和它们一样大小的长尾山雀、鷦鹩、煤山雀等小鸟，在他家却活得很好。之前只是死了一只红雀，他就认为红雀在这个家不好养活，何况戴菊两次都因淋水而死。他满脑子都是这些因缘果报，对女佣露了个笑脸，说完“咱们和戴菊的缘分断啦！”就往客厅里一躺，任凭小狗崽们用力扯着他的头发，然后从并排放在客厅里的十六七只鸟笼中选出装角鸮的那一只，拎到楼上书房去了。

角鸮一看到他，就愤怒地瞪着圆眼睛，不停地来回转动紧缩的脖子，尖声叫着，对他呼呼地吹气。只要他守在一旁，角鸮绝对什么也不吃。他用手指夹着肉片靠近，鸟儿愤然叼走肉片，但一直叼在嘴里，丝毫没有要吞下肚的意思。他曾经和角鸮较劲，在鸟笼边一直待到天亮。只要他在旁边，角鸮绝不看鸟食一眼，身子也一动不动。天蒙蒙亮的时候，鸟儿实在饿了，他听见它从栖木上横着挪到鸟食边的声音。回头一看，只见这角鸮头上的羽毛紧紧地缩在一块儿，眯缝着眼，正朝鸟食那边伸长了脖子。他几乎要感叹从未见过如此阴险狡猾的表情时，鸟儿又忽然抬起头，憎恶地朝他哈着气，做出一副若无其事的样子。他偷偷瞟着笼子里的动静，没过多久又听到角鸮的脚步声。四目相对后，鸟儿又离开食物。就这样循环往复了许多次，伯劳已经吵吵嚷嚷地唱起它们对清早的欢悦。

他非但不憎恶这只角鸮，反而把它当作一种快乐的抚慰。

“我一直想找一个这样性格的女佣。”

“呵呵，你倒是很有谦让之心嘛。”

他一脸不耐烦，当着朋友的面转过头去，和旁边的伯劳打起招呼来。

“吱吱、吱吱。”

“吱吱吱吱吱吱吱吱。”伯劳高声呼应着，仿佛要吹走周围的一切。

伯劳和角鸮都属于猛禽，但伯劳会对喂养者表示亲近，像个撒娇的小姑娘一样黏着他。只要听见他外出回来的脚步声或咳嗽声，伯劳便叫起来。把它放到笼子外面，就飞上他的肩头或膝头，开心地扑动翅膀。

他将这只伯劳放在枕边，代替闹钟。早上天一放亮，只要他翻身或动动手脚、挪挪枕头，伯劳立刻“吱吱吱吱”地撒起娇来。就连他咽一口唾沫，对面都“吱吱吱吱吱”地回应。再过一会儿，唤他起床的叫声变得勇猛，有如清早劈落的闪电般爽快。伯劳与他呼应几次，等他彻底醒来，便学着各种鸟儿的样子，不吵不闹地鸣啭。

最先让他认为“今天的太阳也是如此美好”的总是伯劳，接着各种小鸟的叫声便纷至沓来。他穿着睡衣，伸出手指拿出鸟食的时候，会被饥饿的伯劳狠狠地啄咬，但他认为那也是一种爱。

就算因为旅行要在外面住一天，他也会梦见动物们而在半夜醒来，所以很少不在家过夜。这个毛病愈演愈烈，有时就连一个人出门拜访朋友或买东西，都可能半路因为觉得无趣而折返。于是没有女伴的时候，只好带着年幼的女佣一起去。

去看千花子跳舞也一样，只要让小姑娘提着花篮，他总不至于在半路改变主意说“算了，回去吧”。

那天晚上的舞会是某个报社主办的，性质类似于十四五个女舞蹈家的竞赛。

他大概有两年没看过千花子的演出了，但她堕落的舞姿令他不忍直视。曾有野蛮力道的舞姿，如今只剩下恶俗的媚态。舞蹈的基础形态，也和她肉体的张力一道，彻底崩坏了。

尽管司机说了一通好话，路上毕竟遇到了葬礼，家里还有戴菊的尸体，他借口晦气，只让女佣将花篮送到后台休息室，没想到千花子坚持要与他见面。他看过方才的舞蹈，已不想和她长谈，便趁休息时间混入后台。可刚走到休息室门口便呆住了，然后急忙躲到门后。

千花子正在让一个年轻男人给她化妆。

她静静地闭着眼，略微向上仰头，一动不动，仿佛把自己全部交给对方似的。此刻的千花子脸色苍白，嘴唇、眉毛和眼线都未经描画，有如没有生命的木偶，顶着一张死人似的面容。

将近十年前，他曾有过和千花子殉情的念头。彼时他整天把“想死”挂在嘴边，其实没有什么事让他非死不可。他一直单身，与动物为伴，对死的渴求顶多像是浮到其生活表面的泡沫。那时的千花子茫然地将自己对人世的希望寄托在别人身上，完全依靠外界的施舍。在他看来，千花子这样不能算真正地活着。于是他以为，千花子适合陪自己一起去死。千花子果然像是不明白自己的决定意味着什么似的，轻轻松松地点了头，只提出一个要求：

“那你要把我的脚捆紧实一点儿，不然我会把裙摆踢乱的。”

他用细绳绑她的脚时，才发现这双脚美得令人吃惊。

他想："别人大概会说'那家伙居然能和这么漂亮的女人殉情'吧！"

睡觉时，她和他背对背，毫无防备地闭着眼，微微伸长脖子，然后双手合拢。虚无的感恩像闪电一般，击中了他的心。

"啊，还不该死。"

他当然不想杀人，也不想自杀。他也不知道千花子究竟是真的想死，还是逢场作戏。看她的神情，仿佛哪种都不像。那是一个盛夏的午后。

但他似乎很受震动，从那以后他再没梦到过自杀，也只字不提这件事。那时，他心底响起一个声音：今后无论遇上什么，都必须对这个女人长存感恩。

千花子让年轻男人给自己化舞台妆的模样，让他想起当年双手合拢的她。刚才在出租车上做的白日梦里就有这般景象。每当想起那时的千花子，就算在夜里，他也会产生一种错觉，仿佛自己被盛夏刺眼的阳光笼罩。

"即便如此，我为什么要突然躲到门后呢？"他嘟囔着回到走廊上，遇到一个亲切地向他打招呼的男人。他一时间想不起对方是谁，而男人很是兴奋：

"真是不错。这样许多人登台跳舞，还是很明显能看出千花子的好！"

"是啊。"他想起来了，此人是千花子的丈夫，当年给乐团伴奏的。

"你最近怎么样？"

“哎呀，之前想去拜访您的。其实我们去年年底离婚了，不过千花子的舞蹈真是厉害。真好啊。”

不知道为什么，他心慌得难受，若再找不到甜蜜的东西，便几乎无以为继。这时，一句话浮上心头。

他怀里正好揣着一本十六岁时死去的少女的遗稿。最近，读少男少女的文章是他最大的乐趣。这位十六岁少女的母亲，似乎给死去的女儿化了妆。她在女儿去世那天的日记结尾，写下这样一句：

“你生来第一次化妆的面容，如新娘般美丽。”

少女心

（远亲的女儿静子和时田武结婚了。这门亲事是静子为自己定下的。婚后不久，静子来到我家，给我看了一封类似长信的东西。她说这是好朋友咲子写给她的。读过这信，我了解到静子步入婚姻的过程，并且发现，年轻的少女心事深不可测，自古如是，至今仍未改变。信中传达的心境、提到的事情都没什么不同寻常的——甚至可以说是非常普通。我与寄信人咲子素昧平生，她在信中坦率地表达了自己的心情，让我对她产生了好感。这封信如今由我保管。为了那对小夫妻的宁静生活，还是不要把信放在静子家里比较好。个中缘由，想必各位读完信自然会懂。）

一

静子你也知道，从小时候起，我的失败总是因为爱，爱让我变得脆弱。那时我一心想着你时，总在不知不觉间啪嗒啪嗒地拍自己的脸，似乎是觉得它可爱得不得了。

好像我一叫你的名字，你便会立刻在我手心里答应似的。

和静子在一起的每一天，究竟有多愉快呢？比喜悦更安静，比渴望更纯澈，比悲伤更柔软，直教人闭上双眼，沉醉其中。正因为有这种丰满得要溢出来的情绪，我才如此幸福。

这段回忆，要从静子那个滑稽的鞠躬说起。你眼中盛着亲切的笑意，定定地凝视着对方，唰地弯下腰去。你那时的微笑啊，虽然没牵动整张脸，但眼中和嘴角都盈满了可爱的笑意。我从未像那时那样强烈地感受过静子的爱。

“啊，是静子啊。”

我连鞠躬都忘了。

不过啊，静子，后来我一直学着你的样子鞠躬。对谁呢？当然是对阿武。而且那时我对此浑然不觉。

我压根儿没想到自己是在模仿你。只是鞠躬的时候，有某种不太寻常的东西涨满了我的心房。我带着笑定定地凝视着对方，唰地弯下腰去，一股任性的爱意便隐隐涌上心头。尽管如此，我仍然没有想过，这股涌上心头的爱意究竟是什么。因为那时阿武和我的距离，就近到这个地步。

有一天，我对着阿武弯腰鞠躬，心中竟猛然清楚地浮现了你的模样，让我大吃一惊。或者说，我和你仿佛合而为一了。脸庞、身体，全都照着你的样子来。就连你的心，都在我的身体里发了芽。

“啊，这是静子鞠躬时的样子。”

下一个瞬间，我突然意识到这一点，惊讶得浑身的血液都被抽干了似的。

“原来不是我，而是静子在对着阿武鞠躬。”

我一下子将你们两个并排放在自己心里，悄悄地将你放在阿武身边一瞧，你们居然这样般配。

有如灵光乍现，那是神的启示。

从那天开始，我的心愿便是让你走近阿武。这也许就是爱的不可思议之处吧。自从遇见你，我已不知多少次感受过你的魅力；如今它又给我带来了新的惊奇，它将我俘虏的那一刻，我却清清楚楚地想起了阿武。这下，我好像变成了阿武。他如果见到你，一定会很喜欢你，我也一样很喜欢你。我就是这样将你同阿武放在一起去考虑的。我就是这样喜欢你，也同样喜欢阿武。

“对了，让阿武见见静子吧！”

想到最后，我终于下定了决心，突然像变了个人似的，生机勃勃、有了活力。

这想法简直不像真的——但它越不真实、越天真，我就越明白自己对你们依依不舍的爱恋有多深。

不过，还有另一个原因。那就是我和阿武血脉相连。的确是因为我们血脉相连，我才如此放心。我看见阿武，就什么都不想要了，也什么都不想做了。所谓回到故乡的心情，大概就是这样吧。我的心被阿武拥抱着，感到宁静和安稳。这当然与阿武的天性有关，但更多源于我们之间血脉相连，还有我对血脉相连的一点小小的反叛。让我微微感到沉重和痛苦的，不是面对阿武，而是面对我们周遭。

因着这份血缘的牵连，阿武不能把我称作恋人。

——我想让你走近阿武，并且对你没有一分一毫的嫉妒，那是因为我深深地爱着你，也因为我与阿武血脉相连。

就这样，第一天开始了——我们三个人的第一天。

在静子的回忆中，这一天也是难以忘怀的吧。

我首先想到的，是那天植物园里开着黑色的大丽花。那是九月末的一天。

我和你坐上电车后，才告诉你，阿武今天可能也来。你很反感，别扭极了。但是，你和阿武在我心里，已经是一对好朋友了——你们初次见面时究竟会发生什么呢？我满怀期待。

“……无论怎么说，那个人都是咲子的‘那个什么’对吧？”

“是啊。刚才我不就说是了吗？真是的。”

“哎呀，好烦。我这脸皮得是有多厚啊？”

可是，你的态度似乎将信将疑。

我们在河边下了电车，阿武靠在桥栏杆上等着。

“就是他。”我低声道。

你整个人挂在我肩上，一步步往前挪，来到桥头，就不走了。我自己小跑过去，忽然“砰”地从旁边撞上阿武。

“真是的。我早就知道你下电车啦。”

“我带朋友来了。”

为了化解你对我和阿武究竟算不算恋人的疑问，我特意做出如此亲密的举动。

“静子。”我回头叫你。啊，那时候的你，上一秒还双手捧着脸撇向一边，下一秒便转过脸来，立刻定定地望着阿武，用你那可爱的姿势，唰地弯下腰去。你弯着身子微笑，眼中有淡淡的羞怯。嘴角绽开，有那么一瞬露出小虎牙，就轻轻咬咬下唇，像是要忍住不笑，又带着一点庄重。这是多么可爱的一瞬啊。我浑身的血液都变得温暖了。

你不知道，你刹那的举止，却给了我莫大的感动。

“你看看那个，静子。”我尝到了胜利的快感。看来我是正确的。我的预感是对的。在那一刹那，我几乎觉得，你和阿武在一起的时候，我的存在没有意义。

可是，这一刹那过去之后，我们三个又各自踌躇起来：

“我们要去哪儿？”

“嗯，你们有什么想去的地方吗？”

“植物园怎么样？”

你一面说，一面第一个迈开步子。不过，你裤裙后面的腰板歪了一点，有些邋遢。我想跑过去帮你摆正，忽然发现自己的父母之心。没错，就是父母之心。良久以来，这种复杂的心绪是唯一的美好，让我直到很久以后仍旧保护你们，同时也保护了我自己。你像是感受到了我的情绪，走到我身边。看着你，我心中便暗暗涌起一种温暖，仿佛只有想着让你幸福，我才能感到幸福。坐上电车之后，我也像要保护你似的，站在你前面。而你默不作声，把玩着我裤裙的绳结。

植物园里到处是开心游玩的人。

阿武的身材尤其魁梧，我和他站在一起显得很小，你就更显娇小了。

“高校没有像你们这样小个子的人吧？”

阿武渐渐不再拘谨，但你们一直都没有直接对话。

就连分从茶屋买来的点心，你们都要分别经过我的手递给对方。于是，我和你说的那些天真的话，就变成说给阿武听的了；和阿武说兄弟姐妹之间的话，就变成了说给你听。我因此无比开心。

胡枝子花开得正盛，到处都是朴素的白花。青绿的草坪、四下里散开的花朵、耀眼的初秋天空和在天空下漫步的人、写生的人、躺在草坪上的人……我想，他们都是你和阿武初次见面的布景。

“看那个、看那个，黑色的大丽花。”静子停下了脚步。

一株花盘格外大的黑色大丽花，夹在白色、黄色、红色的大丽花中间怒放。我们跑到花旁边瞧了瞧，原来这花本是胭脂色，因为色彩太浓，浓得像黑色一般。

“哪个？”阿武跟了过来。我感受到他脸颊的温度，忽地一缩身子，静子专注地看大丽花的脸就和阿武的脸贴近了。我们三个为了这些说不清道不明的事悸动不已——有那么一瞬，看着你们对着一朵黑色大丽花看得入迷的脸，我心中竟涌起一种感动。

从植物园出来的时候，好像早已过了正午时分。

再次走到河边的街上，吃过午饭，我趁你暂时离席的时候，颇带几分骄傲地问阿武：

“静子是个可爱的人吧？”

阿武看了看我：“嗯。和你有点儿像呢。”

“哎呀，真的吗？那我好高兴啊。”

我只简单地回应了一句，但“有点儿像”这种形容，让我很兴奋。从没有人说过我们像，阿武却说像。这件事在我看来也有别样的意义，教我难以忘怀。

“我可以走了吧？你们两个好好玩吧。”

我的心态简直就像给儿子和女儿相亲，也许是这种坚持让阿武感到了疲惫，他说完便离开了。剩下我们两个在喧闹的街上闲逛，不知为什么，我们两个一言不发。坐上回程的电车，你整个人靠在我肩膀上。你也许是累了，闭着眼睛。我揽过你的肩膀，注视着你细嫩漂亮的手。

我独自回到学校的宿舍，周围的喧闹让我厌恶到几乎不堪忍受。

二

静子。

也许是因为我内心的困惑吧，从那天以后，你仿佛更漂亮了。总之，我们的关系的确又突然近了一步。你每天都比以前更早到校，一大早便径直来到我的宿舍。

我从二楼的窗户往下看，你在走廊的一头稍稍站定，像每次那样朝我鞠了一躬便跑过来。

我觉得自己好像变成了阿武，认为你很可爱——若是和女性萌生出恋人般的感情，我岂不是成了不折不扣的罪人？但发生这样的事，多半也是看不见的命运之力使然吧。

放学后，你还是流连忘返，坐在我房间的窗台上：

“真好啊，我也想试试住宿生活。”

于是我也在你身旁坐下，想想既然如此，接下来要做什么。我满心都是幸福。我有些激动，仿佛眼含热泪，有什么重要的话想对你说似的；或者是想多让你看看我的内心深处。尽管如此，我仍旧说些若无其事的玩笑话。

不知道流言是怎么传开的，那阵子，常有人当面对我冷嘲热讽：

“呀，植物园。”他们拍拍我的肩膀，“怎么能把咲子晾在一边儿呢！”

我有些不知所措，你却在旁边悄悄微笑着看我，让我更加困扰。而我竟然这样回答：

“这种事想隐瞒也不行呀。你看，静子你的眼睛里，不是映着阿武的身影吗？”

让爱情在你心中发芽的，就是我啊。

“我们再去一趟植物园吧？”

我再邀请你的时候，你便说：“不要啦。以后不奉陪啦。你自己去吧！”

“不嘛，就是要和静子一起去嘛！”

“太狡猾了。一个人去就有这么难吗？”看你开怀地笑着，我暗中期待下一个机会。这个机会来得比我预想中早。

从学校看完美术展览回来，离集合还有两三个小时，我偷偷将你带到阿武的宿舍门口。你那害羞而可爱的模样，比我更像阿武的恋人。几乎没见过独身男子房间的你，一时间坐立不安，呆若木鸡："这间房子很奇怪啊！"

又是一些无关痛痒的话题，却一点儿也不无聊。这大概就是爱情的力量吧。阿武看上去很开心，你看了看他的相簿。快到集合的时间了，临出门前，阿武说：

"外面很冷，你们出门要小心啊。"

我们走到外面，彼此念叨着："啊，好冷，好冷。"身子靠在一起，自然而然地小跑起来。

静子。

就这样，我养成了和你一起去看阿武的习惯。不知道为什么，从那以后，我便害怕独自去看望他了。尽管心里对他也没什么歉疚，我却像做错了什么似的，就是做不到一个人去了。也许，我害怕的不是阿武，而是自己吧。

到了那年寒假回家的时候，我的变化令自己都吃惊：我从没这样渴望过一个人待着，也从没这样讨厌过自己的父母。我一直在想你和阿武的事。除了我以外，不可能再有第二个人会去想这件事。因此，寒假结束后，知道有春田伯父这么个人的时候，我很受震动。你年轻的伯父春田先生认识阿武——我应该是刚见到你就早早地将这件大事向你报告了吧？

你脸上闪动着喜悦，是发现关系疏远的人其实和自己有某种紧密联系的喜悦。我却像一下子陷落到悲伤的谷底。没想到春田伯父这个人的出现，会令该成形的东西成形，令我的存在不再是必需。看来你们本就是命中注定的姻缘。但是静子啊，请不要误会，我的嫉妒不是因你和阿武二人而来。我嫉妒的是春田伯父。春田伯父的出现，令我寂寞异常。我嫉妒的是他。

你和阿武的缘分要由我来牵。我设想过各种场景，却做梦也没有想到，站在中间为你们牵线搭桥的会是别人。

我是多么任性、多么偏执啊。像你这样率真的人，肯定觉得我莫名其妙，但我下定决心，要战胜这嫉妒。于是，我将不惜一切代价，尽快亲手为你们牵上缘分的红线。

说真的，直到那一刻，我才发现我和阿武之间，已不知在什么时候有了一种无言的约定。事到如今才认识到这一点，不知是因为我的心终于醒来，还是阿武朝我逼近了一步的结果。总之他看我的眼神中，比从前多了一束光。说这是阿武的愤怒，会显得我很自以为是，但他的目光里多少有责难我的情绪。

但已经来不及了。或者说，从阿武的目光中看到了爱的讯息，令我放心不少，觉得自己可以抽身而退了。事到如今，再对静子你说这些，算是我卑劣的不成熟吧。但还是告诉你比较好。还有一件事，也应该与你讲清。

这另一件事——是你之前一点儿也不知道的。

那时，阿武忽然给我写了一封信。内容很简单，说他有话想对我说，让我独自去找他一趟。我们约定见面的那天，下了大雨。

“啊呀，这么大的雨，您还……”

宿舍的阿姨吃了一惊，我一下子感到很不好意思。

“和服都湿透了。”

阿武站起来，搂过我的肩膀。不过他只是搂了一下，我仍然坐着不动。拉门上的玻璃窗映着外面的庭院，有不知名的花朵在雨中飘摇。我等着阿武说话，他却什么也不说。沉默持续了太久，我有些尴尬，便小声催促：

“呐，你要说什么？”

“嗯，你觉得呢？”

“我不知道啊……”

“你一点儿也不知道吗？”

“唔，不知道……”

“多少还是知道一些吧？”

“嗯，但就是自己瞎猜的。”

“瞎猜的也行，说说看吧。”

“啊呀，你这样太狡猾了。”

我羞赧地笑笑，他忽然沉默了。过了一会儿，又换了一种口气：

“马上就要毕业了。你有什么打算吗？”

“打算是指哪方面呢？”

“也不是具体的哪方面。快毕业了，需要做打算的事情很多吧？”

“但是，也没有什么特别具体的。”

“怎么可能什么都没有呢。为了今后不后悔，可不能总是乱来。你最近有些不对劲呀？”

"……"

"可能是我想错了。我倒希望是我想错了。我不喜欢最近的你。"

我的心被刺中了。

"先不说这个。你毕业后打算怎么办?"

"怎么办——除了回家还能怎么办?"

"笨蛋。我问的不是这个。是回家之后打算怎么办!你听不明白吗?我是指结婚的事!"

"啊,那种事嘛……那种事我还没想过呢。真是的。"

"这不是最重要的吗?"

"讨厌。你好过分啊。"

我用双手掩住了脸。终于说出了打定主意要说的,我的心却一片混乱,事态的发展完全不在预想之中,只想使出浑身解数结束这个话题。

可到了这一步,阿武就强势起来,不允许我这样下去。他突然抓住我的双手,把它们紧紧捏在自己的双手里,清楚明白地说:

"不行,今天不能让你应付过去。因为这对你和我来说很重要。你听着,既然这样我就直说了。你爱我吧?"

"啊!"

"既然这样,我们就结婚吧!"

幸福来得如此突然,我已经什么都感受不到了。我只知道,我的手被一双大手抓着,那是阿武的手。

我由他这样抓着我的手，呆愣了一阵子，突然低下头，哭得很厉害。为什么我那时会流泪呢？过了一会儿，阿武没有作声，将手拿开了。

我哭着哭着，自己站直了身子。阿武为了我们的事情如此用心，我就不能光顾着撒娇了。眼下的确很关键。我擦擦眼泪，清楚地说明了自己的想法，连自己都很吃惊。

“我刚刚不该哭的。对不起。但那是因为我太高兴了。”

“是吗？谢谢你。”

“不，不是你想的那样。我高兴的不是结婚。”

“你不愿意吗？”

“啊，怎么会不愿意呢！我甚至觉得自己配不上你。怎么说才好呢？我觉得自己不配结婚。”

“你在说些什么呀。你是要和我结婚的呀。”

“嗯，如果是和别人的话，我也不会觉得自己配不上了。”

“我是认真的，不开玩笑。”

“嗯，是认真的啊。说实话，我很喜欢你，喜欢到害怕和你结婚。我已经放下心来，断了这个念头，告诉自己，不和你结婚也行。如果要和你结婚，那不如去和我不那么喜欢的人结婚。但是，我不想结婚。现在不想嫁给任何人。”

说完，我将全部的信赖放在目光里，看向阿武。阿武也看着我，他的目光中带着怜悯。

“你是认真的吧？不会后悔吗？那这个话题今天就到此为止了。”

那时，我像个孩子似的，怔怔地点头，眼中又蓄满了泪水。

就这样，感动的高潮过去了，我们之间轻松了许多。我和进屋的时候一样，远望被雨打湿的园子里的树，觉得它们很美。我亲手在自己和阿武之间建了一道屏障，此时反而觉得两人的距离比从前更近了，还有宁静的爱情从中流淌。阿武在我身旁，不，即使他不在我身旁，我也懂他的感受。仅仅如此，我已经感到足够的、源源不绝的、庞大的安稳。

三

大家都回去了，校园一片安静，你和我走在院子里的藤架下。云霭沉沉，我们的脚步在潮湿的泥土上，只留下一点声响。我发现一颗小石子，踢了它一脚，你又接着踢了一脚。我踢。你踢。这像是我们脾气相投的证明，让我轻松地把话说出口：

“我问你啊，静子。这问题好像有点儿奇怪：你在家里头，是个任性的小孩吗？你的父亲和母亲，他们开明吗？”

“这个嘛，谁知道呢。我平时不耍性子，不愿意特别任性。”

话头就从这里接上了：

“静子，我问一个唐突的问题。如果阿武说他想要你，你会怎么办？”

“啊，太过分了！你在取笑我吗？想看我出丑吗？你不是已经和那个人私定终身了吗！”

你虽然惊讶，但我不停地告诉你，我和阿武之间不过就是兄妹的那种喜欢，不是要结婚的关系。其实那次带你去植物园，也是想给你和阿武牵线搭桥。听了这些，你就渐渐不怎么说话了。只是抱怨着："唉，真为难，真为难。"

我也搂过你的肩膀，很长时间都没有说话。

我似乎比你还要感慨。那时的我处于一种清醒的忘我状态，一点儿也没觉得自己做的事不自然。这时，你突然哭了起来。双手掩面，哭得像个孩子。

可爱的静子，每当我回想起那时那刻，都觉得自己仿佛懂得了做母亲的幸福。也许我比你还要幸福。我摩挲着你的肩膀：

"这天气冷起来了。静子，你冷不冷？"

"不冷。"

"我们回去吧？"

"不要。"

"那就再走一走吧。"

我们肩并着肩，下了走廊，朝池塘那边去。睡莲的叶子闪着迟钝的光。

你突然说："我啊，不想活得太久。"

"真是的，静子怎么突然说这个？"

"我就是这样想的。我啊，从没像今天这样高兴过。如果现在能去死，那就太好了。"

"我也很高兴啊。"

"我啊，想想毕业以后，要和咲子分开，就不知道该怎么办。

我真是个软弱的人。如果自己一个人，就什么都做不了。”

我们就这样蹲在岸边，久久地、恍惚地眺望着水中游动的青鳉鱼群。

那天与你分别后，我觉得自己像骑士一般可靠。阿武和你都柔弱不堪，坚强的人只有我一个。

后来，我们变得像一对恋人似的。你就像对阿武撒娇那样对我撒娇。我就像阿武爱你那样爱你。我甚至觉得自己的血里掺了阿武的血。我的心意已经笃定，你和阿武的距离却丝毫没有拉近。怎样才能把事情推进下去呢？对你们的爱越是强烈，我就越是渴望一种美丽的手段。

我约你一起和阿武见面，你却一脸落寞的羞怯，不住地摇头。就这样犹犹豫豫地，学校放了寒假。我决定给阿武写信。信中没有以我的意愿强迫阿武做什么，只是尽可能如实地、真诚地写了我和你那天在池塘边聊天的事，写你哭了，而我感到莫大的欢喜。

阿武的回信过了半个来月才到。这封信至今仍留在我这里，开头是这样的：

“上次见面不甚圆满，有些话没有说完。我原想再见你一次，把你说服的。你说即使不结婚，心中也觉得踏实。这个我也完全认同。但是，这绝对构不成不结婚的理由。我认为恰恰相反。”

接下来，他写到了你：

“说实话，我也喜欢静子。如果没有你，我也许会更喜欢她……我毕业比你们晚一年，所以现在并不着急。与其直接和静子谈，不如跟静子的父母谈一谈。”

阿武的信到这里就结束了。

静子，你猜我读完它是什么表情呢？是发现一切如我所愿，终于松了一口气？还是没想到一切这么顺利，反而有种不尽兴的落寞？其实这两种情绪每一种都有，但我最先想到的是：

“啊，男人真是厉害。”

这便是我切切实实的感受，尽管连我自己也不是特别明白这感受意味着什么。

“啊，男人真是厉害”——这样想着，我脑海中清晰地浮现出阿武的身影，他一个人走着，不需要同伴。但是，女人却不同。这个弱点几乎可以算是女人的宿命，而我迎头撞上了它。我像是现在才明白，对我们来说是全部的东西，对男人来说只有一半。我有种被人推落谷底的感觉。但是，我有这种感觉，也许是因为阿武的决定太果断，也许是震惊于他那么快就替我们的未来做了决定。也有可能是嫉妒在作怪。

其实，是我把这个过程想复杂了。大概我原本还期待着这个故事会开出一朵浪漫的花，以为自己的角色还能演出更出彩的情节。

不过，还是不要再纠结了。毕竟一切都已如我愿，我也是真的从心里感到喜悦。

于是，我们迎来了毕业，也迎来了分别。你与阿武的婚礼，就定在第二年立春的前一天晚上。

那天，东京下着冰凉的雨。怎么会有那样漫长的白天与黑夜呢？我几乎快受不了一个人待在屋子里了，时间仿佛停摆了似的一动不动，我做什么都没有心思，眼泪动不动就哗地流下来。

我并不难过，只是寂寞，因为我正逐渐远离一份爱情——一份不需要任何宾客前来贺喜，只我一人便足够的爱情。

你们在阿武的故乡办了婚礼。不过，阿武还是在东京的公司找到了工作，你们有了自己的小家。

啊，你们要来东京展开新婚生活，我们三个人又能像从前一样了。我感谢神明，相信自己的爱情感动了天地。

四月初，阿武先到东京做一系列的准备。在他找到你现在住的那间房子之前，我每天都和阿武一起四处探寻合适的住处。

我到东京站接你的时候，你借阿武的身子挡住自己，羞涩地只露出一张脸，四下偷瞄着。我转到阿武身后，突然拍了一下你的肩膀。

你“啊”了一声，红了脸，然后又和以前一样，猛地弯腰一鞠躬。

“你来啦。”我按住你的肩膀，你好像要把脸藏起来似的说：“不知为什么，这样很不好意思啊。”

“这一路很折腾吧？能过来真是不容易。”

“我以为你的变化比现在更大呢。”

“怎么会有变化呢。静子的变化才大呢，变得像个妻子了。”

你确实更美了，那脸上闪着光的神情，仿佛就是幸福本身。你的一举手一投足，都投射出彻底放松的信赖。一起在你们郊外的家中整理行李时，我清楚地感受到这一点。

——你用娇弱的手指解开缠绕的网线，慌张地查看行李有无碰损，表皮是否脱落。看着看着，忽然停下动作，抬头看阿武。阿武没说话，立刻麻利地将网线解开。你一个人抱着一只大抽屉，要把它插到高处的抽斗，阿武便过来搭一把手。于是你就将这项任务交给阿武，去忙下一件事。

啊，这样才是一个家。我想着，沉醉于此。在这以前，我从没见过这样的静子，也没见过这样的阿武呀。

“以为没什么东西，其实也有不少呢。”

你一脸清爽，似乎不知疲倦。

“你过来看看，那边的树木很漂亮呢。”

你们在二楼的栏杆旁并肩坐下。没一会儿，阿武就下来叫我。

“差不多就先这样吧？静子也累啦。”

阿武听我这么一说，就坐在行李上，露出孩子似的表情望着我说：“真热啊。”

“你又要取笑我们了吧。反正今天是被你笑话一溜够了。”

“我也被使唤了一溜够，我们彼此彼此吧。”

傍晚，我回到家时几乎累得瘫倒。不知道我的公寓生活还要持续多久，我心里很不是滋味，渴望着某些东西的依靠。

这是怎么回事？这就是我要的喜悦吗？我感到自己被推得远远的。这四面墙壁冰冰凉凉，像监狱般难以逾越。那墙外的幸福，究竟和我有什么关系呢？这和我期待的并不一样。

而且，一股让人感伤的喜悦包裹了我。静子那种未经世故的天真，那羞涩的眼神、掩着笑意的嘴角，我看得清清楚楚。

“这是他们两个人的东京。他们两个人的东京。”

我像念咒似的喃喃着，直到入睡。

四

天亮了。我一心只想去见你们。一大早，我就迫不及待地跑出去，电车也等得很不耐烦。我心中充满了不安和期待，就像要去欣赏一夜暴风雨过后便会凋零的花。

站在你家门口，我担心自己未免来得太早，不好意思又有些胆怯地推开了大门。原来你已经穿上白色的围裙，是个漂亮的小妻子了。不知为何，我心里有些堵，直勾勾地盯着你看了一会儿。

“哎呀，真讨厌，你在看什么呀？”

“我简直怀疑自己的眼睛，你的变化真是惊人。”

“讨厌啦！”

“你起得这么早，打扮得又这么漂亮，吓到我了呀。”

“我很厉害吧？那个，今天中午我要去买东西，就请你来当我的老师吧！”

“我这位老师有点儿没信心啊。你是要买家里用的东西吗？”

“嗯——你去二楼看看。他刚睡醒，还在发呆呢。”

我一个人走到二楼，看见阿武背对着朝阳照进来的窗子，悠闲地抽着烟。

“你挺悠闲的嘛。”

“嗯。”阿武点头。

阿武点头的模样里，和静子系着围裙的模样里，都有我不曾见过的神情……静子的坐垫上放着一双藏青色的短布袜。仅仅从这个小细节，似乎就可以窥探到你们的二人世界。我觉得自己似乎看到了不该看的东西，移开目光，又看到另一个架子上放着阿武的手表、香烟和手绢等东西，而静子的手包和金属带扣随意地放在旁边。空气中浮动着新鲜的幸福味道，我还不太习惯。无论看什么，我的心都猛地一跳，脸都跟着羞得通红。

“我还什么都没整理呢。”你说。

早饭的餐桌上，一切都在诉说新的起点，没有任何东西用来粉饰回忆。比起被留在原地的落寞，更让我难过的是去路被堵死的悲伤。下午在百货商场买的东西，也无一不是用来给你们的生活加固的。你一个接一个地挑选那些我不知道的、精巧的生活用品，我只顾惊讶地看着，哪里做得了你的老师呢。你真的是我认识的那个静子吗？似乎有什么东西横贯在那里，拒绝了你与我的爱情回忆。我转眼将目光移向阿武，他看上去很安心，乐得将购物这件事全权交由你来做。我又想，啊，是这个人，是这个人改变了静子。你们两个确实重新出发了。

这是一种多么悲哀的嫉妒啊。而且事到如今，我还能说什么呢？于是为了你们，我又一次改变了自己。不久，我理解了何为家庭的喜悦。比起我那充满自由的生活，我更爱你们的生活。

只有一次，在机缘巧合之下，过去的欢乐又回到了我身边。我就来写一写这件事吧。那天我第一次将你接到我的公寓。

那一天，我怀着满心的期待。我以为在这间屋子里，就能看到一个不带丝毫家庭气息的你。

我藏在车站的墙边，“哇！”地大叫着跳出来抓住你。

“啊呀！”我看见你吓了一跳后笑起来的脸，没错，就是这个。失而复得的喜悦，让我忘乎所以。

我们说着玩笑话，肩并肩慢慢爬上山坡。关严房门，我们之间没有了任何阻隔。缺乏装饰的清冷房间仿佛渐渐有了生机和温暖。一阵和缓的沉默过后，我恳切地说：

“呐，静子。这样一来，我们就好像和以前一样啦。似乎什么都没发生，一切都是虚幻……”

“是啊。我刚才也想这样说呢。我啊，连你以前穿的和服都想起来了。”

你说着，露出要把思绪都集中起来似的目光。我看着你的眼睛，一瞬间，想起了很多——我们两个坐在学校院子的长椅上，藤花飘落在那上头。白色的球掉在地上。你细长的手指卷着蓝色的线。你坐在屋子的炉边，窄窄的肩膀，含着泪的美丽眼睛……

“就这样，这间屋子每天都是我一个人住了。于是，以前的事总是浮现在我眼前。我想一定没有人像我这样喜欢回忆了，一这样想，就觉得好寂寞。”

“你这样说，我会很难过啦。最近我也和那个人一起聊了聊，到底是什么让你觉得满足呢？”

“啊呀，你多虑啦。现在我没有什么不满意的地方。你们来东京了，没有比这更棒的事了。我说的寂寞完全是另一回事，只是因为我把过去记得太清楚了，才会觉得寂寞。”

“嗯。这个我明白，但我说的是另外的事。无论是谁，只要像我这样被你善待，都会产生我这种情绪吧。如果你不幸福，我就会难过。最近我越来越清楚地认识到这一点。我总是在想：如果你能比我更幸福的话，那该多好啊！最近我还和那个人讲过这个呢。”

静子难过地小声嘟囔给我听。她的话让我开心，却有更多的情绪打动了我。我知道，让你有这样的感受，是我做得不够好。

“静子太温柔了啦。好了，我马上就要变得幸福给你看看，要幸福得让你追不上。所以，我才每天都努力学习呀。”

“学习能让人变得幸福吗？我觉得学习是一种逃避的方式，所以把学习放到一边了呢。”

“逃避的方式？连静子你都要这样说吗？”

“我和那个人啊，我们商量过了。咲子不要再一个人待在这里了，一起到我们家去吧。我们希望你来。我们俩都希望。我们想三个人一起生活！”

“可是……”我笑中带泪。

傍晚我将你送走，独自回到公寓。寂寞还是寂寞的，但房间里似乎飘荡着你的气息，我也不再感到不安。我安心地躺进自己的被窝。

十六岁的日记

五月四日

从中学回到家，大概五点半。家里大门紧闭，谢绝客人来访。白天只有祖父一人卧床在家，万一来了人会很难办。（祖父失明了。）[1]

“我回来了。”我说了一声，屋里静静的，没人答应。我感到寂寞而悲伤。走到祖父枕边不到两米的地方，我又说了一次：

“我回来了。”

往前走了三米，大声说：

“我刚回来。”

贴到祖父耳边五寸：

“我回来了啊！”

“哦，你回来啦！早上你没帮我尿尿，我只能哼哼着等你回来。刚才朝西翻了个身，又哼哼了半天。你看我现在是朝西躺的吧？喂，我和你说话呢！”

“你用力，把身子往上抬一抬——”

---

1 作者的话：括号中的文字是二十七岁时写下的补充说明。

“啊，这样就行了。给我盖上被子吧。”

“还没弄好。再来一次，来。”

“怎么会……”（后面七个字没听清。）

“嗯，还没弄好。重来一次，对。”

“啊，舒服多了。你真好。茶水煮好了吗？一会儿能再帮我尿一次吗？”

“哎，等一等啊。不可能一气儿都做完。”

“是，我知道，就是先跟你说一声。”

没过一会儿——

“小少爷，丰正小少爷，喂——”这声音有气无力，像是从濒死之人嘴里说出来的。

“快帮我尿尿啊，快帮我尿尿啊！喂！”

他躺在病床上一动也不动，只是不住地呻吟。我有点儿不知所措。

“怎么弄啊？”

“拿尿壶来，帮我把那话儿塞进去。”

无奈，我只好撩起他的衣服，不情不愿地照他说的办。

“塞进去了吗？塞好了？我要尿了啊，没问题吧？”身体是他自己的，他难道没有感觉吗？

“啊、啊，好痛，痛啊，痛，啊，啊啊！”小便令他疼痛。他痛苦地喘息着，声音细若蚊蝇。与此同时，尿壶底部传来仿若山谷溪流的潺潺声。

“啊呀，好痛。”听着他难耐的声音，我的眼眶湿润了。

茶煮好了，我叫他喝茶。是粗茶。喂他一口口喝下。他瘦到形销骨立，一头白发几乎都秃了。一双手已经皮包骨头，哆嗦个不停。每喝一口茶，细长脖颈上的喉结就上下翻滚。他喝了三杯茶。

“啊，好喝、好喝。”他咂巴着嘴。

“喝这个能养精气神儿。你给我买了好茶，但听说喝多了对身体不好。还是喝粗茶吧。”

过了一会儿，又说：

“给津之江那边（祖父妹妹住的村子）寄明信片了吗？”

“嗯，今天早上寄出去了。”

“哦，是吗……”

啊，祖父是不是意识到了什么？是不好的预感吗？（当时祖父让我给平素很少通信的妹妹寄明信片，让她来看自己一趟。我以为他这样做，是预感到自己的死期将近。这让我害怕。）——我凝视着祖父苍白的脸，直至自己眼前模糊一片。

看书的时候，我感到旁边有人。

“是美代吗？”

“嗯。”

“怎么了？”

我心头猝然升起极为强烈的不安，从桌边转过身子。（当时我在客厅里放了一张大桌子。而美代是一个五十岁上下的农村妇女。每天早晚从自己家过来，帮我们做饭，也做一些别的。）

“今天我去问大夫了，我说老人七十五岁了，一直卧床不起，最近胃口不错，但已经有三十天没有正常排便了，想听听他的意见。对方说，毕竟上了年纪，不至于多么凶险，也属于老年病。”

两人都重重地叹息了一声。美代继续说：

“大夫说，胃口好却不排便，是肚子里有鬼怪把食物吃掉了。他虽然没说今后会比现在吃得更多、吞咽得更顺畅，却说那鬼怪喜欢喝酒。我问大夫应该怎么办才好。他告诉我，可以给病人吃供在妙见菩萨前面的寿司卷，在屋里熏功德香——病人虽然被鬼怪附身，但过一段时间就会好了，不会有什么大碍啦。不过，他以前连一片干松鱼都吃不下，最近却能一口吃一个寿司或饭团。唉，每吃一口，喉结就动一下，看着真让人心疼。假如狐仙附在巫女身上，巫女吃东西的时候也有滚来滚去的喉结。而且，之前老爷喝了不少酒吧？今天这次算命，难道是真的吗？”

“谁知道呢。”

我没有勇气直接告诉美代，她说的这些都是迷信。我被一股无法言喻的不安侵袭，全然不知所措。

“回家之后，我对老爷说，我去五日市（村名）问过大夫了。老爷就问我：大夫没说我就要死了吗？我说没有的事儿，大夫说不是急病，是老年病又逢了灾，才三十天都不通大便。哪天要请他来给您看一看。”

“我回来以后，马上上了香。上香的时候我说：这一家很久以前是名门望族，这些东西（指鬼怪）一定待不住。再说，您干吗无缘无故地害人呢？想吃茶要饭就只管跟我说，我会给您供上的。快走吧、快走吧！把道理给它说明白就好了。明天开始，在房间的西北角上供上茶饭就没事了。你能不能从仓库拿一把刀来辟邪？从刀鞘里拔出来，放到老爷的床下。明天我再去神社拜一拜狐仙。”

“难以置信。你是说真的吗？”

“唉，就当是真的吧！”

我来到祖父枕边。

“祖父，小野原（村名）有个叫狩野的人来信了。你之前借过他的钱吗？”

“啊，借过。”

“什么时候？”

“七八年前。”

“哦。”

又一个找上门来的。（那段时间，以前借过祖父钱的人，一个个地都找到我头上来了。）

“这时候怎么好还他们钱啊？”美代说。（我和美代也讲了钱的事。）

晚饭时，祖父能吃下海苔寿司卷了。啊，是鬼怪在吃寿司卷呢！你看，喉结动了！真是荒唐——食物明明送进了人的口中。但是，我脑海中已经打下了深刻的烙印：“就是鬼怪在吃寿司。”我从仓库拿来一把剑，在床上挥了挥，然后塞到被褥下面。后来自己想一想，都觉得可笑。可美代很认真地看着我挥斩着屋里的空气，还在一边为我鼓劲：“干得好、干得好！”若是旁人看到了，一定认为我是个疯子，会笑掉大牙吧。

过了一会儿，天黑了。夜色中不时传来祖父细弱而颤抖的呼叫声："美代、美代！"正在读书的我便听到美代往祖父房间走去的脚步声。后来美代好像回家了，我去服侍祖父喝茶。

"嗯，是吗。好、好。大口喝，嗯，大口喝。"他的喉结上下滚动。这是鬼怪在喝茶吗？愚蠢、愚蠢。哪有这样的怪事？我都已经中学三年级了——

"啊，好喝。茶真好。清清淡淡的就挺好。味道太重的东西不行。啊，好喝。烟呢？"

我拎着油灯贴近祖父的脸，他眼睛稍微睁开了些，抱怨着："干吗啊？"

哦，这双眼睛，这双我以为不会再睁开的眼睛，如今睁开了。仿佛一道光明照进黑暗的世界，我很开心。（我没以为祖父复明了。之前他一直闭着眼睛，我担心他会这样死掉。）

写这些文字的时候，我想了很多。刚才挥剑的场景简直可笑，自己就像个白痴一样。可是，"肚子里有鬼怪在吃东西"这句话，一直徘徊在我脑海中。现在大约九点。我的意识越发澄明，思路越发清晰，明白不可能有"被鬼怪附身"这回事。

十点左右，美代来帮祖父小解。

"我想翻个身啊——现在朝哪边儿躺着呢？哦，是吗，朝东吗？"

"来，用力！"美代说。

"欸——"

"再来一次。"美代说。

"欸——"痛苦的声音。

“这下朝西了吧？”

“你也该休息了。我要回去了，没有别的事了吧？”

不多时，美代便回家了。

五月五日

早上。麻雀刚开始叫，美代就来了。

“是吗？两次？十二点和三点，你都起来帮他尿尿了？年纪轻轻的真是辛苦你了。就当是报答你祖父的恩情吧。我家有小孩刚出生，不能在这里过夜。阿菊只会生，却不会养。”（阿菊是美代的儿媳，那时刚生下头一胎。）

就当是报答你祖父的恩情吧——这句话让我获得了极大的满足。

我去上学。学校是我的乐园。学校是我的乐园——这句话最能够表现我家最近的状态。

傍晚六点左右，美代来了。

“欸，我去拜过了。居然是一样的说法。真让人难以置信。人家没说有鬼怪，但说是逢上灾了（邪魔附体）。还说不是不通情达理的家伙，但‘多少还是会作怪’。而且，也说老爷是上了年纪了。‘不是什么急病，但身子还是会慢慢弱下去的。’”

身子还是会慢慢弱下去的——我心里反复念叨着这句话，叹了一声：“是吗……”

“还有，狐仙说的话也很准：‘最近他比之前好一些，不再一个劲儿地吃喝了吧。’——少爷也发现了吧，今天他挺平稳的。”

没想到狐仙能说中病人的状态，我又开始疑惑：难道灾祸上身（邪魔附体）是真的吗？

我用家里仅剩的钱买了香来烧，烟雾在枕边缭绕，利剑躺在地板上，发出明晃晃的光。

“到夏天就麻烦啦。”美代说。

“为什么？”

“农民忙着耕田，我也没法过来了。看老爷这样子，是没法再坐到火盆旁边去了吧……”

啊，这一百张稿纸写完的时候，祖父的身体、可怜的祖父的身体会变成什么样呢？（那时我备了一百张稿纸，打算写一百页这样风格的日记。我担心写不到一百页，祖父就会离世；相信只要将一百页写完，祖父就能得救——不知为什么会有这样的想法。我还觉得，如果祖父真要死了，我就更应该写这样的日记。至少应该把他的容貌记下来。）

病人一时不再说不合逻辑的胡话了。但是，所谓的“邪魔附体，惹祸弄灾”，究竟是迷信呢？还是确有其事呢？

五月六日

“少爷去学校了吗？”祖父问美代。

"没有，现在是傍晚六点呀。"

"哦，是吗？哈哈哈哈哈……"他笑得很寂寞。

祖父晚上吃了两根细海苔卷，美代喂到他嘴里，他生吞下去。

"我是不是吃得有点多？"他今天这样问。我洗澡时听到了，这不太寻常。没过多久，我又听到他们的对话。

"时间还早，但我肚子饿得厉害。少爷吃晚饭之前，先让我吃一顿吧。"

"您刚才不是吃过了吗？"

"是吗？"

后来的话就听不清了，那笑声又响起来。我泡在水中，感到一阵寂寞。

晚上，家里只有钟摆和汽灯的声音。那间漆黑的里屋中传来破碎断续的声音，好像在向老天爷诉苦。

"难受、难受。啊，难受！"

不多久，声音停下来，又是一片安静。

接着——

"唔嗯，啊，难受！"

入睡前，那短促而痛苦的声音断断续续，未曾停止。我一面听，一面在心里重复着那句话：

"不是什么急病，但身子还是会慢慢弱下去的。"祖父的头脑稍微清醒了些，意识恢复了正常，也不再暴饮暴食了。

可是，身体却一天天……

五月七日

“昨晚帮他尿了一次，还帮他翻了一次身、喂他喝了一次茶。他骂了我，说自己喊累了，我要是再晚来一会儿，他就要断气。可我十二点左右才睡熟，实在睁不开眼。”

早上，我刚等到美代来，就向她诉苦。

“真是可怜。昨晚我要是不头疼，就能在你家待到十二点。白天也是，只要两小时没来，再去的时候老爷就说自己是‘哭着过的’，所以我现在隔一小时过来一趟。”

昨天半夜，病人把我叫醒，说了一堆莫名其妙的话，向我要这要那。我气得大骂，冷静下来想一想，又觉得他是个可怜的人，难过地哭起来。

祖父见我要去学校，依依不舍地问：

“你说我什么时候才能好啊？”那声音中有九分绝望，一分希望。

“等天气正常了，就会好的吧。”

“给你添大麻烦了，真是对不起。”那声音很轻，仿佛在祈求怜悯。

“我梦见伊势神宫的神仙们都到咱们家房顶上来啦。”

“您有伊势神宫保佑，不会有事的。”

“我听到神仙的声音了，这真是难得。神仙和佛祖还没抛弃我，我这是何德何能啊！”那声音是满足的。

下学回家时，大门敞开着，家里却很安静。

“我回来了。”我说了三遍。

“哦，少爷回来了？一会儿帮我解小手吧。”

“好。”

这是我最讨厌做的事。吃完饭，我卷起病人的被子，用尿壶接尿。十分钟过去，他还没尿出来，我便知道他肚子上已经没有力气了。等待的过程中，抱怨和挖苦的话脱口而出，祖父便一个劲儿地道歉。望着他日渐消瘦、笼着一层死气的苍白面容，我为自己的行为感到羞耻。

过了一会儿，他发出细弱而凄厉的呻吟：“啊，痛，好痛，呃嗯……”听得人浑身发紧。接着，传来清晰的水声。

是夜，我在桌子的抽屉里乱翻，找出一本《构宅安危论》。这是祖父口述，自乐（一个跟祖父学易学和房屋风水的邻村男人，这本书是讲家宅风水的）执笔记下的。祖父曾努力想让它出版，还和丰川（大阪的大财主）商量过，却始终未能如愿以偿。现在这份草稿被忘得一干二净，锁在我桌子的抽屉深处。啊，祖父这一生，什么抱负都没实现，做的事全都失败了。不知他如今作何感想。唉，真是难为他在这逆境中活到七十五岁。他的心脏真结实。（我曾以为，祖父能强忍悲伤活到这把年纪，是因为心脏结实。）好几个儿子、孙子都先他而去，他连个说话的人也没有，看不见也听不清（他目盲且耳背），格外孤独。孤独而悲哀——说的就是祖父。他常说自己是“哭着过的”，这句口头禅里饱含真情。

（以前，祖父算卦看风水很有一套，颇有些名气。还有人大老远地来请他看。因此，他大概曾觉得，出版《构宅安危论》可化解世间的不幸与灾祸。那时我对祖父的易学和风水学将信将疑，模棱两可。尽管如此，如今想起当时的情景，仍然哭笑不得——就算是在乡下，好歹也是个十六岁的中学三年级学生了。祖父便秘三十天，我不但没给他请医生，还请狐仙为他占卜，疑心是否有什么“邪魔附体”。此外，祖父是在寺院里认识财主丰川的。我们村里有一座尼姑庵，多半是我的先祖修的，里面的建筑和山林田地都归在我家名下，尼姑都入我家的户口。尼姑庵是黄檗宗，以虚空藏菩萨为本尊。每年的十三参拜日[1]附近村庄满十三岁的孩子都来这里参拜，很是热闹。但后来有一位深居简出的圣僧，从距村庄往北一里的著名山寺里搬到这座寺院来了。祖父非常感激，把尼姑们赶走，将寺院附属的财产拱手让人。寺院改建得十分气派，名字也变了。修建过程中，虚空藏菩萨和其他五六座佛像暂时放在我家客厅。我家没有钱换榻榻米，托菩萨的福，人家为了应急，给铺藤席的客厅又铺了一层新榻榻米，散发着青草的香味。相信这位新来的圣僧，改建寺院，又给我家客厅换了新榻榻米的人，就是大财主丰川。）

祖父常怀一颗慈悲心。今天早上，美代说：“我准备了三十家的添子饼，没想到又收到别人的贺礼，回礼的份数不够了，还得再做点儿。”

---

1 十三岁的少男少女对长大成人表示感谢，为了能接受以后万物的福德和睿智，要向虚空藏菩萨参拜。

祖父便说："是吗，做了三十家的份儿，还不够啊？这个村子的住户也就不过五十家，像你家这样的普通人家，也能收到四面八方的贺礼啊！"

后来不知为什么，祖父竟为此喜极而泣，声泪俱下。（美代这样穷困的人家，也收到许多人家的祝福，祖父替她高兴。）

美代总觉得留下我照顾祖父很可怜。晚上八点左右，她回家前便问祖父：

"一会儿还要解手吗？"

"嗯。"

"那一会儿我再来一趟。"

"有我在呢，您不用来了。"这句话已经到了嘴边，我又把它咽了回去。

五月八日

早上，美代一来，祖父就向她絮叨我昨晚对他有多冷淡，抱怨我的不是。也许我确实做得不太好，可是半夜被叫醒好几次，自然会生气。而且，我讨厌帮祖父小解。美代对我说：

"他净说你的不是，只顾着自己，一点儿也不替伺候他的人想一想。真是让人受不了。你啊，要这样想：因为你们有这份因缘，所以现在得照顾他。"

今天早上，我甚至想干脆什么都不管了。每天去学校前，我都会问祖父有没有事需要帮忙。今天则是问也不问就出了门。可从学校回来，还是心有不忍。

美代说：

“今天我跟老爷说了算命的人上次说的话。他听了跟我说：‘你去得好。我当时迷迷糊糊地记得，自己什么东西都要吃两口，多少东西都能喝得下。’”

我听了，又想起“肚子里的鬼怪在吃东西”这句话。

晚饭后。

“看你们聊天的时候那么亲近，我就放心了。”

“放心”这个词，听起来很可笑。

“已经走到山穷水尽的地步了，有什么好放心的。”

我这样一说，美代笑了。

突然，祖父问：

“差不多可以给我吃点儿东西了吧？”

“你不是刚吃过吗？”

“是吗？不知道。我不记得了。”

我难过地怔愣着。祖父的声音日渐低弱、没有力气、难以听清，同一句话往往会反复说上几十遍。

接下来，我坐在桌前，铺开稿纸；美代在一旁坐着，准备听我与祖父所谓的“亲近的”聊天。（当时我打算把祖父的话原封不动地记下来。）

“话说，少爷你知道自己的银行印章在哪儿吗？是吗。我死之前得把那个印章办下来。（我不知道他说的是什么意思。）——

唉，我这一辈子什么都没做好，把祖上传下来的财产都挥霍了。但也结结实实地奋斗了一生，还说要去东京见大隈先生（大隈重信侯）[1]呢。谁想到待在家里，竟然衰弱到这般田地。——唉，松尾的那二百五十多亩地，我原本想着，怎么也要在有生之年把它们全都传给你，结果却毫无办法。（祖父年轻时尝试做过许多生意，比如种茶、加工寒天[2]等，但全都失败了。后来他又在意风水，把屋子建了又拆，拆了又建，渐渐贱卖掉了所有的田地和山地。他散失的一部分财产在一家名叫松尾的酿滩酒[3]的老板手里，祖父总是想，至少要把这些财产拿回来。）要是你手里有个二百亩田地，也就安稳了。大学毕业以后，就不必让自己忙得团团转。今后你要靠岛木（伯父家）和池田（伯母家）两家人照顾，我真是心酸。要是那块田能归你所有，就算我死了，你也可以和圣僧（就是前面提到的搬来新寺院里的圣僧）商量，一个人也能守住这个家。要是像财主那样有钱，就不用当那种每天带着便当去上班的小职员了。我原来打算到东京实现这个想法，可惜的是没能去成。虽说去不成，我又不甘心就这样待在家里。要是能早点儿让你有个殷实的家境、成为一家之主，你就不用一辈子寄人篱下了。如果我的眼睛看得见，去大隈先生那里走

1　大隈重信（1838—1922），政治家、财政改革家，日本第 8 任和第 17 任内阁总理大臣，早稻田大学创始人。1916 年受封侯爵。

2　寒天：也叫作琼脂，具有凝固性。

3　滩酒：日本酒以水的性质区分，有两种代表。用“硬水”酿成的滩酒为其中之一。

一趟，这些根本不算什么。唉，我真是很想去东京啊。你去和慈光、瑞圆（新寺院的圣僧和其弟子），还有西方寺的人商量商量，行吗？”

“我要是去了，您会被人说成东村的疯子的。”

［祖父想去东京见大隈重信，原本有一番自己的打算。他在中医药理方面有些心得，我父亲生前又是东京医学院毕业的医生，祖父多少学会了些父亲的西医疗法，将它与自己的中医疗法结合，长期无偿给村里的人看病开药。村里流行痢疾那次，祖父对自己的医术更有自信了。就是前面提到的尼姑庵改建成寺院、佛像暂时放在我家客厅的夏天。这个不过五十户的小村子疫病肆虐，平均每户就有一人染上痢疾，临时建了两栋医院用来隔离病人，田间都弥漫着消毒剂的味道。也有村民说，这是迁动尼姑庵古佛的报应。然而，祖父配的药却轻而易举地治好了大家的痢疾。他把病人藏起来，偷偷给他们喝下自己配的药，病人因此得救。一些住进隔离医院的病人也扔了医院开的药，改喝祖父配的药。医院不收治的病人，都靠喝祖父的药保住了性命。没人知道这药在医学上究竟有多大价值，总之是显了奇效。所以，祖父想在市面上普及这一配方。后来，他让自乐（前面提过此人）执笔写了请愿书，得到内务省的批准，可以出售三四种药物。但印有“东村山龙堂”字号的包装纸才印刷了五六千张，制药的工作就半途而废了。这些药的事，临死前都还萦绕在祖父的脑子里。他一直怀着孩子般的天真，笃信只要去东京见到尊敬的大隈重信，就一定会得到他的帮助。除了制药，祖父大概还想着出版《构宅

安危论》之类的事。]

“我们从北条泰时[1]的时候起家，至今已经七百多年了。这个家一定可以延续下去。会像从前一样，强盛又热闹。”

“您可真会说大话，好像立刻就能翻身似的。”美代笑道。

“只要我活着，就不会让岛木或池田来抚养这孩子。唉，没想到这个家竟会成了这个样子。美代啊，我想想就难过。你听我说，我心里就是这么想的啊。”

美代早就笑得前仰后合了，我依然一五一十地记录着祖父的话。

“还差一点儿，事就成了。可我的身子却不行了。要是两三千块钱，也就无所谓了；这可是十二三万呢。啊，我做不到的事，就拜托你了。我去不了东京了，你能不能请大隈先生来这里一趟呢？很好笑吗？别笑了，别把人当傻子看。我是在努力做那些做不到的事呢。喂，美代，我要是做不到，这个有七百年历史的家也就完了。”

“别这么说，还有少爷在呢！说这些不切实际的话，心神不宁，对您的病不好。”

“你当我是笨蛋吗？！”祖父声音尖厉，“只要我还有一口气在，就要见见那位老人（大隈），哪怕一辈子只见一回。老是退缩可不行！啊，就算不在这个世上了，我也想保护好这个小小的心愿。你肯定觉得我是个笨蛋吧。能帮我解个手吗？要是这也办

1　北条泰时（1183—1242），日本镰仓幕府第三代执权，北条义时长子。

不到，我哪天掉进池子里淹死也不足为惜了。啊！”

我心里默默地难过着，笑也笑不出来，板着一张脸，一字一句地记录。美代也不再笑，托腮听着。

“我想着要去东京，身体就成了这个样子，还遇到诸多阻碍。南无阿弥陀佛，南无阿弥陀佛！要是这个愿望实现不了，我不如掉进池子里淹死算了。我真没出息啊。南无阿弥陀佛，南无阿弥陀佛！啊，我一拿出自己这颗赤子之心，就要被人嘲笑。啊，不想在这个社会上活下去了。南无阿弥陀佛，南无阿弥陀佛！”

油灯的光仿佛变暗了。

“唔嗯，唔嗯。”痛苦的呻吟一声高过一声。

“我并不想畏畏缩缩地活在这世上，只求长寿。唉，这五十年来，只有总理大臣和我同心一意啊！（当时的总理大臣是大隈侯爵。）唉，我现在动弹不得，太可惜了，太可惜了！”

美代安慰祖父：

“这是大家的不幸。不过，今后少爷出人头地了，不就好了吗？”

“所谓的出人头地，也不过就那样吧。”他大声说道，同时猛地瞪着我瞧——这个老糊涂。

“说的也是，可有钱人也没什么好羡慕的。您看看松尾，再瞧瞧片山！还是得看这个人的本性如何。”（那时，那个叫松尾的酿酒商人和我的亲戚片山，都已倾家荡产。）

“南无阿弥陀佛。”

祖父的长须在油灯的灯光下，闪着落寞的银光。

“我对这个世界没有一点留恋。另一个世界比这里更重要。但如果总是缩手缩脚，也不能往生到极乐净土。”

“前几天，你祖父说有事想和西方寺的和尚商量，让我去把人家叫来。但对方总说有事来不了，他很生气。”美代趁祖父说完一段，向我解释他不高兴的原因。我听了也很生气，同情祖父。对方何必骗我们呢？

“你在这个世上，连中学还没毕业呢。唉……”

祖父今天总是小瞧我。

过了一会儿，祖父翻了个身，面朝另一边睡了。我打开明天要考试的英语教科书，世界仿佛被压缩在这一寸四方的书中，变得紧绷而僵硬。今晚祖父的呻吟已经不似人声了。美代回家后，我屡屡想安慰他，对他说自己未来可期。夜深人静的时候，祖父突然说了这么一句：

“人这一生的方向，实在难以把握啊！”他的声音仿佛来自万丈深渊。

“嗯，的确很难啊。”我说。

五月十日

早上。

“和尚还没来吗？”

“嗯。”

“最近，自乐一次也没来过啊。以前不是每天都来吗？我想让他给我看一次相呢。”

“您的模样和以前没有太大变化。就算变，也不会变得这么快。”

“先让他给我看一次相，再跟和尚见面商量，非得让他遂了我的心愿不可。”

强硬的语气，显示出他的坚决。

“我想见自乐一面。”

“自乐这样的人，见了又有什么用呢？”

我自言自语似的小声嘟囔着。

五月十四日

“美代，美代，美代。”

我被祖父的喊声吵醒，坐起来问：

“干吗呀？”

“美代来了没有？”

“没呢。现在才半夜两点。”

“是吗。”

这之后，祖父不到五分钟就要喊一次美代。我似睡非睡地听着。五点钟，美代来了。

从学校回来，美代跟我说：

“老爷今天总是难为人，我几乎寸步不离。他一会儿要小解，一会儿要翻身，一会儿要喝茶抽烟。从早上到现在，我还没回过家呢！”

“要不要叫大夫来看看啊。”

我之前就想过这样做，但请个好大夫要花钱。况且，祖父根本不把大夫放在眼里，一听说请大夫就气不打一处来，万一当面把大夫骂一顿就糟了。今天早上他还说：

“大夫还不如指甲刀好使呢！”

晚上。

“美代，美代，美代。”

我故意不回答他，静悄悄地靠近他耳边问：

“什么事？”

“美代来了吧？再不给我吃早饭——”

“你才刚刚吃过晚饭啊。还不到一小时呢。”

他似懂非懂，神色木讷了许多。

“帮你翻个身吗？”

他嘟嘟囔囔了些什么，我一点儿也没听懂。反复问他也不回答，真是没谱。

“要喝茶吗？”

“啊，这茶温吞吞的！这茶太凉了！这茶是什么玩意儿啊！”

这声音让人厌烦。

“随你的便吧！”我不再理他，离开了床边。

没过多久，他又喊起来：

“美代，美代。”

祖父绝不会叫我的名字。

“干什么？”

“你今天去池田（伯母家，在离我家五六里的镇上）那里见荣吉了吗？”

“我怎么可能去他们家呢。”

“是吗。那你去哪儿了？”

“哪儿都没去。”

“真奇怪啊。”

我才觉得奇怪——他为什么会说这些呢？我写作文的时候，他又喊了起来。

“美代，美代，美代。”声音尖厉，喘不上气。

“干什么？”

“能帮我尿尿吗？”

“好。美代已经走了。现在是晚上十点多了。”

“能喂我吃点儿饭吗？”

我呆住了。

祖父的脚和头活像穿旧了的丝绸单衣，皱巴巴的，尽是褶子。皮肤揪起来迟迟不能恢复原状。我看了十分难受。今天他不知怎么了，总是说那些让我扫兴的话。祖父的样貌似乎就这样渐渐变得凶恶了。睡前，他的呻吟声断断续续，我心里堵满了不快。

五月十五日

从今天起，美代四五天都有事，请阿常婆（经常出入我家的老婆婆）替她来帮忙。我从学校回来问阿常：

“阿常，他难为你了吧？”

“没有，一点儿也没。我去屋里问他有没有什么事，他只是说要解小手，但特别顺从。”

祖父这样客气，我又觉得他可怜得不行。

他今天似乎格外难受。我试着安慰了他很多次，但他只顾“呃嗯，呃嗯”地喃喃着，分不清是回应还是喘息。难耐的呻吟断断续续，在我脑海最深处回荡，我难过得像是将自己的性命一寸寸切下来扔掉了似的。

“喂、喂！美代、美代、美代、美代、美代。喂！啊——啊——”

“干什么啊？”

“要尿出来了！快帮我一下！”

“好了，接住了。”

我将尿壶对准位置，举了五分钟左右，他又说：

“快帮我接尿！”

他的感觉已经麻木了。我可怜他，十分伤心。

今天祖父发烧。空气中飘着一股难闻的臭味。我面朝桌子读书。他的呻吟声又长又尖。这是一个五月的雨夜。

五月十六日

傍晚五点左右，四郎兵卫先生（一位年迈的远方亲戚。所谓的远方也只是名分上如此，和我们没有半点血缘关系。因此祖父没有和他深聊）来看望祖父。他说了许多安慰祖父的话，祖父却用“唔嗯、唔嗯”的呻吟回应。

四郎兵卫先生叮嘱了我不少事，临走前对我说：“年纪轻轻的，真是难为你了。后面就拜托了。”

晚上七点过后，我说：“我出去玩一会儿就回来。”随后跑出家门。十点左右，刚走到大门口，就听祖父难耐地叫着：“阿常、阿常！”

我赶忙问：“怎么了？”

“阿常呢？”

“她回家了。都十点了。”

“阿常没给我吃饭吧？”

“吃了啊！”

“肚子饿了。给我吃点儿东西吧！”

“没有米饭了。”

“是吗。真麻烦啊！”

没想到我们之间还会有这样完整的一段对话。平时他总是一而再地重复那几句无聊的话，我对他说的他都听过就忘，之后再问我同样的问题，以至于我怀疑他的脑袋坏了。

后记

日记就到此为止。记下日记的十年后，我在岛木伯父家的仓库里找到的部分就只有这些。用三十多张中学时候的作文纸写就，大概再往后就没能写下去了。因为祖父是五月二十四日的晚上去世的，日记的最后一篇是五月十六日，就在祖父去世的前八天。十六日以后，祖父的病情更加恶化，家中乱作一团，恐怕是顾不上写日记的。

然而发现这些日记时，最让我感到不可思议的是，日记中记录的每一天的生活，半点儿也没留在我的记忆中。既然我不记得它们了，那么这些日子到哪里去了呢？它们消失在何处？原来人是会逐渐消失在过往岁月里的。

但总之，这些日子一直活在伯父家仓库一角的皮包里，刚刚在我的记忆中苏醒过来。这只皮包是我那做医生的父亲给人看病时带在身上的。伯父最近买卖没做好，宣告破产，连家宅都丢了。仓库移交给别人之前，我去看看里面有没有存着我的东西，就这样发现了这只上着锁的皮包。我从旁边捡起一把旧刀子，割破它，发现里面装满了少年时的日记。除此之外，还夹着这份日记。我由此与那些被遗忘的真诚情绪相对。不过，日记里的祖父比我记忆中的样子丑陋。十年来，记忆不断涤荡，将他的身影洗刷得澄澈清亮。

饶是日记中记下的日子我已全无印象，大夫第一次来我家的情景和祖父临终那天发生的事，我总还是记得清清楚楚。尽管祖父一贯对大夫极为轻视和怀疑，见了大夫，居然自然而然地相信了他，甚至流着泪对他道谢。这不禁让我有种被祖父深深辜负的感觉，这样的祖父令我悲哀而心痛。祖父死于昭宪皇太后大葬的那个夜晚。我犹豫着要不要参加中学的活动，中学在离我们村子二里远的南边镇上。说不清为什么，当时我魔怔了一般，很想去参加这个活动。可又担心祖父会死在自己不在家的时候。美代替我问了祖父的意思。

“去吧。”

“您能撑到我回来吗？”

“能。快去吧。”

活动八点开始，我已经快迟到了，因此匆忙赶路。木屐的带子断了（那时我读的中学穿和服），我没精打采地回了家。没想到美代宽慰了我，说这是迷信。我换了一双木屐，又匆匆往学校赶去。

活动结束后，我心里的不安一下子被放得很大。如今我还记得镇上家家户户挂着明晃晃的追悼提灯，那天晚上一定黑漆漆的，没有月亮。我脱下木屐，光着脚跑了二里路回家。祖父直到当晚十二点后才咽气。

祖父去世那年八月，我扔下家屋，被伯父收养。离开前想到祖父对这个家的眷恋时，后来卖掉家屋时，我都有些难过。不过后来，我陆续辗转于亲戚家、学生宿舍和寄宿的房东那里，家、家庭等观念渐渐被赶出脑海，总是做些流浪的梦。祖父生前将我家的家谱交由他最信任的美代保管，连给亲戚看见了也觉得不放心。家谱至今仍然锁在美代家佛龛的抽屉里，我从未起过想看一眼的念头。不过，我倒不觉得对祖父有什么歉疚。因为我模模糊糊地相信死者的睿智与慈爱。

后记之二

《十六岁的日记》是大正十四年，我二十七岁的时候发表的。是大正三年，我十六岁那年五月记下的日记。在我发表的作品中，这一篇写作日期最早，这本全集中也将它放在卷首[1]（“十六岁”是虚岁，当时我足岁十四）。

初次发表时我添了“后记”，日记中想表达的大半都补在这后记里。但那份后记是本着小说的方法写的，与事实稍有出入。其中写道：“伯父最近买卖没做好，宣告破产，连家宅都丢了。”其实变卖家宅的是我堂哥，且应当是伯父死后的事情。伯父小心谨慎，为人耿直。另外，我说少年时代的日记塞满了父亲行医时带的皮包，这也有些夸张。中学时代的日记至今仍基本保存完好，但并没有我在后记中写的那么多。

我记得日记是放在父亲行医时用的皮包里的，但那只皮包不像当时的医生上班带的那种，它的底又宽又硬，更像是旅行包。还有“用三十多张中学时候的作文纸写就”这句话，现在我也不

1 这是指的原书的那本选集的卷首。

能确定“三十多张”是不是足够准确——二十七岁誊写日记时，我将十六岁时写的原文撕碎扔掉了。

而借这次编辑全集的机会，我把这些旧日记翻出来一看，又找到了两页“十六岁的日记”。是第二十一页和二十二页。二十七岁誊写的时候，这两页不知道夹在什么地方，被我落下了，所以还保存着。拿出来一读，日记记录的时间在发表内容的后面。如此说来，原文应当没有三十页。不过作文纸一张二十行，每行二十一个字格，当年我不是一个格子一个字那样写的，实际字数比格子要多不少，大概是因为这个，就粗略计算为三十页了吧。

总之，这两页是应当收入《十六岁的日记》中却不慎遗漏的部分。虽然没记日期，但肯定是接着前面来的，于是决定誊写于此。这样，这两页稿子也可以撕碎扔掉了。

☆

“身上真难受。唉，不该死的人要死了。”他的声音很小，只能依稀分辨。

“谁死了？”

“……”（听不清楚。）

“是祖父吗？”

“世上的人都要死。”

“啊？”

这些话若是从常人口中听来，也没什么稀奇的。可祖父刚刚说的这些，却久久盘桓在我心里。我开始胡思乱想，被某个不安的念头侵袭。（此处有五个字看不清。）

祖父的呻吟低弱而断续，但似乎净是短促地向外吐气。他的病情严重恶化。

“是美代吗？我这到底是怎么了？无论是早上还是晚上，午饭还是晚饭，都稀里糊涂的。唉，只要能吃点儿东西就行——我可不喜欢被这样伺候啊。上一回听了神佛的话，我一直很介意这个：神仙和佛祖，是不是已经放弃我了？”

“没有的事！神仙跟佛祖不会让我们的努力白费的。”美代说。

祖父从空虚的深处嘟囔道：

“唉，我这一年白费了。（借的钱连利息都没还就让他们用了。）唉，就算只有十两钱，我也放心不下、放心不下啊！”他重复说了十几次，呼吸渐渐急促起来……

“不然叫大夫来看看吧？”美代说。我除了点头答应，已经没有别的办法。

我对祖父说：“祖父，让大夫给你看看吧？万一有个闪失，也对不住亲戚们啊！”（祖父是如何回答的，这里没有写。印象中，我一直以为祖父会拒绝，没想到他怯怯地答应了，反而让我觉得落寞。）

我托阿常婆到宿川原请大夫。

她出发后，美代说：

“老爷，三番（伯父的村子）的钱我已经收到了，小畑的那一份也从津之江（祖父妹妹的村子）那里借来还我们了。放心吧。”

这对祖父来说，真是苦中之乐。

“您放心了，就得念念佛呀。”

“南无阿弥陀佛，南无阿弥陀佛。”

啊，祖父的日子不多了。恐怕撑不到我写完这些稿纸了。（我为这份日记准备了一百张稿纸。）美代不在的这几天，祖父眼见着衰弱下去。现在已经被盖上了死亡的印记……

我停下笔，茫然思考起祖父死后的事。啊，我真是不幸，马上就要孤零零地徜徉于这苍茫的天地间了。

祖父接着念佛。

“听完你说的那些，我的肚子就软了。刚才是硬邦邦的。”

阿常婆回来，说大夫不在家。

“听说明天能从大阪回来。要是等不及，就去找别的大夫。”

“怎么办呢？”美代问。

“嗨，我看还不用那么着急。”阿常说。

“嗨，不用这么急吧。”我也这么说，可听说大夫不在，到底还是着急。

祖父已经发出鼾声，大概是睡熟了吧。他的嘴张着，眼睛也没能完全闭上，仿佛整个人被抽空了。

枕边的座灯投下昏暗的灯影，两个女人罩在影子里，默默用手撑着脸颊。

“呐，少爷，这可该怎么办呢——明明这么不好了，还这么能找理由。”

“该怎么办呢？”我几乎快要哭了……

☆

原文写了一张半稿纸外加三行，誊写时将对话之类的换了行，变成四张稿纸零四行。唯一能确定的是，这部分日记是跟在二十七岁发表的内容后面的。《十六岁的日记》只摘录到五月十五日美代有事回家、阿常婆替她来帮忙，以及接下来十六日的部分，这里誊写的是美代之后又到我家来的那天。

因此，《十六岁的日记》“后记”中的“日记就到此为止”这句话，实际上并不是真的。发表《十六岁的日记》的时候，我找到的最后一页稿纸是五月十六日。那天的内容和刚才补录的内容之间，似乎还差几天的份。这部分也许是丢了。

祖父是五月二十四日去世的，十六日离他去世还有八天。这次誊写的部分应当离他去世的日子又近了几天。

祖父的死，使十六岁的我失去了唯一的血亲，也失去了家。《十六岁的日记》“后记”中写道：“发现这些日记时，最让我感到不可思议的是，日记中记录的每一天的生活，半点儿也没留在我的记忆中。既然我不记得它们了，那么这些日子到哪里去了呢？它们消失在何处？原来人是会逐渐消失在过往岁月里的。”过去的事情经历过，却没留在记忆中，这是不可思议的。如今我五十岁了，这样的不可思议仍旧存在。对我来说，这是《十六岁的日记》的首要问题。

尽管没有留在记忆中，却不能简单地认为过去的事情“消失”或“遗失”在过去之中了。何况我写这部作品既不是为了解释记忆或忘却的意义，也不是为了触及时间和生命的意义。只不过，我可以肯定，它确实成了一种线索或证明。

记性不好的我，并不坚信记忆这种东西。有时甚至觉得忘却是一种恩宠。

第二个问题，是我当年为何要写这样的日记。意识到祖父快要死了，想记下他的样子——这一点是毫无疑问的。但十六岁的我，在死亡将近的病人身边，忠实地记下如此贴近现实的日记——事后想一想，还是有些奇怪。

五月八日的日记中写道：“我坐在桌前，铺开稿纸；美代在一旁坐着，准备听我与祖父所谓的‘亲近的’聊天。（当时我打算把祖父的话原封不动地记下来。）”日记里写的是“桌前”，但印象中，当年写《十六岁的日记》的时候，我是用脚凳代替桌子，在脚凳一头点起蜡烛写的。祖父几乎双目失明，发现不了我在对着他写生。

当然，那时的我做梦也没想到，十年后这份日记会被当成作品发表。也多亏这种贴近现实的写法，才使它有了一定的作品可读性。这里面并没有什么早熟的文采。我那时想把祖父说的话也记下来，无暇修饰文章，全然一派速写风格。手下一刻不停，字写得十分潦草，有些地方后来竟看不明白。

祖父享年七十五岁。

抒情歌

对死人说话，是多教人难过的习俗啊！

可世人无不认为，人在死后的世界里也必须活得像生前一样。我不禁觉得这种习俗更加可悲。

植物的命运和人的命运类似，这种感悟是一切抒情诗永恒的主题——一位哲学家这样说过。可我早已忘了他的名字，也不记得他后面还说了什么，能记得的只有这一句话。植物究竟只专注于开花落叶，还是蕴蓄着更深的心意，我不得而知。不过，如今我觉得佛法中的许多经文无一不是宝贵的抒情诗，就算对已经不在人世的你说话，另一个世界中的你仍旧是尚在人世时的模样。既然如此，莫不如编一个童话故事，让自己相信眼前含苞欲放的早开红梅就是转生后的你，然后对着壁龛那朵红梅倾诉心事。这样也许会快活很多。也不一定非得是眼前这朵我认识的花，假若你转生成某种我不知道姓名的花，开在像法国那样遥远国度的某座我不知道姓名的大山里，我对着它说话也是一样——事到如今，我依然如此爱你。

我这样说着，试着在想象中眺望那十分遥远的国度。可什么也看不到，只闻到这房间里的香味。

这香味已经死了啊！

我喃喃着，不禁失笑。

我曾是个没用过香水的姑娘。

你还记得吗？四年前的一个晚上，我洗澡时忽然被一股浓烈的香味侵袭。我不知道那香水的名字，但赤裸着身体闻到这股浓香，我羞愧难当，头晕目眩，继而不省人事。那时你抛弃了我，瞒着我与别人结婚。新婚旅行的第一个晚上，你在旅店洁白的床上洒下新娘的香水。而我就在那一刻，闻到了香水的味道。在此之前，我并不知道你要结婚，之后回想起来，这两件事正是在同一时间发生的。

是因为你在婚床上洒香水的时候，忽然在心里向我道歉了吗？

还是忽然想到，这位新娘如果是我又会怎样？

西方的香水，泛着浓浓的俗世的味道。

今晚有五六个老朋友到我家来，我们玩了花牌。虽然是正月，但新年已过，也许不是玩花牌的好时候了。而且我们论年纪都是该有丈夫和孩子的人了，再玩花牌也许有些不合时宜。总之，我们几个都发现，彼此的呼吸让房间里的空气沉重起来。这时，父亲给我们点了一根中国香。香气使房间清爽了许多，但大家还是沉浸在各自对往事的回忆之中，气氛到底没有活跃起来。

我相信，回忆是美的。

但如果四五十个女人集中在一个犹如温室的房间，同时展开一场回忆的比赛，房间里蒸腾起的恶臭，一定能将温室里的花朵熏得全部枯萎。不是因为这些女人曾有过什么丑恶行径，而是过去这东西比未来逼真得多，就像动物一样。

我一面想着这些奇怪的事，一面回忆起自己的母亲。

我最早被人赞为神童，就是在一次花牌大会上。

那时我才四五岁，片假名和平假名一个也不认得。也不知母亲是怎么想的，双方战意正酣的时候，她突然认真地看着我的脸问："龙枝，你看得懂吗？每次都看得那么入神。"然后摸摸我的头，"去跟他们一起玩，拿一张牌来试试看。龙枝也拿一张！"打牌的也都是天真的小孩子，他们老实地把刚伸出来的手缩回去，全都盯着我看。

"妈妈，是这张吗？"我想也没想，真的是想也没想，便按住母亲膝盖前面那张牌，仰起脸问她。我的手比牌还小。

"啊呀！"母亲最先吃了一惊，接着，大家都跟着发出一声声感叹。母亲说，这肯定是巧合，毕竟是连假名都不认得的孩子。但是，客人们出于对我家的客套，似乎已把胜负放在一旁，就连唱牌的人也问我："小姑娘，准备好了吗？"特意为我一个人慢慢地重复唱了三四次牌。我又拿了一张牌。这张也中了。就这样连着拿了很多张，张张皆中。其实我根本听不懂那些和歌的意思，既没背过一首和歌，也不认识一个字。可确实都拿对了。我只是一面想也不想地伸手拿牌，一面从母亲放在我头上的手中感受到她强烈的喜悦。

这件事很快引来无数的称赞。在来我家做客的人面前，或是母亲和我被请到其他人家去时，幼小的我不知重复了多少次这象征着母女之爱的游戏。渐渐地，我的神奇不再仅限于花牌，在其他方面也开始展露非凡的神童之奇迹。

今晚的我，已经背下《和歌百人一首》，也能读出牌面上的平假名，但比起想也不想就伸手拿牌的“神童时期”，现在的我拿花牌时反而变得困难，似乎不如从前那样自如了。

母亲啊。我曾那样执着地向她追求爱的印证，可如今的我对她的感情，反而像对西方的香水一样，有些厌烦了。

我的恋人啊，你抛弃了我，是否也因为我们之间有太多爱的印证了呢？

我在远离你们旅店的澡堂，闻到你和新娘婚床上的香水味道。自那以后，我的灵魂关上了一扇门。

你去世之后，我还一次都没见到过你。

还从未听到过你的声音。

我天使的翅膀折断了。

因为，我不想飞到有你在的那个死亡的世界。

我不是不舍得为了你放弃生命。如果死后能托生成一株野菊花，我明天就会追随在你的身后。

这香味已经死了啊！我喃喃着笑出声来，是因为除了在葬礼和法事上，我很少闻到中国香的味道。我笑的是自己平时的习惯。不过，我也想起了最近拿到的两本与香有关的童话故事。

其中一本讲的是《维摩经》[1]的众香之国，圣人们坐在香气各异的许多种树下，嗅到不同的芳香，参悟真理。由一种香气参悟一则真理，又由其他香气参悟出其他真理。

普通人读物理学的书，会认为每个人的感觉器官对气味、声

1 《维摩经》：佛教大乘经典，又称《维摩诘经》。

音、色彩的感觉各有不同，但从根本上来说是一致的。科学家们编造出一本正经的童话故事，告诉人们，灵魂的力量和电力、磁力是同一类东西。

以前，有恋人用信鸽作为他们爱的使者。出门旅行的男人走过一片又一片遥远的土地，信鸽怎么从这些地方返回女人身边呢？恋人们相信，信鸽靠的是系在腿上的信中蕴含的爱的力量。也曾经有猫见过幽灵。常有许多动物比人类更能敏锐地预知人类的命运。记得我曾和你说过，小时候，父亲去伊豆的山上打猎，丢了一只英国波音达犬。八天后，它瘦得皮包骨头，摇摇晃晃地回到我们家里。这只狗除了主人给的东西，什么都不吃。从伊豆到东京，它是靠什么走回来的呢？

人从各类香气中顿悟各类真理，我并不认为它们都是美好的象征之歌。众香之国的圣人们将香气当作心灵的食粮，雷蒙德所说的灵魂之国的人则把色彩当作心灵的食粮。

陆军少尉雷蒙德·洛奇是奥利弗·约瑟夫·洛奇爵士[1]的小儿子。一九一四年作为志愿兵入伍，编入南兰开夏第二联队出征，一九一五年九月十四日在进攻弗乌茨高地时战死。不久，他通过灵媒莱纳德夫人和艾·薇·皮伊塔亚兹给父亲写信，详细汇报了灵魂之国的情况。他的父亲洛奇爵士将天国的消息集合在一起，

1 奥利弗·约瑟夫·洛奇爵士：Sir Oliver Joseph Lodge，19 世纪晚期英国著名物理学家，曾任伯明翰大学校长。儿子雷蒙德阵亡后，他撰写的《雷蒙德，或是生与死》（*Raymond or Life and Death*）一书出版。短短两个月内连续六次修订，成了畅销书。

写了一本厚厚的书。

莱纳德夫人的灵魂附在一位名唤菲伊达的印度少女身上，皮伊塔亚兹的灵魂附在名唤穆恩斯顿的意大利老隐士身上。因此，两位灵媒的英语说得十分蹩脚。

雷蒙德住在灵魂之国的第三界。一次，他去第五界看了看，看到了一座巨大的殿堂，仿佛是雪花石膏砌成的。

那座殿堂通体雪白，点着许多盏五光十色的灯火。有的地方是一大片红色，有的地方是蓝色的，正中央好像是橘色的。这些颜色不太鲜艳，而是呈现一种温柔的调和。那位先生（菲伊达称雷蒙德为“那位先生”）望着它们，想弄清这些颜色究竟从哪里来。于是，他看到许多扇十分敞亮的窗户，原来窗户上嵌了这些颜色的玻璃。殿堂里的人们或者走到红色玻璃透出粉色光芒的地方站定，或者走到蓝色光芒的地方站定。也有人沐浴着橘色或黄色的光。那位先生便思索起来：为什么大家要这样做呢？这时，不知是谁告诉他，粉色的光是爱之光，蓝色是治愈心灵之光，而橘色是智慧之光。每个人都向着自己渴望的光芒走去，然后站定。按照引导者的说法，这些行为比世上活着的人们理解的还重要许多，人世间也迟早会做更多有关光的效果的研究。

你肯定会取笑我吧。在这个世上，我们用光的色彩效果装饰爱的寝室，精神病科的医生也很注意色彩的应用。

而雷蒙德有关香气的童话故事，也像有关色彩的童话故事一样稚嫩。

传说，人世间枯萎的花的香气升上天堂，让天堂开出和人世间相同的花。传说灵魂之国的事物全因人世间升起的香气而成。仔细品味，你会发现世上死去的东西、腐烂的东西都有各自的香气。那香气升上天，在天上重新凝结成那香气本源之物的样子。金合欢树的香气和竹子的香气不同，腐烂的麻布香气和腐烂的罗纱的香气也不同。

人的灵魂也像鬼火一样，不会暂时飞出尸体，而是如一缕缕香气，源源不断地从尸体中升起，纠缠在天上的某一个地方，像复制留在人世间的肉身一样，造出死者的灵体。因此，人在另一个世界的样子，和在人世间的时候一模一样。雷蒙德也是这样，不仅睫毛、指纹都和生前没有丝毫变化，活着时有虫牙的地方还在另一个世界重新长出了漂亮的牙齿。

在人间失明的人张开了眼睛，跛脚的男子有了健康的双腿。灵魂之国也和人世间一样有马、有猫、有小鸟，还有砖瓦房。更让人雀跃的是，就连卷烟、苏打威士忌都可以由地上的香精或乙醚之类的东西造出来。夭折的孩童会在灵魂的世界成长。雷蒙德就见到了小时候去世的哥哥，他在那个世界已经长大成人，不过在另一个世界长大的孩子不谙世事，有一种独特的灵体之美。特别是一位名叫莉莉的少女，身穿光织成的衣裳，手握一束百合。若是在诗人笔下，她的清纯不知会被歌咏得多么美好。

与大诗人但丁的《神曲》和史威登堡[1]的天堂与地狱相比，

1 伊曼纽·史威登堡（1688—1772），瑞典科学家，神秘主义者、哲学家和神学家。早年学习数学、物理等学科，晚年潜心研究神秘主义。他认为《圣经》是神的直接发声，精灵可与人间直接交流。

雷蒙德的灵界通信如同小婴儿的牙牙学语。但正因如此，它作为一个童话故事，也有了独特的真挚之处，不禁令人读后泛起微笑。而在其冗长的记录之中，比起那些似是而非的内容，我更喜欢泛着童话气息的部分。就连洛奇爵士本人也不认为灵媒所说的死后世界的景象全是真的。他只是和死去的儿子聊了许多，将聊天的内容作为灵魂不灭的印证写进书中，并将这本书献给在欧洲大战中失去心爱之人的几十万名母亲或恋人。在我读过的数不清的灵界通信中，再没有像雷蒙德这样真实讲述魂灵永生的了。与你天人永隔后，我只得从这本书中得到安慰。可我还要从书中找出一两个童话故事来，实在是错到离谱。

不过，说到但丁和史威登堡，和佛经对佛祖们所在的那个世界的幻想相比，西方人对死后世界的幻想是多么现实、卑微且媚俗啊。东方的孔子将生死之事用一句“未知生，焉知死”淡淡带过，此时此刻的我却认为，佛教经文中对前世和来世的幻想曲，是无比可贵的抒情诗。

假若莱纳德夫人的灵魂附在印度少女菲伊达身上，她讲述雷蒙德在天上拜会基督时喜悦到颤抖的模样时，为什么没有在天上见到释迦牟尼世尊呢？为什么没有讲到佛经教义中对那个世界丰盛的幻象呢？

我记得，雷蒙德曾说要在圣诞节那天回人世间的家中瞧一瞧，他还为一些魂灵的寂寞而难过：这些魂灵还活在世上的家人认为，人死后魂灵也会跟着毁灭。你去世之后，我每每在盂兰盆节[1]上祭祀你的魂灵，但一次都没有迎来你的归返。

这也会使你感到寂寞吗？

《盂兰盆经》中记载的目连尊者的故事，我也很喜欢。《睒子经》[2]中也有道丕诵经的功德使父亲的骷髅跳起舞来的故事。我还喜欢释迦牟尼世尊的前身白象的故事。从烧麻秆到放河灯送魂灵等一系列的魂祭仪式，我都觉得它们像过家家游戏般美好。我是一个不会忘记孤魂野鬼，要在河边或船上为溺水者做法事祈祷冥福，还要过忌针之日[3]的日本人。

不过，我觉得最美妙的，是一休禅师在精灵节时咏过的那一句：山城的瓜和茄子就在那里，临别的加茂川水啊，碧波长流。

多么盛大的精灵节啊！今年结出的瓜果是精灵，茄子是精灵，加茂川水也是精灵，桃子、柿子、一切果实都是精灵，死去的亡者是精灵，活着的人也是精灵。精灵们靠拢过来，无心无念地面对面，只觉得一切诚为难得。这只是整个精灵节，也就是一心法界的说法。法界即一心，一心即法界，草木国土悉皆成佛祭。

---

1 日本传统节日之一。由目连尊者见到母亲陷入饿鬼道，按照释迦牟尼传授的方法，使母亲获得救赎的故事而来。每年阴历七月十五日，人们上供各类食物，救祖先父母的魂灵于苦难之中，为他们祈祷冥福。

2 《睒子经》，亦称《孝子睒经》《菩萨睒经》《睒经》《睒本经》等，是佛教经典。西秦圣坚译。一卷。

3 每年二月八日为日本的忌针之日。这一天要把折断、弯曲、生锈不用的针进献给附近的神社。

松翁[1]便是这样解释一休这首和歌之意涵的。

《心地观经》中有云，一切众生皆需五道轮回，历百千劫，反复出生入死，方能在某时某地为人父母。因此，世上的男人皆为慈父，世上的女人皆为悲母。

经文中用的是“悲母”一词。

还写道：“父有慈恩，母有悲恩。”

若仅将“悲”字理解为“悲伤”，未免有些轻了。在佛法中，母恩是比父恩来得深重的。

我母亲去世时的事，你一定还记得清清楚楚吧。

当时你突然问我，是不是在想念母亲。我听了很是吃惊。

那一天，雨水仿佛被什么东西吸得一干二净，天地间满是明亮的初夏日光，照得世界一片澄明。窗下的青草地上似乎刚结上几行蜘蛛丝，太阳已经偏西了。我坐在你膝头，远望着西边的杂木林，它们的轮廓像刚刚重新划过一条线似的笔直而清晰。这时候，草地的一端默默染上了颜色。我原以为是夕阳照在蛛丝上，接着却看见母亲从那边走过去了。

那时我未经父母允许，便和你住在一起。

但那一刻我没有感到太多的羞耻，只是觉得事情有异，站起身来，只见母亲左手按在喉咙上，似乎有什么话想说，身影又忽然消失了。

1　布施松翁（1725—1784），江户时代中期的心学研究者。著有《松翁道话》等。

接着，我一屁股坐回你腿上。你问我是不是想起了母亲。

“嗯，你也看到了？”

“看到什么？”

“妈妈刚才在那边儿来着。”

“在哪里？”

“那里。”

“我没看到。不知你母亲是否安好。”

“嗯，她刚刚去世了。是特意来女儿这里，告诉她这个消息的。”

我立刻回到父亲家。母亲的遗体还未从医院送到家中。其实在此之前，我与家中并无联系，一点儿也不知道母亲生病的事情。母亲死于舌癌。大概这就是她要在我面前用手按住喉咙的原因吧。

我看到母亲幻象的那一刻，正是她咽下最后一口气的时候。

然而，我连为悲母布置盂兰盆节的祭坛都不想。更不想借巫女之口，听母亲讲另一个世界的事。相比之下，我更愿意将杂木林中一棵年轻的树当作母亲，对它讲讲话。

释迦牟尼引导众生：与其牵绊于轮回往生，不如解脱涅槃，不再退转。因此，那些不得不反复转生的魂灵自然都还沉溺于迷惘而哀伤之中。可对我来说，这世上再没有什么童话故事编织的幻梦比轮回转生更五彩缤纷了。这是人类创造的最美好的爱的抒情诗。印度人自《吠陀经》[1]起就有轮回转生的信仰，也许因为他们原本就有一颗东方人的心。希腊神话中也有明亮的花的故事，以《浮士德》的玛甘蕾的监狱之歌为开端，西方有关动植物转世的传说比天上的星星还要多。

无论是过去的圣人，还是近来的神秘主义者，思考人类灵魂之事的人，大都只尊重人类的灵魂，轻视其余的动植物。人类花了数千年时间，只想从各个方面将自己与自然界的万物区别开来，一路乱撞着走到现在。

事到如今，不正是这种自以为是的徒劳之旅，才使人类的灵魂如此寂寞的吗？

说不定有一天，人类要沿着这条来路原样折返。

你也许会笑话我，认为这是太古时代的百姓和未开化民族才有的泛神论。可是科学家越是仔细探究所谓的创造物质的源头，不就越是要认识到那源头在万物间流转的道理吗？在这个世上失去形状的事物的香气，去形成另一个世界的物质，这不过是科学思想的象征之歌。物质的源头和力量明明是不灭的，为什么一定要认为我这样一个智慧浅薄的年轻女子耗费半生去参悟的灵魂之力会消散呢？灵魂一词，不就是用来形容在天地万物之间流淌的那股力量的吗？

灵魂不灭的想法，表达的是能活下去的人对生命的执着和对

1　印度最古老的宗教文献，婆罗门教的经典。被奉为印度宗教、文学的根源。

死者的眷恋。相信另一个世界的灵魂和它尚在人世时的人格相同，大概是人情中固有的一种悲伤的虚妄。可人死后不仅将自己的形体、样貌带到了另一个世界，就连尚在人世时的爱和恨也一并带走。虽天人永隔，父子仍是父子；到了死后的世界，兄弟还是兄弟。我听说西方死去的魂灵大都说冥界和人世间的人情世故相差无几，反而觉得坚持只有人的生命才尊贵的意识很寂寞。

与其成为白色幽灵世界的居民，我死后更愿意成为一只白鸽或一株银莲花。这让我心中的爱在活着的时候宽广而自在。

很久以前，毕达哥拉斯学派[1]就认为，恶人的灵魂到了下一世会囚禁于鸟兽的身体之中，受尽折磨。

耶稣被钉在十字架上的第三天，血迹还未干透便已升天。主的尸身消失了。两个衣着华丽的人站在十字架旁边。人们害怕地伏在地上，便有人对他们说：你们为何要在死人中寻找活人呢？他不在此处，已经复活了。想一想，他在加利利的时候就告诉过你们，人之子必被交付于罪人手中，钉在十字架上，第三日复活。

雷蒙德在天上见到的耶稣，也穿着那两个人身上这种华丽衣裳。不止耶稣，灵魂之国的人个个都穿着光织成的衣服。他们似乎认为这衣服是用自己的心织成的，也就是说，他们在人间的精神生活变成了死后魂灵的衣裳。这对于魂灵衣裳的解说，也贯穿

1　毕达哥拉斯（约公元前580—公元前500年），古希腊数学家、哲学家。后游历到意大利的南部传授数学及宣传他的哲学思想，并和他的信徒组成了一个所谓“毕达哥拉斯学派”的政治和宗教团体。

着人世间的伦理。和佛教中的来世观念一样，雷蒙德的天国也有第七界，灵魂会随着修行渐渐高升。

佛法的轮回转生之说，似乎也象征了这个世界的伦理。前世的鹰转生为今生的人，人到了下辈子变成蝴蝶或佛祖，都是依照活着时所作所为的因果报应。

这是宝贵抒情诗的污点。

古埃及死者之书[1]中的转生歌是荡气回肠且更为纯朴的抒情诗。希腊神话中伊里斯[2]的彩虹衣裳是更明朗的光亮，阿莲莫莲的转世则是更爽朗的欢悦。

希腊神话认为月亮、星星，还有动物和植物都是神，神和人的感情并无二致，同样会哭会笑。这样的神话故事，有如赤裸着身子在晴天的青草地上舞蹈一般康健有力。

于是，神明像玩捉迷藏似的，若无其事地化身为野花。森林中美丽的宁芙[3]贝里蒂斯就为了躲避并非自己丈夫的年轻人投来爱慕的目光，变成了一朵雏菊。

---

1 古埃及葬礼上使用的书，由为死者祈祷冥福的诗文、赞歌、信条等构成。

2 希腊神话传说中的彩虹女神。

3 希腊神话传说中的水之女神，出没于山林、原野、泉水、大海等地，是自然幻化的精灵，一般是美丽少女的形象，喜欢歌舞。

达芙妮[1]为了从淫乱的阿波罗身边逃走，守住少女的纯洁，变成了一棵月桂树。

美丽的少年阿多尼斯[2]为了安慰因自己的死亡而悲伤的恋人维纳斯，转生为侧金盏花。阿波罗为美丽的年轻人许阿铿托斯[3]的死而悲伤，将爱人变成一朵风信子。

如此想来，我将壁龛的红梅当作是你，对着那花朵倾诉心事不也很好吗？

这是不是很奇妙？“火中生莲花，爱欲现正觉。”被你抛弃后，懂得银莲花心意的我，不正像这句话说的那样吗。不知不觉间，风神对美丽的森林女神阿莲莫莲心生倾慕。此事不知怎的传到风神的恋人花神的耳朵里，花神妒火中烧，将清白而毫不知情的阿莲莫莲逐出宫殿。阿莲莫莲接连几个夜晚在野外悲泣到天明，忽然开悟：与其如此，不如做一朵野花吧！只要这世界还存在，我就要做一朵美丽的野花，用一颗朴素的心，接受天地万物的恩赐。

1　希腊神话传说中最美的女神之一。爱神丘比特为了向讽刺他的阿波罗复仇，将一支使人陷入爱情旋涡的金箭射向了他，使阿波罗疯狂地爱上了达芙妮。又将一支使人拒绝爱情的铅箭射向达芙妮，使达芙妮对阿波罗冷若冰霜。达芙妮的父亲河神听到女儿的呼救，在阿波罗即将追上她时，将她变成了一棵月桂树。

2　春季植物之神，西方“美男子”的最早出处。欧洲古代时期最复杂的一个神，角色多重。

3　希腊神话传说中拉格尼亚国王阿弥克拉斯的儿子。阿波罗看中了他，想请他到奥林匹斯山上，终日陪伴自己。

也就是说，她终于明白：化身成美丽的野花，要比做一个可怜的女神快乐得多。想到这里，女神的心才渐渐明朗。

我不知想过多少次：我怨恨你抛弃了我，嫉妒绫子将你夺走，整日整夜都为这些情绪所苦。与其做一个可怜的女人，不如变成银莲花那样的野花，反倒幸福无比。

人的眼泪是一种奇怪的东西。

说到奇怪，今晚我对你说的也净是些奇怪的话。但仔细想来，我说的这些都是几千几万年来，几亿人梦寐以求的东西；难道我这个女人就是作为人的一滴泪、一首象征的抒情诗生在这人世间的吗？

当我有你这位恋人的时候，眼泪总在夜晚入睡前流过我的面颊。

而刚刚失去你这位恋人的时候，眼泪总在早晨醒来时流过我的面颊。

睡在你身旁的时候，我从未梦见过你。与你分别以后，反而每个晚上都会梦到你抱着我，而我在睡梦中便哭起来。这样，早上的清醒就成了难过的事。从前的夜晚，我入睡时总是开心到流泪，而你离开后正好相反。

在精灵的世界里，就连事物的气味和色彩都能成为心灵的食粮。那么恋人的爱成为女人心中的清泉，又有什么好不可思议的呢？

你还属于我的时候，我在百货商店买一条领带、在厨房收拾一尾方头鱼，都觉得自己是一个幸福的女人，都能感受到自己心中的爱。

但失去你之后，花的颜色、小鸟的啾鸣，对我来说都成了枯燥无味的空虚。天地万物与我灵魂之间的联结猝然断裂。我为失去恋人而悲伤，更为失去爱人之心而悲伤。

这时我读到了轮回转生的抒情诗。

这首诗教会我从禽兽草木中寻找你、寻找我自己，并渐渐寻回博爱天地万物之心。

所以我顿悟的抒情诗，是不是穷尽了人情爱欲的悲伤呢？

我就是这样深爱着你。

刚遇到你的时候，我并未明确地向你表示我的心意。如今，我依循那时的习惯，眺望着那朵含苞待放的红梅，将心静悄悄地收于一处。我的灵魂仍旧深深地思念着逝去的你，思念着像某种看不到的波涛或暗涌般，不知缓缓流向何方的你。

我看到了母亲的幻影，什么都还没说，你就先问道："你妈妈怎么了？"我们两人既已合而为一，就再没有什么力量能把我们分开了，于是我放心地与你分别，去参加母亲的葬礼。那时的我们就是这样亲密。

我坐在留在父亲家里的那张三面镜的梳妆台前，给你写分别后的第一封信。

母亲的死令父亲不再坚持，同意了我们的亲事。他给我准备了一件黑色的丧服，这大概可以当作他改变心意的标志。尽管我现在化着悲伤的妆，但毕竟是和你在一起后第一次穿礼服。镜中的我有些憔悴，却着实很漂亮。我想让你看见镜中的自己，于是抽空给你写信。黑色很美，但为了我们的婚礼，我想要一件华丽的衣裳。虽然我想尽快回去，但毕竟从前我在那样的情况下离家出走，此次想趁机会向家人表示歉意，所以要在家里待到母亲去世的第三十五天。绫子不是来了吗？就拜托她来照料你的日常起居吧。弟弟这次比任何人都向着我，他小小年纪却在亲戚们面前一味地护着我，真是可爱。这张梳妆台我也准备带回去。

第二天傍晚，我收到了你的来信：

守灵等事想必烦琐又劳累，一定要保重身体。绫子来我这里了，她会照料我的。龙枝你说过，那张梳妆台是教会学校的朋友、一位法国姑娘回国后送给你的礼物，是你留在家里的东西中最爱惜的一件。现在恐怕抽屉里的练白粉都干成一块块的了，但梳妆台应该还是老样子吧！镜中映出穿黑色衣裳的你那么美，我离你很远，却觉得你好像就在我眼前。真想让你早点穿上华丽的婚礼礼服。可以在我这里做一件，不过若是跟你父亲撒撒娇、向他要一件，我想他一定很高兴。这样做有点儿像趁人难过的时候钻空子，但现在你父亲因你母亲去世而难过，应当会允许我们结婚的。那位把你当作救命恩人的弟弟，最近怎么样了？

我给你写的信不是你那封信的回信，你给我写的信也不是我那封信的回信。

我们在同一时间的不同地方，写下了两封内容相同的信。这样的事在你我之间并不少见。

这也是我们相爱的一种证明。我们还没有住在一起，就有了这样的默契。

你总是说，和龙枝在一起的时候不会遇到意料之外的灾祸，很放心。我告诉你，我曾预言弟弟溺水并及时将他救起的时候，你也这样说过。

那个夏天我们在海边租了一间别墅，我正在井边洗家人的泳衣，突然听到小弟弟的叫喊，恍惚间看见他在海浪上挥动的一只手，以及船帆、傍晚的天空、汹涌的浪涛。我吓了一跳，仰起脸来一看，明明是大晴天。不过我还是慌忙冲进家里，告诉母亲，弟弟遇到了危险。

母亲变了脸色，拽着我的手往海岸跑去。弟弟正要去坐一艘帆船。

要坐船的人中有两个女学生是我的朋友，再有便是我快八岁的弟弟。开船的是一个高中生。大家连吃三明治、蜜瓜和冰激凌的食器都备齐了，准备一大早就起锚，前往离海滨两里以外的避暑地。

果然，这艘帆船下午回来的时候遇上一阵海上的狂风暴雨，未及变换船帆方向，就被大浪掀翻了。

轮船前来救援的时候，帆船上的三个人都抓着倒下的桅杆，在大风大浪中漂着。因为救援及时，她们只是喝了几口海水，所幸没有生命危险。如果小弟弟也一起去了，船上就只有他一个男孩。女学生们不怎么会游泳，不知最后会变成什么样子。

母亲能立刻赶到海边，是因为相信我的灵魂有预言未来的能力。

玩花牌受到许多人称赞的时候，小学校长说他想见一见这位神童，母亲便带着我去拜访他家。那时我还没到上小学的年纪，刚学会从一数到一百，连阿拉伯数字都不会念，却能轻松地演算乘除法。应用题和鸡兔同笼之类的问题，也能立刻回答。对我来说，这些事再简单不过，不必套用公式，也不用运算，只是随随便便地报出一个数字即可。简单的地理、历史问题，我也能答上来。

但这所谓的神童之力，若是母亲不跟在我身旁，就绝不会显现。

校长夸张地拍着膝盖感叹，母亲告诉他：家里要是有什么东西找不见了，只要问问这孩子，立刻就能找得到。

“是吗？”校长说着翻开桌上的一本书给母亲看，“小姑娘总不会知道我翻的是第几页吧？”我又一次漫不经心地报出数字，和校长翻开的页数一致。接下来，校长用手指遮住书上的内容给我看，问我那一行写了什么。

“水晶的念珠、藤花。雪落在梅花上。漂亮的婴孩吃草莓。”

“哎呀，真是太让人吃惊了！这是有千里眼的神童啊！那么这本书叫什么名字呢？”

我歪着头想了想：“清少纳言的《枕草子》[1]。”

其实我说的“雪落在梅花上”还有“漂亮的婴孩吃草莓”不够准确，应当是“雪覆梅花上”和“可爱的婴孩吃草莓”。但那

1　日本平安时代的散文集。与《源氏物语》一起被誉为日本古典文学史上的双璧，也是当今文学史上随笔文学的代表之作。

时校长的惊愕和母亲的夸奖，我至今仍记忆犹新。

那时我除了能够背诵乘法口诀“小九九”，还能预言第二天的天气、家犬怀了几条小狗和每条小狗的性别、当天会有谁来做客、父亲几点钟回家、下一个女佣的长相，有时甚至能预言别人家病人的死期。简直是万事万物、一个不落，预言成了我习以为常的爱好，并且多数时候都预言得分毫不差。这样一来，周围的人便把我捧上了天，我多少有些得意，就更喜欢做这件事了。总之，那时我以一个孩童的天真，沉浸在这些预言的游戏里。

随着我的成长，幼儿时期的天真渐渐消失，预知未来的能力似乎也慢慢离我远去。也许是住在孩童心里的天使抛弃了我吧。

长成大姑娘以后，这种能力像变幻莫测的闪电，只在心血来潮的时刻到访。

刚才我已经说过，那让人捉摸不定的天使在我闻到你和绫子婚床上的香水味时，便折断了翅膀。

我还是个年轻的姑娘。在我前半生写的信中，最神奇的就是那封雪之信了。现在它成了一段让人怀念的往事，我再也写不出第二封了。

“东京下大雪了吧！你家大门口那条公主般的牧羊犬几乎要把绿色的狗窝拽倒，冲着扫雪的男人威风地狂吠。若它冲着我那样叫，就算是大老远来到你家，我也进不去你的家门。真是可怜，扫雪男人背上的婴儿都吓哭了。你走出来，温柔地哄那婴儿。这样一个衣衫褴褛的大爷，怎么会背着这么一个活泼可爱的婴儿呢？不过，大爷也没有那么老。只是辛苦的工作使他显得老。一开始是女佣在扫雪，然后这位乞丐模样的大爷来了，朝着女佣点头哈腰：我这么一个步履蹒跚的老头儿，还背着小孩，哪家也不让我干活，连扫雪也干不了。从今天早上开始，孩子连奶都喝不上了，请您行行好吧。女佣去客厅问你要怎么办，你正在听留声机放的肖邦。房间的墙壁刷成雪白，两面墙上对挂着古贺春江[1]的油画和广重[2]木曾雪景的版画，还挂着极乐鸟纹样的印度棉纱。椅套是白色的，里面是带绿的皮革。煤油炉也是白的，两端的装饰好像是袋鼠的图案，桌上摊开一本摄影簿，是伊莎多拉·邓肯[3]表演古希腊舞蹈时拍的。房间一角的多宝阁里放着一束圣诞节的康乃馨。一定是位美丽的人儿送的，于是过了正月你还没扔掉。而窗帘……哎呀，我根本没见过你家的客厅，只是随意想象罢了。”

没想到第二天的报纸写道，东京星期日不但没下大雪，还是一个和暖的晴天。我看完哈哈大笑。

这封信中写的你房间的模样，不是我看到的幻觉。

也不是我在梦里见到的。

那些句子不过是我给你写信的时候，随意浮现在脑海中的。

1　古贺春江（1895—1933），日大正到昭和时期的西洋风格画家。日本超现实主义初期的代表。

2　歌川广重（1797—1858），日本江户时代后期的浮世绘画师。善用西方的远近透视法，在风景版画领域达到了新的突破。

3　伊莎多拉·邓肯（1878—1927），美国舞蹈家，现代舞创始人。世界上第一位赤脚在舞台上表演的艺术家。

但就在我下定决心抛弃家人、成为你的女人的那天，坐上火车后，东京下了大雪。

而我只看了你的房间一眼，便一下子扎进你的怀里——那时我们还没牵过手呢。啊，原来你是这么、这么爱我啊。

“是的，收到龙枝那封信之后，我马上就把狗窝挪到后面去了。”

“你还把房间完全照着我信中说的那样布置了吧？”

“开什么玩笑？我的房间很久以前就是这个样子啊，一点儿都没有动过。”

“哎呀，真的吗？”我这才仔细打量起整个屋子来。

“龙枝竟然也会惊讶，这是我该惊讶的事呀。看到那封信的时候，我不知有多震惊。我想，那个人竟然爱我爱得如此深。我相信，你的灵魂一定来过我家很多次，才对这间屋子如此熟悉。既然灵魂来得如此频繁，哪有身体不来的道理。于是我生出自信和勇气写信给你，让你抛弃家人来我这里。你还没见到我就梦见了我，不就证明我们两个的命运是紧紧相连的吗？”

我的心意果然与你相通。

这也是我们相爱的一种证明。

第二天早上，果然像我信中所说的那样，有位老爷子来扫雪了。

每天你从大学研究室回来，我都会去迎你。你回家的时间并不固定，从郊外的停车场到家有两条路可以走，一条是热闹的商业街，一条是冷清的杂木林道。我们每次都会在半路遇上对方。

我们有两张嘴，却总是不约而同地说出同样的话。

无论我在哪里、做着什么，你需要我的时候，不必呼唤，我便会来到你身边。

很多次你还在学校，我便在家里做了你晚上想吃的东西。

也许是我们之间爱的印证太多了吧？多到我们不得不分开。

还有一次，我把绫子送到门口，忽然说：不知道为什么，现在让你回去我有些担心。要不再在我家待一会儿吧？没过十五分钟，绫子就流了很多鼻血。要是她正在回家的路上，可就麻烦了。

难道这也是因为我那时知道你喜欢绫子，才有的感应吗？

我们曾是如此相爱，并且我曾经预见我与你的感情，为什么我却不知道你会和绫子结婚、也没能预知你的死期呢？

为什么你的灵魂没有告诉我你的死讯呢？

从前我梦到过一条海边的小路，盛开的夹竹桃把花枝伸到蓝蓝的海面上，路旁有个白色木牌做的路标，树林的枝杈间有烟雾缭绕。我在路上遇到一个青年，他好像穿着飞行服，戴着皮手套，眉毛浓密，左边的嘴角笑起来微微上扬。我和他走了一段时间，爱恋填满了我的心房，涨破了美梦。梦醒后我想，也许自己以后会和一个飞行员结婚吧。之后的很长一段时间，我都没有忘记这个梦。并且清清楚楚地记得，梦中海岸边行驶的轮船上印着的字是“第五绿丸”。

做过这个梦两三年后，叔父带我去了一个温泉浴场。这里有一条小路，风景和我梦到的一模一样，我就在这里遇见了你。那地方我是那天早上第一次去，那里的风景之前当然没有见过。

你看到我，好像松了口气，脸上是一副“终于得救了”的表情，又似乎对我一见倾心，问我怎么才能走到镇上。

我把烧得通红的脸转向海面，飞快地瞥了一眼——啊，一艘轮船正在航行，船尾清清楚楚地印着“第五绿丸”。

我颤抖起来，默默地走着。你跟着我，问：“您是要回镇上吗？能告诉我哪里有自行车店或汽车店吗？抱歉，如此冒昧，我骑摩托车来这里旅行，有马车路过，摩托车的声音让马儿受了惊吓，乱跑起来。我想让出一条路，不料撞到岩石上，把车子撞坏了。”

“我之前仿佛见过您似的！”我连这样的话都脱口而出了。

“我也在想，为什么没有早点遇见您呢！”也就是说，我和你说的话意思是差不多的。

那之后在温泉小镇，每次我看到你的背影、在心底呼唤你的时候，无论隔得多远，你都会马上回过头来。

和你一起去过的所有地方，我都觉得似曾相识。

和你一起做过的所有事情，我也觉得似曾相识。

尽管如此，那根系着我与你心灵的线却仿佛突然断了似的——真的，敲击钢琴的 B 音，就会有小提琴的 B 音来呼应；音叉会共鸣；所谓的灵魂相通不就该如此吗？而我却连你死亡的讯息都没能捕捉到，大概是我们之中谁的灵魂情报局出了故障吧！

还是说，你与新娘之间的安宁让我对自己跨越时空也能施展的灵魂之力产生了畏惧，于是关上了灵魂的大门?

自阿西西的圣弗朗西斯[1]起，对十字架上的主基督深信不疑的少女们仿佛被枪刺中，腋下淌出一股股鲜血。古往今来，无人不曾听闻那些仅听从一念咒怨，便诅咒杀人的生灵、死灵的故事。得知你的死讯，我不禁毛骨悚然，更想变成一朵野花了。

神秘主义者们说：这个世界的灵魂和另一个世界的灵魂——一群热情的灵之士兵正在奋战，为了消除生死相隔的人们的思维阻隔、在两者之间架起一道桥梁，让这个世界不再有死别的悲伤。

可今时今日的我觉得，与其从灵魂之国聆听你爱的证明，等到冥界或来世再做你的恋人，倒不如我与你都变成一株红梅或夹竹桃，请采粉的蝴蝶为我们做媒，也许会美丽得多。

若真能如此，我也就不必因循人世悲伤的习俗，在这里对一个死人倾诉衷肠了。

1　圣弗朗西斯（1181—1226），中世纪意大利阿西西出身的行脚僧，创立了天主教的派别之一：弗朗西斯会。

谢谢

今年的柿子收成好，秋天里，山色妩媚。

这里是半岛南部的海港。招待所的二层摆着粗点心，一个紫色衣领、黄色衣服的司机从楼上走下来。外面有一辆红色的大巴士，车上竖着紫色的旗子。

母亲攥紧装着粗点心的纸袋袋口，起身对正把鞋带系得整整齐齐的司机说：

“今天是您当班吗？要是能跟着谢谢先生走，这孩子也会迎来好运吧。这就是要发生好事的兆头吧。”

司机看看旁边的女孩，没说话。

“一直拖下去就没完没了啦。而且马上就要到冬天了。要是在天寒地冻的时节，把这孩子送到远处，想想就觉得可怜。既然迟早要送走，还是拣个好时候吧。就决定让您带走她了。”

司机默默点头，像个士兵似的上了巴士，把驾驶座上的坐垫摆正。

“老婆婆，你坐在最前头吧。越靠前越稳当。毕竟路挺远的。”

母亲要去十五里地以北的那个通火车的城镇卖女儿。

山路蜿蜒，女孩的目光停留在正前方司机端正的肩膀上。黄色的衣服在她眼中像世界一样展开。群山的姿态不断从他肩膀两边倒去。巴士必须翻越两座陡峭的山崖。

巴士追上一辆拉客的马车，马车往路边靠去。

“谢谢！”

司机用清亮的嗓音大声说着，像啄木鸟似的低头，恭谨地向对方行礼。

巴士经过一辆运木材的马车，马车往路边靠去。

“谢谢！”

巴士经过拉货的人力车。

“谢谢！”

巴士经过拉客的人力车。

“谢谢！”

巴士经过一匹马。

“谢谢！”

十分钟里，他连续超越三十辆车，始终不失礼节。车子飞驰百里，他的身姿依然端正，像笔直的杉木一般，朴素而自然。

车子从港口出发时已经过了三点，路上点了车灯。司机每次遇到马都会将前车灯熄灭，并说一句：

“谢谢！”

“谢谢！”

“谢谢！”

他是十五里长路上，最受马车、货车和马好评的司机。

夜幕降临，姑娘从停车的广场上下车时紧紧抓着母亲，身体摇晃，脚步不稳，几乎摇摇欲坠。

"你等一等。"母亲丢下这句话，追上司机攀谈。

"呐，这孩子很喜欢您呢。这是我的心愿。我求求您了。反正从明天起，她就要成为陌生人的玩物了。真的。哪怕是某个镇上的大小姐，只要在您的车上坐上十里地，都会喜欢上您的……"

第二天早上，司机从木质的旅馆出来，像士兵一样穿过广场。母亲和女儿小跑着跟在他身后。从车库开出来的红色大巴士上竖着紫色的旗帜，等待早班火车驶来。

姑娘先上了车，嘴唇颤抖着，摩挲着驾驶座上的黑皮子。母亲裹紧衣衫，抵御清晨的寒冷。

"真没想到，居然又把这孩子带回去了。今天早上这孩子哭得伤心，您也训了我一顿。我一片好心反而做了坏事啦。我会带她回去，但是啊，也就留她到春天啦。再往后天就冷了，现在卖掉她怪可怜的，就再忍一阵子。等到天气暖和了，这孩子可就不能再待在家里啦。"

有三位乘早班火车来的客人上了巴士。

司机摆正驾驶座的坐垫。女孩的目光停留在正前方他温暖的肩膀上。秋天的晨风从他肩膀两侧吹去。

巴士追上拉客的马车，马车往路边靠了些。

"谢谢！"

巴士追上货车。

"谢谢！"

巴士追上一匹马。

"谢谢！"

“谢谢！”

“谢谢！”

他在十五里的野山中留下一迭声的感谢，回到半岛南部的海港。

今年的柿子收成好，秋天里，山色妩媚。

伊豆归途

一

四月，火车窗外流动的山丘上，还是久久不见青草的影子。

他用双脚压着窗玻璃的布帘，身体在座位上像一张拉弯的弓，仰面朝天地躺着。因为拿座位的扶手作枕头，隐约能从鼻子的侧影对面看见土黄色的山丘自窗外掠过。山丘上有一排树干被伐后的大树桩。树桩们以飞也般的速度，一个挨一个地接近车窗，又一个挨一个地消失不见。他觉得，这种荒凉的风景很适合遗忘。枯朽的老树桩连成一排，像忘却之路两旁的行道树，从他的脑海中划过。

对于一直在旅行的他来说，不知从何时开始，火车已成了遗忘的场所，不单眼下这列火车如此，在火车上遗忘已经成了一种习惯。与遗忘相比，用“生活的实际感受变得模糊”来形容似乎更为贴切。总之，一坐上火车，他就开始放任自己的情绪。因此，他感到悲伤、感到愤怒的时候，都会坐上火车。身体感受着火车车轮的震动，思绪在同一时间变得模糊一片。记忆不再清晰了。身体仿佛脱离了土地，轻飘飘地浮到风景之上；与此同时，沉重的过去也浮于梦幻般的云朵之上。于是，即便是回故乡出席妹妹的葬礼，他也能在火车上保持着如同沉醉于美梦中的、白痴般的神情。对于喜欢旅行的他来说，养成这个习惯极为自然。旅行者必须先在长长的列车车厢中忍受无趣，就这样，他练就了在火车上发呆的本事。这一番修行不知持续了多少年，此后只要坐上火车，他便能忘记一切。

恋人自然也是可以被遗忘的。于是，他的字典中有了这样一个短语——“能在火车上忘记的恋人”。经常远行的他，经过无数山川湖海，与“能在火车上忘记的恋人”相恋。就算在一片土地上遇到一个似乎一辈子也离不开的女人，只要一想到自己终究是要离开这里、乘火车启程的人，想到自己迟早会坐上火车，情感就仿佛必将得到救赎，他于是觉得安心。继而便认为自己是懂得道别的“聪明的旅人”。

可是，眼下他望着一根根树桩一晃而过的窗外风景，心中没有任何想要忘记的东西。而且明明肯定能在火车上忘掉的一位恋人，上了火车却反而不想忘记了。他如今将身体像一张拉弯的弓一样仰面朝天地躺着，或许也是因为想起了昨晚那场不同寻常的别离。

昨天晚上，有一位姑娘用她柔软的手掌，来回抚弄着他如今压着窗玻璃挂帘的脚。姑娘说：

“你的脚也没走过多少路，但样子真是不好看啊。形状倒是秀气。”

说昨天晚上不够准确，应该改为今天早上。

那位温泉旅馆的姑娘每晚都到他的房间来，两人一聊就聊到凌晨两点。又因为第二天早上他就要离开温泉旅馆，那姑娘昨晚也就失去了离开他房间的理由，一直坐在屋里。凌晨三点，账房的钟声响了。

“明天我一早就要出发，对不住了。就在今晚道别吧。”

他和姑娘同时站起来，迅速拿过衣架上的手帕，然后支着腿，等关上拉门的姑娘站起来，轻轻搂过她的肩膀。两人一起走过客人熟睡后的走廊。

“泡澡吗？”

“嗯，我们一起去泡澡吧。”

“好。一会儿我就过去。”

他将身体浸泡在浴槽中没一会儿，姑娘就嘎啦嘎啦地关上浴场的玻璃门，走下台阶。迈下最后一级台阶便站在原地，窥探着浴槽。她只解开了和服腰带，衣服上腰带位置的褶皱很明显。那褶皱仿佛将姑娘的全部秘密捧到他手上，他在姑娘身上感受到交杂着哀伤的亲昵。

姑娘赤身裸体，迈着小碎步朝他所在的浴槽跑来。她缩着身子，仿佛在说“好冷”。

“你稍微往那边一点儿吧。”

“好啊。”

接下来，他枕着浴槽一边的沿子，脚脖子放在对面的沿子上，仰面漂在水中。姑娘让温泉水浸湿肩膀后，就不再害羞。两只乳房从乳头往上的部分湿答答地浮在水面，下半部分的线条在水中摇曳而凌乱。她的胸部娇嫩而清秀，仅在肩胛骨的位置有几处微微的凹陷。双膝并拢后，两只脚尖组成一弯新月的形状。

不知为什么，姑娘在水中半跪着走到浴槽边上，双手裹住他架在沿子上的脚，然后道：

“你的脚也没走过多少路，但样子真是不好看啊。形状倒是秀气。”

“样子是不好看啊。这才是旅人的脚呢。”

“旅人的脚？”

姑娘边说边若无其事似的摆弄着他的脚，没有看他。

他忽然想起谷崎润一郎的剧作《阿国与五平》[1]。作品中没有明确交代阿国与五平是否发生过男女关系，但有评论家认为，阿国替五平系紧草鞋的鞋带，便是二人存在关系的证明。他想起那位评论家的话，觉得和那位评论家相比，自己的理性如钢铁般坚不可摧。岂止系紧草鞋的鞋带啊，眼前这女人正在温泉里摆弄他的脚，可他还是要和姑娘清清白白地道别。

准确地说，那时候他还不知道自己是否能和姑娘清清白白地道别。十天前，他还想着让姑娘和自己之间的一切顺其自然，打算把问题交给时间去解决。但是，时间所做的似乎只是静悄悄地溜走。他多次迎头撞上自己与姑娘之间仅剩的东西，陷入痛苦的沉默。那仅剩的东西像一只脆弱的气球，一直垂在他眼前。

现在他被姑娘握着脚趾，欲望又一次腾起，想要打破垂在眼

---

1 谷崎润一郎的戏曲作品。谷崎戏曲中上演次数最多的剧目。为替遭偷袭的丈夫报仇，阿国和随从五平流浪四方，寻找仇家。

前的那个东西。可他静默着。浴场外面，听得到青蛙在月光下的叫声。谷间的溪流声如青色薄纱，从山中冷飕飕的空气下头渐次晕染开来。

“你住的地方樱花开了吗？”

“没有，也许蓄势待发吧。”

“晨雾升起来了呢。”

“是晨雾呢。”

他眼见白色的东西从杉山的黝黑腹地升起，又渐渐消失。直到此时才腾出多余的心思，觉得让姑娘在温泉里摆弄完自己的脚趾再清清白白地与她道别，未免太过荒谬。于是他感到悲伤。明天在火车上忘掉这个姑娘吧。沉溺于城市的噪音中，多半是想都不会再想起她了吧。这些虚幻的想象几乎要引着他落下泪来。

可是，姑娘先他一步走出浴槽，在浴场的一角擦拭身体。

“还不上来吗？”

他掬起温泉水，淋到姑娘的肩膀上。

“好坏呀。那我就要泡到天亮也不上来了。”

姑娘说完又走下来，他近距离定定地望着姑娘，睫毛几乎要碰到对方的耳朵。姑娘饱满的眼皮唰地闭上，静坐着不动。可是，他的理性异常顽固。姑娘再长两三岁，就会看不上他此时的愚蠢吧。不过现在还没到这个地步。这让他感到安稳。

一起泡温泉也没什么新鲜的。姑娘是温泉旅馆的，已经习惯了和男人共浴。更何况这四五年里，他从姑娘十三四岁时起，每年都有一半时间在这寂寞的山中温泉度过。最近这一年更是一直住在这里，姑娘每天的情绪他都清清楚楚。姑娘的身体每个月都有一周时间散发出某种特殊的体味，他连这个也感觉得到。这几天，姑娘绝不会去他的房间。在走廊或者其他地方遇到，姑娘便红着脸颊微笑，那表情仿佛是默认他知道自己那股隐秘的味道。夜晚，她会在温泉水里大胆地碰触他的身体，白昼的光照进浴场的时候，她很少在浴池里。若是偶尔被他撞见，就满面通红地缩紧身体。此时的她羞涩得很，在他这个老朋友眼里十分新鲜，而且异常美艳。

那明明是一个该在温泉中肆意而为的夜晚，她却突然说：

“你先上去吧。”

“为什么？”

“我不好意思走在前头。”

“哦哟哟。”

“你这样说，我就更不愿上去啦。”

“好吧好吧。你一早上也有好多事要忙呢。”

他毫不犹豫地立刻出了浴槽，然后两人清清爽爽地道别。

此时他和在浴槽中时一样，像一张弓似的躺在火车里，今天早上被姑娘握住脚趾的那些场景，不知为何好像梦一般虚幻。他望着那如同忘却之路两旁的街道树似的树桩，试图回忆起姑娘赤身裸体的模样。清清白白地道别，反而使他更加不愿忘记姑娘的裸体。想必今日姑娘与他作别后，依然能在人生道路上美好地向前；这似乎不甚圆满。若是姑娘因为他，从今天开始就在人生路上停滞不前才好。虽说从这姑娘的少女时代起，两人就过于亲密，他无法立即将她当女人看待，但他毕竟有过忘记对方年龄的时候，曾向一个十六岁的小姑娘求过婚。那小姑娘不也一点都不惊讶，像个成熟女人一样正式地给了他答复吗？这样一想，他又觉得这个没让他失去理性的姑娘很可怜，更加不想忘记她了。

他对面坐着一位穿着少将军服的陆军军官，双腿夹着军刀，下巴抵着刀柄，正在读四月号的《战友》杂志。

刺眼的阳光从窗外照进来。土黄色的山丘不见了，远处的山静默地移动。陆军少将起身放下窗帘。铁路的弯折渐渐放缓，车窗的斜角变得扁平，没过多久就到了国府津。

他仍旧躺在那里，望着车门打开后一拥而上的乘客。一件胭脂色的大衣十分惹眼，吸引了他的注意。他看了看那女人白皙的脸，自己像被人敲打着似的想要起身，却动弹不得。女人神色冷淡、面无表情地穿过这群素不相识的人，朝他走来。丰腴而美丽的手和五官、白皙的面庞让他惊愕不已。简直与他记忆中的理香子判若两人，曾经的妄想此刻在眼前成真了。

理香子十六岁和他订婚那年，两人在某个乡下的小镇一起拍过一张照片。她坐在白色的长椅上，双手藏在衣角下面，穿一件掺着青色的、穷酸的薄毛衣。照片上，她一边的衣摆盖到膝头，好像拉了一张幕布，就这样盖住了双手。在乡下的养父母家里，她不仅负责洗洗涮涮，还被使唤着帮忙刷墙，双手因而磨得粗糙。她担心照片会把自己的手拍得清清楚楚。另外，那时的她在汗衫上加了过于幼稚且单纯的红色衣领，但脖颈到胸前的肤色微微发黑，显得红色的衣领也暗沉了。她抬手拢直头发的时候，红色的袖口处露出古铜色的手肘。年轻时他一心一意惦念着她，因此这些细节反而更惹他怜爱。但他也曾不切实际地幻想过：她若和我结婚，手也会变得漂亮。他暗自幻想：十六岁小姑娘出落成二十岁的女人之前，开心幸福的生活和青春的风采，会让她的肌肤闪着白亮的光。他曾在脑海中描摹过那些毕业后马上变得白嫩的女学生的形象。

理香子此时正朝他眼前走来，素手纤纤，肌肤白皙。她径直走过来，即将从他脸上方经过。火车车厢的通道狭长，他正用座位上的扶手作枕头，脑袋探到通道上，仰面朝天地躺着。

理香子没有看他，从他旁边经过的时候，大衣下摆擦过他的额头。他在感到毛织物抚过额头的同时蓦地起身。她看到他的头从自己肩膀的位置跃起，似乎立刻认出了他，特意一闪身，匆匆往车厢里面去了。一个穿着清爽的春季外套的青年和她一样，跟在她身后快步走过。他刚才就有预感，那青年是她的丈夫。

他敞着和服前襟，就这样抱着双臂在座位上看理香子的背影。那对年轻夫妇的背影裹着丰盛生活的气息，他们身边的空气都仿佛是温暖的。两人都穿着时髦有品位的衣服。大衣上的胭脂色衬得她的头发越发漆黑，后颈越发白皙。他感到一股没来由的好心情，不禁想要微笑。

直到快走到车厢里侧出入口那里，理香子才抬起之前涨红的脸颊，朝他这边望了望，僵硬地在出入口旁边的位置坐下。见此，他明亮的心情微微阴郁，不得不移开视线，转回身子，想拢一拢和服前襟，却忽然看到四五根胭脂色毛织物的短毛挂在自己的指尖。他凝神看着，不知接下来应该用力将它们吹走，还是要把它们捧到唇边。这时，他脑海中突然闪过一个不祥的预感。

“啊，我的理性是不是被搅乱了？”

二

对他来说，理香子就是“在火车上也不能忘记的恋人”。为了祛除从她那里得来的痛苦，他不知坐上火车旅行了多少次。但并非为了将她遗忘，而是任坐上火车后那种驾着白云腾空而起的错觉将现实模糊，对她进行美妙的空想。即使她消失在他看不到的世界里，他也不觉得失去了她，仍然妄想在漫长人生道路的某处还能与她重逢。他的性格原本便不会憎恨或怨怼谁，就是遭遇别人背叛，心里也不这样认为。因此，无论理香子以怎样的方式违背他们之间的约定，他都会永远保留对她的好感。

时隔五年才在火车上见到她，但他心中只涌起孩子般年轻而明亮的喜悦。她丈夫的存在没有引起他丝毫的反感。她变得美丽而幸福——只有这一点让他印象深刻。没必要去想她到底是自己的还是别人的。他只是单纯地为重逢而高兴，微笑着、长久地凝视她的脸。

“和之前相比，你漂亮多了，简直判若两人。你过得很幸福。”

“这些只要一眼就能看得出来。看见这样的你，我也很开心。可是啊，说不准今后会发生什么事，你也不是绝不可能再回到我身边。”

“那时候还请多多关照。”

“我才更要你多多关照。”

他很想和她在这样的氛围中，心情愉快地对望。

他将指尖胭脂色的短毛吹走，笑了。带着一种明亮的喜悦，失了沉稳。他不住地回头望向理香子。坐在这里可以看到她额头往上的部分。她的大脑门儿颇有些特点。不，也许是因为光看见额头就能感觉到她整个人，他才认为她的额头有特点。不过她额头的颜色和五年前不同了，细嫩的白让人联想到奢华的梳妆台和化妆品。那额头染上了城市的知性色彩，似乎刚出过一点儿汗，仿佛一面明镜，照出了暖融融的春意。一看便知那吹弹可破的皮肤之下吸吮着男性的欲望。可头上又有一根敏感的神经在突突地跳动，大概是对他长时间的凝视表示抗拒。

二宫、大矶、平塚、海滨别墅的这几站挤上来很多乘客。他面前的几个乘客是一位陆军少将的家人，在茅之崎站热热闹闹地上了车。好像是一家人到半路上迎接从遥远的外乡回东京的少将，顺路到茅之崎的朋友别墅那里拜访后，来到车站等火车。他听着他们聊天，才知道今天是星期日。一个小学生模样的少女和一个五六岁的男孩挤在父亲旁边的空位子上。母亲和大女儿轮流坐他旁边的位子，没多会儿就交换一下。他干脆站起来，让出自己的座位。

车上一个空位子也没有。他只好轻靠着座椅的扶手，站在通道上。可这样就能看见理香子的上半身了。

他以平和的心态安静地望着她，等着理香子绽开微笑。她一动不动。那张脸紧绷着，连眨眨眼都不自然。白嫩的额头变得苍白。她以前在他面前，连头都抬不起来。他觉得自己那颗率真的心好像罩上了一层黑影，移开了目光。但又马上推翻了这个想法，觉得这样的事不可能发生。无论她变得如何，自己还是想见到这张不知何时还会见到的脸。因为想看，于是就看了。诸如必须将目光从她脸上移开的这类阴沉的情感，他心里一点儿也没有。就这样，他又把身子扭过去，朝着车厢里面。

理香子紧闭着眼，仿佛下定决心永远也不会睁眼似的。她的脸颊红得反常，痛苦冻结在额头上。那也不是对他的憎恶或反抗，只有痛苦显露出来。看到这一切，他没来由地垂下头，巨大的悲伤使胸口泛起苦涩。

他不止一两次见过理香子这样痛苦的表情。尽管和他谈婚论嫁有些疯狂，但两次撕毁信后，她每次见他，都会表露出这种痛苦。他看见那痛苦，便感到她的性格几乎要被毁灭，预见到生活将陷入自暴自弃的低谷，然后渴望自己立刻从有她的地方消失，渴望自己的心绪可以直直地飞进她的心里——他对她没有责备，没有怨怼，没有憎恨，也没有轻蔑。

十七岁那年的二月从乡下的养父母家逃到东京的她，成了一家咖啡馆的服务员。在那间咖啡馆里，他恳求她再好好想一想，回到自己身边。她的嘴唇、眉头、鼻子仿佛四散开来，全都失去了生命，毛孔粗糙地大张着。她像每个毫无特质的女人一样低着头，将不可思议的丑陋掷给他。

"我已经是这般模样了。希望您能当我不存在，忘掉我吧。"她说。

"你哪儿也没变，不就在我眼前吗？"他追问。还想再补充这么一句："你不是好手好脚的，就坐在我面前吗？"

"那么只要我到您看不到的地方去就行了吧？我准备去一个没人知道的地方。"

这句话威胁了他。她的好强让他害怕。那语气就像在说，为了反抗，她宁愿跟一条狗结婚。

"我讨厌您。"为什么这女人不愿意这样把话说清楚呢？他想着，没有出声。

那之后没过三天，她就从他面前消失了。离开咖啡馆，去了一个男人那里。可事实却是在他眼前匆匆忙忙地换了一个又一个男人。她过着每日如被恶鬼追赶、光着脚踉跄而逃的生活。而每次见到他，都流露出痛苦的神色。他的双眼看过太多她飞跑过的危险的路，为此疲惫而疼痛。

与那时的痛苦相比，四五年后的今天，她额头上表露的痛苦中没有交织着反叛的情绪。那是因为她变得幸福了。可痛苦依旧。她在为什么痛苦呢？那张变得美丽而幸福的、白皙的面庞，为什么不愿让他瞧上一瞧呢？只要向他投去率真的一瞥，他就能感受到明媚人生的喜悦，也不会再死盯着和丈夫在一起的她的脸了；他就能眺望窗外流逝的风景，空想和谐美满的人生了。

他担心自己的生活因为没得到理香子而走下坡路，有一年多的时间默默地咬牙担负着肩上的重量，勉强没有打破心中那个和谐美满的人生，总算渡过了难关。如果她抛弃他之后，生活步调也像被抛弃的他一样没被打乱，他肩上的担子会更轻一些吧。他这样想。于是，在见到变得漂亮又幸福的理香子时，他感到高涨的喜悦也不奇怪。

但是现在，她的脸上却只露出痛苦。这无所助益的痛苦让他的心悲伤而难过，仿佛手脚脱离了身体，整个人都要倒下似的。抛弃的一方见到被抛弃的恋人时，也许只能做出这副表情。也许是她有一副美丽的女人心肠的缘故吧。可是在他看来，与其让她痛苦，还不如让她感到得胜的荣耀，觉得他可怜更好。这样，他就不必失去自己的生活，也不必失去这份爱恋。

“我还是失去理香子了啊。”

他无力地嘟囔着，无法睁开双眼。

即使理香子和其他男人一起生活，事到如今，她依然好好地住在他心里。不可思议的是，现在他心里的理香子也要消失了。他第一次感受到失恋的焦灼，感受到行将坍塌的梦境之寂寥。只要理香子不感到痛苦，只要理香子不感到痛苦——他只脱力般茫然地这样想着，眼眶变得温热。

“我必须得上去了。”

他像抓住了救命稻草一般，拼命想回忆起今天早上清清爽爽作别的温泉旅馆的姑娘。可是，那姑娘已经退到自己看不到的世界里去了。

“温泉旅馆的姑娘我也失去了吗？”

这时，他才明白自己是不能和姑娘清清爽爽地作别的。如果让那姑娘紧紧地握住，现在的他也就不是一无所有了。这样的想法吓了他一跳。他感到自己的理性乱了套。然后求救般地，又一次望向理香子。

那一刻，她忽然睁开眼望向他。他抛出的病态的灵魂讯息还未来得及被接收，她就猛地站起来，打开旁边的玻璃门，走出了那节车厢。

他被那扇玻璃门用力拉扯着，朝车厢深处大步流星地走去。脑子里一片空白。走过玻璃门，不见理香子的身影。他迅速拉开洗手间的门进去，将门关好。镜中白皙的脸渐次苍白，随后消逝。理香子那件胭脂色的大衣闪过之后，他在无声的世界中安静地读出白色陶瓷上的文字：

“BE QUICK AS ANOTHERS MAY BE WAITING.”

招魂祭一景[1]

1　招魂祭是日本阴阳道举办的祭礼之一，意在让在世虚弱的人恢复活力。

那是一个秋日里的晴天，所有的嘈杂都好像笔直地冲上了天空。

马戏团的女孩阿光全身心地沉浸在人群之中。她骑的马时不时像想到了什么似的，抬起一只前蹄。每当此时，阿光快被颠得散了架的四肢就突然被收拢到一处，唤回她还是个活物的感知，但她的双眼很快又失去了焦距——不过，一切好像做梦一样，一会儿有一张远处老农的脸庞清晰地闯入她眼中，一会儿是站在眼前的男人解开的和服外褂衣带吸引了她的注意力。

阿光觉得，只有神社里喧闹得好像着了魔，世界上的其他地方都鸦雀无声。无数人头宛如手影游戏般，悄无声息地攒动。

唯有马背上的阿光被扔在寂寞的地方，茫然得仿佛连怎么哭都忘记了。

一股烤新栗子的香气猛地窜进鼻子里。想吃烤栗子——这一执念将阿光从疲惫不堪的恍惚中唤醒。

于是，她听到“嘎啦嘎啦嘎啦”的声音，是有人炒大豆时摇动着细金属网做的圆筒形状的机器。马戏小屋前面隔着一条小道，有位老板娘一面用右手摇着机器，一面露出漏了气的塑料袋似的乳房，给一个脑袋光溜溜的婴儿喂奶。她丈夫在小摊上用一双长长的火筷灵巧地拨弄着金属网上的栗子。

阿光还没特意去闻栗子和大豆的香味，就长长地出了一口气。

旁边的小摊是卖煮鸡蛋的。

两个挂着鼻涕的小孩在摊前吵嘴。

“什么嘛！”一个孩子抓了一把撒在鸡蛋上的盐，往另一个孩子嘴里攘去。

“啊！”另一个孩子把咸乎乎的盐巴吐出来，“呸、呸！”却又带着一种难为情的奇怪神色，舌头绕着嘴边舔了一圈：“不错啊……好吃、好吃！”

“喂！畜生！”盐被偷走的老板刚站起来，撒盐的小鬼便对他撅起屁股，搂住舔嘴唇的小伙伴的脖子，和对方勾肩搭背地消失在了人海中。

阿光轻轻一笑，心想人群推来搡去、如此拥挤，只顾看耍杂技的，肯定谁都不会注意到那两个小机灵鬼——此时，糟糕的事情发生了。一个目光凶狠、耳朵大得出奇、头戴鸭舌帽的学生模样的人，和一个系着角带[1]、一点儿也不像学生的塌鼻梁的年轻人，抓着马戏表演场的横木围栏，打人群最前面盯着阿光的脸。

这意想不到的目光让阿光心慌意乱又难为情，心里总算恢复了干劲儿。

鸭舌帽发现阿光注意到了他们，扯了扯角带的边。

——两匹没上马鞍的马各自驮着一个孩子，被马嚼子牵着，

1　角带是男用和服腰带的一种，将博多锦缎等腰带衣料对折起来放入内衬。

屁股并着屁股，绕着圈小跑。阿光从孩子身后上马，双脚踩在两匹马的背上弯下腰，上半身微微前倾，用脚后跟掌握着平衡，催促马儿跑快些。等身体和马的步调与呼吸同步后，让两个孩子在马背上站起来，自己抓住他们的腰带，将他们举起，让他们面对面跨坐在自己肩膀上。然后调整呼吸、加大握力，猛地伸开双臂，让两个孩子在自己的肩上站起来。孩子们手牵着手，稳稳地立在阿光肩上；借阿光手臂的力量，右边的孩子伸开右边的手和脚，左边的孩子伸开左边的手和脚，展得水平而笔直。观众拍手叫好。马上的三人在掌声中绕场一两周，孩子从阿光肩上轻轻一跃，跳到马背上……刚演完这个节目，阿光又抓住休息时间招揽客人，跑到临时搭建的戏棚外面给大家表演这一出马戏。

三匹马中有两匹驮着姑娘，并排站在戏棚外面，最右边那匹抬起低垂的头，脱离队伍走了起来。

阿光也跟着牵起缰绳。

马儿从戏棚这头走到那头，来来回回地吸引着路人的目光。

马儿走到戏棚右边。旁边是表演八木节[1]的戏棚。

刚露面的流浪汉，

先在这里待一会儿……

1　日本群马、枥木、琦玉一带的民谣，盂兰盆节时用的舞曲。

一个男人站上木台子，一面敲着大太鼓的鼓边，一面扯开嗓子唱着。骑在马上的阿光正走到戏棚的最右边，从外面都能看见五六个跳大正舞蹈的舞娘在舞台上排开，她们背对戏棚里的观众，腰肢往上用搭在肩上的花纹阳伞遮着，等待起舞。这里的戏棚外面也有一块大幕布，大概每隔十分钟便上下拉动，给外面的人看看舞女漂亮的身姿。舞蹈正式开始前会敲钲，幕布随之落下，分明是告诉大家：想看这些姑娘跳舞，就去门口买票。

戏棚左边是魔术小屋，现在似乎已经进入不能让人白看的佳境，外面的幕布合着。

“阿光……好久不见！”

打招呼的是一个小个子女人，靠在刚才盯着她看的学生和系着角带的学生所在的横栏上。阿光一时想不起她是谁。

“你长大了，我都认不出来了！”那女人接着说，两只胳膊往前一缩，手肘上扬。这个习惯动作让阿光豁然：

“啊呀，阿留！”

阿光斜着上身，要从马背上飞身下来。但想到自己短粗的小腿穿着桃色的针织连裤袜，下了马不知有多难看，不由得停下了动作，直接让马掉过头来，走近围栏。

可是关键人物阿留只是抬着头，呆呆地仰望着阿光。

阿光缩回伸直在马肚子两边的双脚，弯下腰肢，身子往前扑下去，右手抓住马鬃，左手和阿留的手一起放在横栏上，让马在最近的地方停下。

“你现在住在哪儿？”

“日暮里。”

“还和源吉一起吗？”

“那当然啦！”——没想到，阿留不仅没这样回答，还默不作声，似乎连点头的力气都没有。

“最近在做什么？”

“……”

“源吉呢，在做什么？”

“……”

“哎！你这人……怎么回事嘛！跟个白痴一样！”阿光说话时几乎没瞧对方一眼，此时强行集中起疲惫不堪的精力看了看阿留，只见她原本就小的脸又缩了一圈，额发稀疏、目光呆滞，只显得脑门儿光亮亮的。

“你和源吉分手了？”

“没有。”

“还住在日暮里？”

“嗯。”

“是吗？”

留意到自己刚问过阿留的住处，眼下不小心又问了一遍，阿光有些不好意思，阿留却好像毫不在意。

“阿光，你长大啦。今年几岁了？”

阿留站在阿光对面，木讷地盯着她，好像一门心思只想着一件事。阿光的左手松开横栏，绕到马脖子上，脸紧贴上去，掩饰自己的羞涩。

"阿光，你多大了？"

"干吗问这个啊？"

"到底多大了？"

"十七。"

"伊作还在吗？"

"嗯，在呢。"

"阿光……你可不能被伊作骗了哦。"

"可——"阿光吃惊地一怔，好像列车撞到了什么东西，车里睡在母亲膝头的孩子突然被惊醒一样。"可是——"她不由自主地想要争辩，还是因为吃惊而停下了。

"那家伙是魔鬼。"

"嗯。"阿光的右手不知不觉间紧紧勒住了马鬃。

"我来这里是觉得肯定会遇见你们之中的谁。"

"是吗？"

"你长大啦。"

"……"

"这里很无聊吧？"

"这个嘛……"

"你该趁着现在，别再干这个了。"

"嗯。"

"人也沾上一身马臊味儿，就完了。"

"嗯。"

"这副模样可没有脸面去见父母啊。"

阿光心头倏地一跳，根本没法直视行尸走肉般的阿留，眼里只有马匹茫茫然越散越大。她不甚真切地听着、喃喃地回答着，升起一股自怨自艾的心情。

“阿仓今天也有表演吗？”

“阿仓今天休息。”

“哦。”

“你不多看一会儿再走吗？”

“在这里看着也是无聊。”

“也是。”

“阿光啊，女人如果成了男人的玩具，日子就没有头啦。”

“……”

“那就和死了没什么区别啦。”

“……”

“趁早选定一个人，离开这里吧。”

“……”

“我去那边听听八木节的曲子吧。”

阿留说完，轻飘飘地走了。仿佛盯着阿光的脸拼凑了半天的句子就只有这些，说完这些，事情就办完了似的。

马戏棚右边的棚子正在跳剑玉舞，演员耍得正酣。

阿光抬起脸，发现正有人在旁边听她们讲话。是刚才戴鸭舌帽、系角带的那两人，他们不知什么时候回来了，正安静地站在一旁。

“哎呀！”阿光好像做了噩梦醒来，发现许多人正在欣赏自己的睡相那般尴尬，苦笑着直起身子。

“不过，阿留！无论有没有上伊作的当，结果都是一样的！也不是伊作一个人的……”阿光目送阿留离开，两脚踏在马镫上，上半身微微前倾着收腰，脚后跟掌握着节奏，催促马儿加快脚步。阿留走路的姿势，不还是那副老样子吗？张开短粗的小腿，晃晃悠悠的，不还是跨在马背上的样子吗？她那腰身下坠得像要掉下来似的，要是没穿和服外套，背影一定不堪入目。

阿光感到眼眶发热。

“我也像刚才那些孩子一样，曾经骑在阿留的肩上，战战兢兢地抱紧她的头。也曾在她肩上站起来，伸开脚。就连阿留也成了男人的玩物。那时候，不是就连阿留你也只好放弃吗？”

另外两个骑在马上的人，装作根本没看到阿光和阿留的邂逅，在戏棚前优哉游哉地来回走。

阿光骑着马钻到那两匹马中间。

她孩童般单纯的心绪激烈地翻滚着：阿留没有欺负她，她却有一种欺负自己的人让母亲赶走了的感觉。而自己一面向母亲求得宠爱与安慰，一面又发现自己之所以被欺负是因为太贪玩，于是对自己发誓：今后一定要更加懂事。不知为什么，她感到羞涩，弯起的双腿竟羞涩地伸不直。阿光像这世上每一个平凡的女人一样，端正地坐在没上鞍的马背上。

樱子从阿光前面骑马而过，故意向后仰身，哼着小曲，脚尖打着拍子。她是这个马戏团的红人，红到特意随性地给自己取了个时髦的艺名。

“樱子不也是这样吗，就算现在趾高气扬，要么打男人的耳光，要么又咬又踢，今后也是一样的下场。我们从最开始就在伊作面前没有胜算……”阿光喃喃自语，试着让自己放松下来，却反而像个生平第一次要演出的小姑娘，穿上一身细碎的绿叶红花图案、腰间和袖口打好褶子的新戏服，害羞得不能自已。她“啪嗒”一下俯身抱住马脖子，将脸埋进背对人潮那侧的马鬃里——这就是马臊味儿，原来如此。

马臊味儿——这样一想，突然来叮嘱自己“人会沾上一身马臊味儿”的阿留也平添了一份滑稽。阿光做了个鬼脸，抬眼望了望，面前的樱子英姿飒爽，在阿光眼中显得极为可靠。

“阿樱。”

樱子神气十足地回头瞟了一眼。

“阿樱，你认识那个人吗？”

“她以前在咱们这儿吧？”

“嗯。”

“那屁股好像都能摊成一张饼了吧。”

“不过，长时间骑马的人，都会那样吧？”

“真讨厌。她要么中过风，要么就是得了风湿吧！”

“是吗？”

“因为那副模样像乞丐似的。”

“但想想我们今后也会变成那样，就觉得很恐怖。”

“那是你的性格本就如此啦。”

樱子胸前挂着带锁链的银牌，双唇涂成精巧的深红，两边几乎要抿出酒窝来。略宽的下巴撑起她嘴唇的轮廓，脸上扬起傲慢的神色。她已经骑马来到戏棚最左边，于是让马掉头。

魔术戏棚最外面的大幕拉起来，客人可以从外面看见舞台。

一个桃色上装、青色下装的女子，从舞台上的啤酒瓶中没完没了地抽出各个国家的国旗，最后抽出的是太阳旗，拿在手上哗啦啦地翻弄。阿光看到，女子每抽出一面旗子，就要将拿出来的旗子从头数一遍，她长长的下巴一次左边、一次右边地向外探。

那下巴歪着往外，几乎要掉下来了——阿光在马鬃后面照着她的样子做了两三次，心情一下子明亮起来。

阿光把脸从右边的马影子移到左边，跟着樱子调转马头。

阿光的每一天，现实生活中的她越是受尽折磨，梦境就越是妙不可言。但是，她已经不相信梦想与现实之间的那座桥了。于是，每当对生活有所希望，她便跨上天马、飞上天空，往梦境中飞去……

她那豁然开朗的心，依然会回答梦中的自己：

“不过，阿樱和我不一样，谁都不会说她像狐狸精。而且，不光是长相的问题。阿樱也说了，我们的性格也不同。”

可是——

“你这个人，在说些什么啊。”正在这时，一匹没有配鞍的马走到戏棚前面正中间靠近门口的地方，屁股对着路过的人吃起饲料来。阿光嘟囔着经过这匹马，突然像一个哭过后心情好起来的孩子，带着点顽皮的心思，膝头猛地一用力，从原先的马身上跳到它身上。

“哎呀，你这小姑娘！”

旁边的老板娘吓了一跳。

“老板娘，阿留刚刚来啦。”

“我知道啊。你学这个动作，是要干吗啊……”

阿光露的这一手不合时宜，脸上的尴尬怎样也无法掩饰。

她一下子就从梦中惊醒。

然后又走了半圈。

樱子勒紧缰绳，从刚才打开的门那里冲进戏棚。

阿光也轻轻吹着口哨，催促马儿快跑。

戏棚中间铺了一张圆形的木板，刚刚一群在木板上演杂技的孩子，此时就像老鼠一样四散着跑开。

“咻——咻——”

伊作在舞台正中间出现，扮相清爽，高声吹着口哨。

不光是马，就连阿光听到那口哨声，都立刻收正了心。

伊作用一根长皮鞭狠狠地抽打木板，赶马快跑。皮鞭追在樱子的马后面。

绕场两三周后是杂技表演，阿光又弯起双腿，端正地在马背上坐好。

两个男人拽紧两三尺长的红布四角，在马道上抻开，分别站在道两旁。马术姑娘经过这里时，马从布下面钻过，姑娘双腿发力从布上头飞过。从布底下钻出来的马背和从布上头飞下来的双腿在布的一头会合，再一起往前奔跑。

樱子敏捷地跳了过去。

不过，阿光根本来不及看别人，她的脚尖被布拦了一下，双手撑住马背。失误了。

伊作用目光狠狠地责备她。皮鞭开始撵上阿光的马。

恍惚间，到了第二次跳红布的时候——阿光的腿没吃上劲儿，多亏两个男人眼疾手快，在她要落地的瞬间将布往后撤了一大截。

马儿越跑越快，像去抓小鸟的老鹰一样，没有给阿光片刻思考的余地。

尽管如此，为了接下来的杂技表演，阿光还是不知不觉地从马背上站了起来。

马儿一圈圈地奔跑，樱子双手拿着点着了的半圆形铁丝两头，像单人跳绳那样，在马背上轻快地跳动。她就像火焰围成的画框中的女神像，从头到脚被一圈光芒笼罩，高贵非凡。

阿光接过的半圆形铁丝也烧到了两头，她像跳绳时那样，从后往前转着铁丝。转到脸旁边的时候，火焰的声音倏地从耳边划过，火光从眼前擦过。难道今天这团火还要烧到心里去吗？她这样想着，手上顿了一下。节奏乱了，她把铁丝绕回身后重来，铁丝钻过脚下。这回仿佛只剩下马儿腾空而起，她自己没有了立足之地，眼前昏茫一片。

樱子仍然表演着绝妙的技艺，手中的半圆形铁丝看上去像一个完整的椭圆形火圈，将她本人裹在火中。

樱子划出的椭圆在阿光眼里忽明忽暗，跟不上马儿节奏的她，就连稳稳地站在马上都有些勉强。

“咻、咻、咻——”是伊作的口哨声。

阿光已经顾不得其他，恨不得趴在地上，号啕大哭一场。

这每天都要重复无数次的、精巧而优美的杂技阿光今天几乎都没做好。不知道是因为这个，还是她任性地不想好好跳，或者是接连三天的招魂祭给最近一直抱恙的身体带来的疲惫，此时一股脑儿地冲上来，冲出了一场大病……阿光什么都不知道了。

恍惚之间，阿光将火焰抛到马儿眼前，自己“咚”地一屁股坐到马背上。

她的坐骑受了惊，前蹄高高抬起，横冲直撞地跑起来。轻轻擦过樱子那匹马的肚子。

“啊，追上樱子了，就要超过她了！”那一瞬间，阿光只清楚地意识到这些，而两匹撞上肚子的马各自小小地踉跄了一下，马戏团的红人樱子和那圈火光一起落了马。

正月三日

一

那是岁末的最后一日，客人们哭丧着脸向店家求个落脚之处。无论是账房一角，还是走廊尽头，只要有地方睡觉就行。还有的客人往旅馆门廊一坐就不动窝了。热海人满为患，人们便到伊东，又从伊东到热川，然后再往奥伊豆去。为求一晚住处，像战乱之都的难民一般游荡。

他们一行四人没有提前预订好房间，最后居然能在热海一间旅馆八张榻榻米大的房间里听到除夕夜的钟声，实属侥幸。

这本是件好事，但躺进被窝之后，两位太太的兴致异常高昂，一直聊个不停，直到凌晨三点还不时地高声大笑。两位先生都拿她们没辙了。

两位先生从中学到大学都是同学，是地地道道的“十二载好友”。两位夫人之前则没有太深的交情，在东京站相互问候了一句“好久不见”，就跟初次见面的寒暄差不多。看到那时她们脸上的拘谨，两位先生也不由得有些尴尬。

可不知道为什么，在热海的旅馆里挨着彼此躺下来后，她们竟忽然像肝胆相照十年的知己，把丈夫晾在一旁，谈兴越发浓酣。

两位先生原本的打算是从岁末最后一天开始，用三天时间去伊豆泡温泉，所以起初当然很兴奋。两对夫妇住一个房间，也算是为谈天助兴了。没想到偶尔一次旅行能让妻子这么开心，他们也觉得满足。

可是没过多久，做丈夫的便完全被妻子的气势压倒了。两个男人都不再开腔，只是不时附和几声没精打采的笑声。

饭田顾虑到松本的妻子友枝，“差不多该睡了”之类的话不好意思说出口。松本也顾虑到饭田的妻子町子，也不好意思说“吵死了”。

——他们住的旅馆不知该算三流还是四流，总之就像友枝躺在被窝里自夸了很多次的那样，能在这个房间的榻榻米上安顿下来，多亏在热海站下车时，她建议大家走一走。

东京站挤得不像样，火车里站满了人，热海站也乱成一团。在人群中推推搡搡地来到出站口，旅馆的管家们喊破了嗓子，不过他们当然是来接有预约的客人的。为了抢车子送客人到旅馆，管家们都争红了眼，饭田和松本不知要等多久才能坐上车。那大巴车呢？已经全坐满了。虽然有旅馆合作社的人帮忙协调，但临时到访的客人统一延后提供服务。再说，要问他们岁末最后一天的晚上哪间旅馆空着，也不可能立即答得出来。人们都说，正月前三天热海人会神色大变；实际上，简直是人人急红了眼。一行四人连个落脚的地方也没有，一时间呆愣愣地站在当场。看样子根本不可能等到有人来为他们安排。友枝打起精神，说了一句

“走走看吧！”她这一说，大家才意识到，有许多客人挤挤挨挨地在路上走着。

见饭田替妻子拿起了背包，松本也朝自己的妻子伸出手；友枝说包不重，没递给他。两只背包里都只装着妻子的和服外套和夹衣。友枝和町子都三十多岁了，眼下要过正月，决定先穿黑色的和服外套出发。那该怎么换衣服呢？两位妻子此前仅在这件事情上通过发快件达成了一致。在东京站排队买票时，素来习惯照顾人的松本说：“四个人都在这里排着也没用，不如我一个人买了吧！”饭田了解他的性格，说了句“那就拜托了”，便痛快地脱离了队伍。这让松本的妻子有点不高兴。这会儿友枝看着饭田笨拙地挎着妻子的背包，心里有点儿犯嘀咕。照这架势，一会儿站在每家旅馆门口，就房间的问题向店家讨价还价的活儿也是松本的。友枝本想跟松本说两句悄悄话，告诉他今天就慢悠悠地走在后头，让饭田来做那些算了。可现在还不是考虑那些的时候，就这样挤挤挨挨地往镇上走，究竟能找到住处吗？人潮的脚步声斗志昂扬，只是跟上大家的步子，就很需要勇气了。一辆辆汽车从他们身后超过，坐在里面的人仿佛连风貌都与自己不同。

然而，渐渐有拉客的旅店伙计缠上了他们四个，也不知是从昏暗巷子的哪一头冒出来的。有点儿黑店拉客的感觉，让人忐忑不安，却也像是遇上了救星。似乎数一数二的旅店都派管家到车站前面接客人，剩下不知道是几流的小旅馆的管家就在离车站稍远一些的镇上扎堆，招揽散客。他们紧跟在走路的客人后面。

“你们家有温泉吗？”

松本突然大大咧咧地问起来。

“老爷，您说什么玩笑话。把整个热海的旅馆找个遍，也找不到哪家是没有温泉的啊。敝店……”

管家就旅馆的硬件设施夸夸其谈，那口气就差直接说：那间突然被退订的八张榻榻米大的房间空出来，是老爷您的幸运了。

“住哪儿不都可以吗？只要有地方睡觉……反正是做好这个心理准备过来的。”友枝说。到头来，决定住处的事还是松本夫妇做的。

站在那着实简陋的旅店门口，四个人不由得面面相觑，但管家已经把行李搬上了二楼，事到如今就算想再找其他旅店，也没有头绪。

料理十分有限，只有几种，床品也是自己家的更好。想想这样也算过年去了趟温泉，未免有些寒酸。如此看来，还是像往年那样，带着孩子在岁末的银座走走看看、阖家喜迎元旦的好。尽管之前被正月里游客浩浩荡荡走出家门的从众心理感染，此时附在四个人身上的那股劲儿好像一下子全飞走了。两位妻子开始牵挂起家里，聊起了孩子的话题。

于是两位妻子伙同一心，倾尽毕生所学，破口大骂这家旅馆的建筑用材、日用品和料理，最终得出“此乃冒牌旅店”的结论。就连素来有涵养的町子，也愤愤不平地非要闻闻饭菜的味道，卷起被单捏捏下面的褥子。町子的丈夫饭田很是吃惊。做起这类事来，町子反而比友枝更有模有样。松本似乎笑得很开心。饭田看妻子的目光略带责备，但发现町子一点儿也不当回事，话越聊越投机，他自己也在不知不觉间变了心意。饭田站起来，走到茶室摸摸装裱的挂画，挂画发出廉价纸制品的声音。

这让他充分明白，住这样的地方与他们的身份并不相当，但也怨不得他们，今天是年尾的最后一天，换成谁也没有办法。

四个人满足地去泡温泉，可所谓的大浴场也只能容下五六个人，剩下一个小浴场当然已经挤满了。大浴场里也有女宾，但两位妻子都不愿下水。

“这还不如澡堂子呢，水都是浑的……”两位丈夫说着，还是到盐泉里暖了暖身子。回到房间，四张床铺已经铺好，两位妻子已在中间的两张铺上聊得火热，心情好得不得了。这些都没什么，可两个人什么时候变得如此亲密的呢？做丈夫的不由得自叹不如。年龄相仿的女人之间真是有聊不完的话题，两位丈夫不时也插几句话，可马上就被她们晾在一旁。听两位妻子聊着，做丈夫的发现，男人的生活看似有很多都能成为聊天的话题，却没有哪个话题能真正站得住脚；女人的生活中能构成话题的内容虽少，那些琐碎的日常却仿佛哪个都能生根开花。

今天初次见面的两位妻子，似乎比有二十年交情的两位丈夫更擅长讨论那些深入彼此生活的内容。

眼见着家丑就要被抖搂出去了，两位丈夫不禁冷汗涔涔，妻子却像走钢丝，巧妙地一转身，仿佛面对危机反而来了精神，更高兴了似的，两人各自背对自己的丈夫，永无止境地聊了下去。今天晚上，饭田第一次知道松本的妻子友枝会不时毫无征兆地高声大笑。那笑声肆无忌惮，几乎让隔壁的客人睡不着，却是从如此柔软的喉咙里发出的声响，引着人联想到女人的肉体。甚至可以说是很有感染力的笑声。饭田发现，自己捕捉到了朋友之妻神秘的魅力。他想，这两位妻子眼下如此喧闹，说不定也是因为自家以外的床铺让她们心里痒痒。

可丈夫们到底还是累了。松本打了好几个大大的哈欠。饭田一看枕边的表，已经三点了，就对妻子说："不然去泡个澡吧。"他这样说，也是想着两位妻子是为了等澡堂空出来而熬夜。

"不用啦。都暖和过来了。"町子撒娇道。

"去把一整年的脏东西洗一洗嘛，不过我们已经把脏东西聊掉不少了。"

友枝高声大笑，爽快地起身，拉起町子的手：

"带着今年的脏灰，就没有过新年的气氛啦。"

"啊呀，新年早就到啦。"

"是吗，已经元旦啦。"松本说。

妻子去浴场后，两位丈夫沉默了一会儿。

热海的街道笼罩在一片熟睡的宁静中，只是偶尔从远处传来一些声音。

饭田想：町子的身子莹白却贫弱，若是友枝看了告诉松本就不好了。看她们那架势，只怕要轮流给对方搓背吧。

松本又打了一个哈欠。"原来如此，到元旦啦。这个元旦真不得了啊。"他嘟囔着笑了笑，"喂，四十岁啦。"

"嗯，四十了。"

又沉默了一会儿，松本有些佩服地说："町子写字，真是和你很像啊。”

“是吗。”

“不过，你老婆还挺能干的啊。”

“能干。”饭田在黑暗中扭歪了脸，“你们夫妻关系很好啊。”

“夫妻关系？究竟是什么呢？我想都没想过。总之关系一直低迷。那家伙身体好，没怎么生过病，没什么机会让我好好反省改善。花心思讨对方欢心之类的事，大概谁也没做过吧……”

“你净说胡话。夫妻生活的真相，本来就没法完美地汇报给别人。就算不想刻意隐瞒或掩饰，也没办法说清楚。”

“唔。你也四十了，与其这么费心钻营夫妻生活，不如到外面玩玩女人，更能让老婆开心。反正我们不是那种能狠下心来和妻子分家的人。想得太多就会无趣，妻子也通人情世故，知道忍耐的。”

“说得不错，可是根本没有通人情世故的女人啊。”

“你怎么说这种话……”松本突然得意地问，“你偷偷在外面养女人了吧？！”

“怎么可能。”

“不然，你干吗对老婆那么低三下四的。”

“你瞎说什么啊。”

“是我瞎说吗？那明天你们俩吵个架给我看看吧。趁着新年第一天赶快吵一架。这个有意思。我也这么干吧！喂，旅途之中，正月的头三天，两对夫妻从头吵到尾。不也挺有意思的吗？喂，说真的，我们就这么干吧！”松本愉快地笑了。

饭田直觉松本是在说笑，但还是说："这种闹剧有意思吗？说起来，你夫人友枝看上去倒是适合吵架拌嘴的好对象呢。"

"你老婆就要藏在后头吗？不过，不搞点小计谋，就太无聊啦。我可不是会带着老婆来泡温泉的那种人。"

这时候，妻子回来了，丈夫又归于沉默。

两位妻子亲昵地坐在同一张红坐垫上，从床铺这边望着化妆台对面。

二

元月一日的早上，八点过后醒来，阳光洒满整个房间，还能看到暖和的海面。海角上空晴朗，无一点薄云。总之，今天还不错。

女佣送来屠苏酒和杂煮后，町子从坐垫上挪下来，颇有些正式地先朝着松本一板一眼地问候道："恭贺新年。过去的一年承蒙……"

接着对着友枝和自己的丈夫饭田也说了一样的话。最后以"……今年也拜托您了"作结。

松本夫妇被对方抢了先，有些不知所措。

"你老婆很有教养嘛！"

"老公！你这样说太失礼了……"友枝轻声呵斥丈夫。

"哪里失礼了？自从结婚以来，我就没听你和我问过新年好啊！”

“啊呀，是吗……”

“从这一件事就能看穿你这个人了。总而言之你就是没教养。职业决定了人一辈子的生活，开洗衣店的就过开洗衣店的生活，肥料公司的员工就过肥料公司员工的生活。不过，娶了不同的老婆，生活也会有很大变化的。职业和老婆相比，可能老婆对人一辈子的影响更大呢。”

“你在说什么啊。不是有句老话吗？女人一生的祸福都由丈夫决定。”

“嘿，想吵架吗？”

“差不多得了。大过年的，多不吉利啊。”

“夫妻什么的，真是奇怪。啊，太奇怪啦。”

饭田坏笑着听他们的对话。松本仍旧一本正经地说：

“我和饭田夫妇住了这一晚上，就悟出了很多道理呢！”

“好好好，今后会给你拜年的……也会好好地送你出门、迎你进门……不过，你这个样子，对得起好好待你的人吗？”

“那要看对方是谁了。比如，我要是和町子结了婚，那么町子和我的生活，就不会像现在这样了吧。我和町子肯定都会和现在很不一样。你说对不对啊，町子？”

“欸。您净说玩笑话……”

町子瞟了一眼自己的丈夫。

友枝则被他的话刺激到了：“你说的这些，不是废话吗……”

“废话？你当真明白我的意思吗？居然觉得这是废话？”

“傻乎乎的。你说的这些，是喝醉了的书生才会讨论的问题啦！”

“你要是和饭田君结婚，现在也会判若两人喽。”

“好讨厌啊，这样狡辩。”

“想想就觉得很有意思呢。”

“好嘛，好嘛，只要町子愿意，我随时可以和她交换，让饭田出人头地，要你好好看看。”

友枝说完便倒吸了一口凉气，但已经晚了。自己本想随便回击一句，可“让饭田出人头地”这句话是不合适的。

饭田装作若无其事：“那我真是求之不得呢。”

“你这个穷神，居然如此有野心，真是让我刮目相看。”松本也说着莫名其妙的话，笑望着町子，“其实啊，夫人，昨晚二位去泡温泉的时候，我们策划了一场阴谋。”

“哎呀，什么阴谋？怪吓人的。”

“我们在浴场里也设计了阴谋呢。对吧，町子？”友枝也说。

“嗯，是呀。”町子微笑。

松本从昨天晚上开始，就习惯稳稳地坐在茶室。这算是他可爱的一面，但好像大家都在想方设法讨町子开心，友枝有些不服气。她觉得大家是在装傻充愣。昨天晚上还聊得那么热闹，今天早上怎么就没声音了呢？

“那我们就踏上阴谋之旅吧！”

松本又要显露出他多管闲事的本性了。

反正住店的价钱差不了太多，要住就住一流的——这是松本出发前的意见。大家原以为这样的旅馆反而会敲竹杠，一看账单，友枝不免有些不好意思："真便宜啊。早知如此就不该说那么多这里的坏话啦。"

松本也点点头："住到早上，似乎也没那么糟糕。怎么说也是在热海啊。"

"至少住在了热海，就已经很好了。看来店家是靠着东拼西凑的一点小钱勤俭度日，不在意自己是第几流的。哎呀，就跟我们一样嘛。"饭田的想法也回归了实际。

"行啦。所以我前面才说，就算逞强也要住一把一流旅馆。拿出昨天晚上的劲头来吧。而且，夫人们的虚荣心也不容小觑。"

尽管松本这么说，友枝依然没精打采："夫人们也会困的啦。"

四人坐火车来到伊东。伊东站也拥挤得不像话，不过镇上挂着国旗，天空中风筝飘扬，颇有正月的气氛。但是，大家没心思欣赏这些风景，都拼命抢着坐上开往下田的巴士。友枝着实擅长做这类事，在人潮之中灵活地穿梭，毫不客气地占到了四个人的座位。町子则是丈夫拉着上的巴士。

看到友枝如此拼命，町子面带尴尬地坐在她旁边，伸手帮友枝拢了拢凌乱的头发。

"欸？"友枝望着町子，歪着脑袋说，"町子真温柔呀。"

"啊呀，讨厌。"

"我是说真的。从女校毕业后，就没有人为我做这种事啦。"

"是吗？"

“最近又开始流行在头发上系个蝴蝶结啦。”

“是啊。大概是没有流行的烫发发型了吧。”

“我看度蜜月的新娘就在头发上系一个大蝴蝶结。”

“那也很可爱呀。”

“丈夫们的阴谋到底是什么啊？”

“不知道呢。”

“饭田没和你私下讲吗？”

“估计也没什么大不了的事吧？”

“倒是啦……要不然我们主动和他们私下聊一聊？”友枝凑近町子耳边小声说。

巴士上坐满了人，町子躲闪着回头望了望。

“松本好像睡着啦。”

“他总是那样，怪让人讨厌的。”友枝说。不过，当巴士开到曾我兄弟的父亲被杀的地方附近，女司机讲起《曾我物语》[1]时，她自己也靠着町子睡着了。

町子回头望望三四排往后的饭田，两人相视而笑。

然而饭田也在到热川之前小睡了一会儿。

一行四人之中，只有町子欣赏了伊豆东海岸的风景。她也有困意，可闭上双眼脑子反而清醒过来，怎么也睡不着，于是打定主意，就算逞强也要一直看着这片美丽的海，直到车子开到

---

1 《曾我物语》是一个关于复仇物语的故事，因宣扬孝道和英雄主义深受民众喜爱。

下田。

不过，她依旧羡慕那睡着的三个人。明明自己身子骨最弱，在交通工具上却每每无论如何也睡不着。这样想着，她不觉可怜起自己来，孤独的情绪掠过心头。

饭田睡着的模样并不优雅，松本就更不用说了。那是怎样的一张脸啊，写满了疲惫和愚蠢。町子忽然感到嫌恶，脊背上传来一阵恶寒。

昏昏欲睡地望着浮现出大岛、利岛正午的海面，町子想起，自己也曾对丈夫有过同样的嫌恶。

今天早上，像松本无理取闹时说的那样，夫妻之间的关系是很微妙的。虽然松本说的那些听起来一点儿也不现实，可如果自己真的和别的男人结了婚，如今会过着怎样的日子呢？不如干脆假设和松本结婚，只消想一想，町子就厌烦到几乎浑身发抖。眼下也想不起别的男人。果然，除了和饭田结婚没有别的选择，但不知为什么，现在她实在不怎么开心。就连性格中本来就有的叛逆，也让町子感到无从说起的悲伤。

毫无疑问，和别的女人结婚这种事，丈夫肯定想过很多次了。他曾明确地说过：精神上也能幸福地结合在一起的夫妇简直是凤毛麟角。町子也心平气和地接受了他的说法。

町子拿出小化妆盒，照了照自己的脸。连眼角都几乎看不出疲惫，她自己还算满意。

町子没有忘记友枝的失言，那句话也可以解读为是自己耽误了饭田出人头地。饭田和松本大学毕业的时候都不算特别出色，两个人都是普通的公司职员。但町子觉得，饭田读书时成绩还更好一点。另外，要一个女人断定自己的丈夫指望不上，毕竟是一件可怕的事，不是那么容易就能办到的。男人会因为发现妻子的能力有限，就心慌意乱、无法维持正常的生活步调吗？这样重要的事，町子以前却从未想过，看来今后要和丈夫一起，仔细研究一番才行。

为什么这次不是和丈夫两个人来这里呢？町子之前还想在这趟离家远行的旅途中，好好疼爱丈夫呢。巴士好像已经开到下田的柿崎，两位丈夫都醒了过来。

在终点站一下车，松本就伸了个大懒腰："啊，睡得不错。原来下田是这么一个被群山环绕的小镇啊。很古朴、很不错嘛。"

饭田却一副没睡醒的样子，呆愣愣的。

"那么，明天去修善寺，今晚就在这边住下吧。× 台寺、河内、下加茂；稍微往回走一点儿，还有谷津等许多地方。我们要住在哪边呢？明天去修善寺的路有两条，一条要越过天城山，一条要绕到西海岸从土肥过去。我看索性多走一走，挑西海岸那条远一些的路吧？"

松本说这些的时候，友枝好像已经早早地抓住一个旅馆的管家，向他问过了：

"听说 × 台寺和下加茂都住满啦。"

"既然如此就去土肥吧！要是土肥也没地方住，干脆直接去完修善寺，然后坐末班车回东京！"

"喂，别开玩笑了。"饭田苦笑着，看来除了去坐开往土肥的巴士，也没有别的办法了。

“在我们家过年也不错呢。元月二日拜年就结束了，只要礼数周到不就行了吗。尽管如此，还是要上伊豆洗一趟温泉啊。”

松本的话把巴士上的乘客都逗笑了。

“说得太对了。我们都自暴自弃啦。”还有些人表示赞同。

“快如疾风吗？”

过了下加茂，穿越蛇石峠的时候，一行四人还难得地全都醒着；可看见松崎港之前，先是饭田睡着了，接下来是松本夫妇，堂之岛一带的美丽西海岸又只剩下町子一个人欣赏。她也不禁感到有些好笑了。

西风变强了。傍晚的土肥海岸上，白色的波涛汹涌，青松呼呼作响。

下了巴士，寒风冻得人瑟瑟发抖。有间房子住就很满足了，再没人像昨晚那样对旅馆的品质挑三拣四。到了这般境地，所谓放荡的喜悦反而涌上心头。

“会感冒的啦。我们也进去吧。”

在友枝的劝说下，两位妻子也将羞耻心放在一旁，和丈夫一起去了浴场。

町子在暖和的温泉水里坐下，不知是不是先前太冷，此时紧闭着眼睛，好像要流泪似的。

饭田没想到友枝的身材如此之好，不由得低下了头。

町子见状蜷起身，某种激烈的情绪在心中汹涌。

友枝开心地在温泉水里伸开双脚。

那天晚上，两位妻子也没有聊天。松本马上就打起鼾来。四个人陷入和平而踏实的睡梦中，彼此仿佛更亲密了。

三

越过船原峠，巴士司机讲起冈本绮堂[1]写的《修禅寺物语》时，终于连町子也昏昏欲睡了。

在土肥的旅馆里，友枝就给修善寺打电话，好歹订到了两间房，尽管是二流以下的旅馆，但今天至少不用担心住处了。

修善寺位于山谷里，和热海的气候完全不同，桂川的溪流声更是平添了几分彻骨的凉意。

两对夫妻分房住后，松本很快就无事可做："饭田那家伙不知道正干什么呢。"

"那个人总是嫌麻烦，什么都不干呢。"

"真是的。可是夫妻关系就是容不得别人，确实有点儿麻烦呀。"

"哎呀，又来了，这个节过得，净是讨论夫妻之道了。你这是怎么了？"

"不，我们夫妻之间总是不慌不忙的，没什么好讨论的啦。"

1　冈本绮堂（1872—1939），日本近代著名的歌舞伎剧作家、通俗小说家。歌舞伎作品《修禅寺物语》于1911年发表，以源家将军赖家之死为背景，描绘伊豆修禅寺的能面制作名人夜叉王的名匠气质。

“怎么了吗？”

“我们两个不是挺悠闲的吗？”

“我不太明白你的意思，你是觉得悠闲的夫妻最好吗？”

“这世上可没有几件事比这更让人心怀感恩的啦。”

“如果你这样想的话，我倒是很开心……好吧，就算你蒙混过关了。”

“我们算是性格比较相像吧。”

“不过，看町子那样子，可能挺事儿多的吧？”

“是啊。但是，她可挺有两下子的。饭田有点儿妻管严呢。”

“那倒没有吧？町子感情细腻，对丈夫很好呢。”

“要是对丈夫不好，饭田不就真的任她摆布了吗？”

“欸。你这话说得很到位呢。这也是和饭田夫妇一起住了两个晚上之后悟出来的吗？”

“我倒要问问你是怎么回事呢。居然和饭田的老婆聊了一晚上，好像疯了似的。”

“我是没想到町子那么能聊呀。”

“别装傻啦。你以为我看不出是你在掌控局面啊？”

“那是你非要那么想。不过，女人嘛，如果不那样相处，是很难亲密起来的啦。”

“这是真理啊。”

“所以说，饭田夫妻俩一定相处得不是太好。”

“别瞎说。”

“不，你不明白。”

“饭田的老婆不是挺可爱的吗？身材也……”

“那是你只看到了那些。你呀，是不是想把她跟我换过来，给你做两天老婆？你连被町子讨厌了都不知道吧……”

“是吗？”

“是生理上的讨厌。你可真是不慌不忙啊……”

“好啊，那我就去问问吧。喂，要不要去饭田的房间玩玩啊？”

“得了吧。都三天了，好不容易才能两个人单独相处……”

“又不是新婚燕尔……我们两个人这样待着不也是待着吗？”

“你这个人啊，总是想一出是一出。拜托你冷静冷静吧。”

“应该悠闲一些对吧？可是，大过年的，我们两个人待着，聊的话题会越来越沉重的，这怎么行？”

“有什么不行的？”

“你要研究有关夫妻尊严的课题吗？”

“偶尔研究一下也不赖。夫妻本来就是一种微妙的关系……”

“可一直默默地待在屋里，会让人家觉得有问题的。”松本说着就站了起来。

“你是不是傻啊……”友枝也笑了，起身跟在松本后面。

饭田夫妇气氛和谐地把松本和友枝迎进门，可双方的对话怎么也热闹不起来。

“累了吧？”

“不，也不是很累。可这里真是冷啊……”

“比东京要好多了吧？毕竟还可以泡温泉。”

友枝催着丈夫，早早地回自己房间了。

町子见饭田望着松本的表情有些歉疚，便主动说些话，想让丈夫的情绪高一些。

“没想到，友枝也挺温柔的啊。帮她整理一下头发，她就很开心。他们夫妻都是非常热心肠的人呢。”

“嗯。松本那家伙，读书的时候很尊敬我呢。他成绩不是很好。”

“是吗？我猜也是这样。”

“不过，现在他挺幸福的。”

“可能是幸福的吧。但我不喜欢像他们俩那样。不喜欢。”

町子拼命摇着头，眼中有了泪花。

“我啊，想了很多。然后，想要对你再好一些、更好一些。就从这个正月，一切重新开始。你肯带我来旅行，真是太好了。如果这趟旅行只有我们两个，就更好了……”

“可是，你好像很疲惫啊。”

“不，一点儿也不。”

友枝中气十足的笑声隔着两三间屋子传来，饭田对町子那种说不清的爱意又一次涌上心头，他放任自己沉溺于其中。

第三天的早上，大家悠闲地到修善寺散步，然后坐巴士辗转长岗、古奈、函南等地的温泉浴场，最后坐上火车。

“喂，你们的阴谋呢？”饭田快活地问。

“那个嘛，以后再说吧。”

“回到家，就没什么好怕的了。家里就是我的天下了。”町子也很开心。

“你看，果然是个妻管严。”松本笑道。

就这样，他们平安地回到东京。一路上仍旧兴高采烈地聊着这趟伊豆的温泉之旅究竟多么幸福……

文治
磨铁图书旗下子品牌

更好的阅读

特约监制　潘　良　于　北
产品经理　邸　树　何青泓
特约编辑　王云欢
营销编辑　金　颖　黄筱萌　黑　皮
版权支持　冷　婷　郎彤童
封面设计　艾　藤

关注我们

官方微博：@文治图书
官方豆瓣：文治图书
联系我们：wenzhibooks@xiron.net.cn

图书在版编目（CIP）数据

伊豆的舞女 /（日）川端康成著；烨伊译 . -- 成都：四川文艺出版社，2023.8

ISBN 978-7-5411-6594-8

Ⅰ . ①伊… Ⅱ . ①川… ②烨… Ⅲ . ①短篇小说—小说集—日本—现代 Ⅳ . ① I313.45

中国国家版本馆 CIP 数据核字（2023）第 069133 号

YIDOU DE WUNÜ

伊豆的舞女

［日］川端康成 著 烨伊 译

出 品 人　谭清洁
策划出品　北京磨铁文化集团股份有限公司
责任编辑　朱　兰　蔡　曦
责任校对　段　敏

出版发行　四川文艺出版社（成都市锦江区三色路 238 号）
网　　址　www.scwys.com
电　　话　010-82068999（市场部）　028-86361781（编辑部）

印　　刷　河北鹏润印刷有限公司
成品尺寸　125mm × 185mm　　开　　本　32 开
印　　张　9.875　　字　　数　201 千
版　　次　2023 年 8 月第一版　　印　　次　2023 年 8 月第一次印刷
书　　号　ISBN 978-7-5411-6594-8
定　　价　56.00 元